GUIDO ECKERT

CHARMING BOY

GUIDO ECKERT

CHARMING BOY

KRIMINALROMAN

GMEINER

Immer informiert

Spannung pur – mit unserem Newsletter informieren wir Sie regelmäßig über Wissenswertes aus unserer Bücherwelt.

Gefällt mir!

Facebook: @Gmeiner.Verlag
Instagram: @gmeinerverlag
Twitter: @GmeinerVerlag

MIX
Papier aus verantwortungsvollen Quellen
FSC® C014496

Besuchen Sie uns im Internet:
www.gmeiner-verlag.de

Im Ehnried 5, 88605 Meßkirch
Telefon 07575/2095-0
info@gmeiner-verlag.de
1. Auflage 2020

Lektorat: Claudia Senghaas
Herstellung: Julia Franze
Umschlaggestaltung: U.O.R.G. Lutz Eberle, Stuttgart
unter Verwendung eines Fotos von: © Terroa / istockphoto.com
Druck: GGP Media GmbH, Pößneck
Printed in Germany
ISBN 978-3-8392-2566-0

Personen und Handlung sind frei erfunden.
Ähnlichkeiten mit lebenden oder toten Personen
sind rein zufällig und nicht beabsichtigt.

DIE SONNE

1

Anklopfen. Lächeln. Reden.

Die Reihenfolge einhalten. Unbedingt!

Er lächelt.

Es ist sein erster Arbeitstag. Und er will keinen Fehler machen, darf nicht. Er macht niemals Fehler.

Lächeln!

Er hat es heute morgen ausführlich geprobt, vor dem Spiegel, denn er will keinen falschen Eindruck hinterlassen. Aber er fühlt sich immer noch ein wenig matschig, wie an den Tagen, wenn er für eine Pressevorführung schon mittags ins Kino gehen muss und anschließend aus der Dunkelheit in gleißende Helligkeit tritt, in das grelle Lichtermeer einer Metropole, vermengt mit Hupen, Schreien, Hektik, während sich in vereinzelten Pfützen Neonschlieren kräuseln und Vögel zwitschern.

»Guten Morgen«, sagt er, »Sebastian Heiter, ich bin der neue Kollege. Redakteur im Ressort Deutschland. Investigative Recherche.«

Lächeln.

Zuhören.

Er hat auch das Zuhören heute Morgen vor dem Spiegel geübt. Es muss alles perfekt aussehen. Er hat lange daran gearbeitet.

»Wir werden bestimmt großartig zusammenarbeiten«, sagt er und schaut auf den Boden. »Ganz bestimmt.«

Sein Hemd ist durchgeschwitzt.

Der schwarze Anzug ist neu. Der Stoff schützt ihn, wie aus Eisenplatten zusammengehämmert. Das Hemd letzte Woche gekauft; nie getragen.

Er lächelt. Dafür hallt jeder seiner Schritte auf den glatten Fliesen. Immer noch nicht haben sich seine Augen an die kühle Dunkelheit gewöhnt. Zu seiner Linken öffnet sich ein Raum, dessen Wände voller angestaubter Bilder hängen. In der Schnelle entdeckt er keine Ordnung in der Hängung, außer dass es ungewöhnlich viele rote und purpurne Mantelwürfe vor gräulichen Gewitterwolken sind. Aber jegliche weiterführende Symbolik verschließt sich ihm in aquarelliertem Nebel und Schleierwolken.

Anklopfen.

Zu seiner Rechten dreht sich ein verstaubter Kronleuchter in glitzernden Facetten und taucht die dahinterliegenden Nebengänge in ein milchiges Licht. Zwei elektrische Kerzen dämmern in Brusthöhe unter einem rötlichen Glasschirm. Plötzlich hört er von weit her das Geräusch eines zur Seite gerückten Stuhls. Es ist alles zu viel.

Lächeln. Reden.

»Guten Morgen, Sebastian Heiter mein Name, ich bin der neue Kollege …«

»Na, det kann ja heiter werden!«

Er wird von Gelächter unterbrochen.

Melancholische Augen, die von zahlreichen Furchen umgeben sind, strahlen Heiter listig an. Es ist ein verlebtes, bräunlich-ledernes, irgendwie kleines Gesicht, das Heiter entfernt an eine Schildkröte erinnert. Passend dazu ist jede seiner Bewegungen unglaublich langsam.

»Moin«, sagt die Schildkröte.

Heiter stockt. Dieser Ablauf war nicht vorgesehen. Er ist 36 Jahre alt, wirkt aber jetzt wie ein Grundschüler, der nach einer Verwarnung in der Ecke stehen muss. Ihm laufen zwei Schweißperlen über die Stirn. Es ist alles zu laut, zu grell, zu chaotisch.

Aber Heiter lächelt.

»Das ist mein Name«, sagt er.

»Mach dich mal locker«, antwortet der fremde Kollege mit dem kleinen Kopf. »Ich bin Benny. Wir sind hier nicht so förmlich.«

Heiter lächelt.

Ich mach dich kalt!

»Ich bin ganz ruhig.«

2

Es ist ein moderner, also ein weitgehend leerer, weißer Raum, in dem streng genommen nichts knicken oder knacken könnte. Um ihn herum nur ein Bett, eine Kommode (jeweils links und rechts an einer Bettseite) und ein weißer Tisch, auf dem ein Fernseher steht. Aber er hört eine Art von weghuschendem Knacken. Mal schneller, mal langsamer; in der Wand, im Türrahmen, im Tisch. *Leise.* Der Fernseher flimmert ohne Ton. Heiter streicht mit beiden Händen einen braven Vierbeiner (und er liebt solche Sprachspielereien), meint: einen Sessel, auf dem er sitzt. Und starrt gegen die Wand.

Aus dem Fenster.

Dieser weiße Raum starrt ihn an, als wolle er ihn unverzüglich wieder ausspeien. *Ich kann das spüren.* Als sei die Stille ein Eindringling, ein Parasit, ein Virus, den er bekämpfen müsse. Mit Stille.

Ein weißes Schweigen.

Sie sitzt feist und fett in den Wänden, die Stille, denkt er und lauert auf eine Möglichkeit, ihn zu erledigen. Sie ist ihm hoffnungslos überlegen. Stille macht ihm Angst. Sie lässt ihn zittern. Ihm ist übel. Er ist Stille nicht mehr gewohnt, war zu lange umgeben von Menschen und Marotten, von klirrendem Geschirr und lautstarken Streitgelüsten, und jetzt spürt er, wie sie langsam in seinen Körper kriecht, osmotisch beinahe, und seine Blutbahnen, seine Zellen in Beschlag nimmt. In ihrem Gefolge steigt die Angst wieder stärker in ihm hoch.

Das Gelächter.

Und schon poltern ihm die Gedanken wie Spielzeugklötze durcheinander. Ich hätte es lieber, dass sie sich sauber aneinanderreihen, denkt er, die Erinnerungen, wie Einzelbilder in einem Film, und dass ich sie dann aneinanderkleben und zusammenrollen kann. Manchmal kommt es mir auch so vor, als ob sich diese Erinnerungsspur, dieser Faden, nach dem ich hektisch greife, mit dem Zupacken langsam um mein Handgelenk wickelt, fester, sich dann ausfasert und breitflächig um meinen ganzen Körper legt, bis ich in einen Kokon eingesponnen bin, der sich augenblicklich aushärtet.

Das Gelächter.

Plötzlich klingelt sein Festnetztelefon. Schrill. Ein Anruf ohne sichtbare Nummer. Heiter meldet sich mit einem fragenden »Ja?«.

»Angriff«, antwortet eine künstliche Stimme, ohne weitere Begrüßungsformel. Offensichtlich überträgt ein Computerprogramm eine verschriftete Vorlage in hörbare Silben. »Sie haben alle Befugnisse. Destabilisierung des Systems als zentrale Aufgabe. Ohne Rücksicht. Angriff.«

Das fremde Gegenüber legt auf.

Das Gelächter.

Immer noch liegt der verschlossene Koffer auf dem Bett. Die Heizung in seinem Zimmer sondert einen extrem hohen Ton ab, obwohl sie abgestellt ist. *Hirnzerfetzend.* Heiter zwingt sich zu atmen, saugt und pustet also Luft, zieht sich ein frisches Hemd an; lächelt.

»Das wird ein guter Tag«, sagt er vor dem Spiegel.

Anschließend tastet er seine Sakkotaschen ab. Es ist ein Ritual. Schlüssel, Geldbörse, Handy, alles muss am richtigen Platz sein, sich durch Gewicht melden. Dann erst kann er losgehen.

Den Weg zur Arbeit hat er schon vor Wochen in allen Einzelheiten durchexerziert. Er kennt die Abfahrtszeiten der U-Bahn auswendig, alle Gassen und Schleichwege zur Redaktion. Seine enge schwarze Hose ist neu. Die Schuhe hat er noch nie vorher getragen. Er bemüht sich um einen ernsten, fast schon strengen Gesichtsausdruck, der allerdings sein Kinn nach unten zieht und ihn wirken lässt, als balanciere er einen Korken im Mund.

Als er aus der U-Bahn-Station nach oben steigt, sieht er Benny und einen weiteren Kollegen. Die beiden tragen knitterige Anzüge, sind unrasiert, und Heiter fasziniert, dass sie ihre Laptop-Taschen an Trageriemen über die Schulter hängen lassen, die ihre Sakkos und Jacken derart nach unten ziehen, dass sie wie vom Schicksal geschlagen wirken.

Lächeln.

Heiter will auch eine solche Laptop-Tasche kaufen. Er ist schnell zu beeindrucken.

»Heute ist ein guter Tag«, sagt er. Über das Knattern und Murren des morgendlichen Berufsverkehrs legt sich von irgendwoher Gelächter, vermutlich aus einem der anliegenden Häuser, zudem Geklimper von einem verstimmten Klavier. Erstaunlicherweise glaubt Heiter sogar eine quietschende Kinderschaukel zu hören, was eigentlich nicht möglich sein kann, hier in der Stadt. Inmitten des Lärms.

»Was ist denn mit dir los?«, fragt der Kollege. Es ist die Schildkröte.

»Sebastian Heiter.«

»Weiß ich. Du warst doch gestern bei uns.«

Das Gelächter.

»Ich bin einfach nur gut gelaunt«, erwidert Heiter.

An Bennys Kinn kleben zwei weiße Toilettenpapierschnipsel, die leicht rötlich eingefärbt sind. Sofort muss Heiter an seinen Vater denken, den er morgens, nach dem Rasieren, genauso blutig angetroffen hat. Schweigend, selbstverständlich, immer nur schweigend. Heiter erinnert sich an seinen Vater vor allem im Badezimmer, entweder bei der Rasur oder mit einem Handtuch auf dem Kopf, weil er sich alle möglichen Tinkturen in den Kopf einmassierte, um den Haarausfall zu stoppen.

»Nervös?« Schildkröte hört gar nicht mehr auf, Heiter zu mustern. Und zu nicken.

»Nein. Sollte ich?«

»Du warst so abwesend.«

»Entschuldigung, das war nicht so gemeint«, antwortet Heiter.

»Kein Problem«, sagt die Schildkröte fröhlich.

Es ist Frühling, endlich, und für diese Jahreszeit ist die Luft schon ungewöhnlich warm. Die verhangene Sonne vergießt ihre Wohltaten wie ein Karnevalsprinz über den Berufsverkehr.

»Entschuldigen Sie, wie ist Ihr Name?« Heiter atmet demonstrativ einige Atemwolken in den kühleren Schatten.

»Benny Weiher, ick bin mir ja ziemlich sicher, det wir uns jestern jedutzt haben. Wir duzen uns alle in der Redaktion. Haben wir uns wirklich noch nicht vorgestellt?«

»Sebastian.«

Ein müder Händedruck.

Sie durchqueren gemeinsam die Eingangshalle mit weiteren Angestellten, grüßend, ohne einander in die Augen zu sehen, und stellen sich, eng aneinandergedrückt, in einen Aufzug, der derart langsam aufwärtsruckelt, dass Heiter an eine Zeitmaschine denken muss, die mehrere Jahrzehnte durchquert. Er beobachtet. Weiher diskutiert mit dem anderen Kollegen eine obskure Abseitsstellung in einem Fußballspiel, das Heiter nicht gesehen hat. Er schaut fast nie fern.

»Das hat das ganze Spiel entschieden«, regt sich Benny auf.

»Es war eindeutig abseits«, bestätigt Heiter.

»Jeder hat das gesehen!«, brüllt Weiher geradezu. »Jeder – nur nicht der Schiedsrichter!«

»Es gibt Gerüchte, dass die bestochen sind«, sagt Heiter.

»Glaub ich nicht …«

Widersprich mir nicht.

»Ich werde das mal recherchieren«, ergänzt Heiter.

Der Aufzug ruckelt einmal und steht plötzlich. Als sich die Tür öffnet, nach der langen Zeitreise, sieht irgendwie alles genauso aus wie im Erdgeschoss. Flure, Türen, Gänge.

Ich werde dich töten.

Gegen Abend erhält er einen Anruf.

»Kommst du kurz in mein Büro?« Es ist Karl Berger, der Ressortleiter.

Heiter nickt.

Mit einer altmodisch devoten Geste, die geradezu tänzelnd anmutet in ihrer beschwingten Luftkreiselei, deutet Berger auf einen Stuhl. Heiter soll sich setzen.

»Das ist nicht ungefährlich«, sagt der Ressortleiter.

»Ich habe keine Angst«, antwortet Heiter. Dabei bleibt er huldvoll unbeweglich, angespannt auf seinem Stuhl sitzen, während gleichzeitig eine Schläfenader anschwillt und abfließt.

»Ich meine jetzt weniger dich, sondern das Projekt, das du vorgeschlagen hast. Für die Zeitung als Ganzes. Wenn das nach hinten losgeht, haben wir ein Problem.« Berger öffnet in einer theatralischen Geste beide Arme, sodass sich sein Sakko über den Handgelenken nach hinten schiebt. Die Adern seiner freigelegten Unterarme pulsieren wie Kabel unter der Haut.

»Es gibt kein Problem«, sagt Heiter.

Berger ordnet die Bücher in seinem Büro nach Farben und Höhe. Das ist ungewöhnlich. Alphabetisiert oder nach Themen getrennt, das ist normal, aber diese Anordnung erscheint Heiter irgendwie neurotisch. 20 Zentimeter Gelb, daneben 30 Zentimeter Schwarz.

»Ich habe alles genau durchgeplant«, ergänzt Heiter. »Keine Sorge, ich mache das teilweise während meines Urlaubs. Alles, was ich brauche, ist eine Tarnidentität und eine Briefkastenadresse. Alles schon erledigt. Dann besuche ich verschiedene Verlagshäuser und recherchiere, ob im Austausch für Anzeigenaufträge Einfluss auf redaktionelle Inhalte genommen werden kann.«

»Versteh mich nicht falsch, das ist spannend. Aber du hast gerade erst angefangen.«

»Ja, und?«

Sie besprechen sich in einer schmucklosen Sitzgruppe in der vorderen Raumecke. Harte Stühle, ohne Polster, ein verschmierter Arbeitstisch. Berger schiebt einige Skizzenblätter zusammen. »Ich möchte nicht, dass du das alleine machst. Am besten mit Lisa. Sie ist zwar auch noch nicht so lange hier, kennt aber die Gepflogenheiten der Branche.«

Heiter starrt zum Fenster hinaus. Bisher hat er immer alleine gearbeitet. Er legt den Kopf zur Seite und wirkt wie ein Vertreter, der an einer neuen Tür geklingelt hat, unschlüssig herumsteht und darauf wartet, dass ihm geöffnet wird.

»Wenn sich das nicht verhindern lässt ...«, stößt er zischend hervor.

Berger schaut auf die Tischplatte.

»Dann bin ich einverstanden.«

Irgendwie passt es, denkt Heiter, dass in diesem Moment, durch den schwülen Lufthauch bewegt, eine Gardine nach innen geweht wird. Alles durcheinanderwehen, denkt er, mein ganzes kaputtes Leben, rausfliegen, wegheben, aus dem Fenster in die Atmosphäre hinein, bis in den Weltraum.

Lächeln.

»Ich habe noch einmal deine erste große Geschichte gelesen«, sagt der Ressortleiter, »damals noch in Düren. Der Text ist gut, wirklich gut. Aber mir fehlt ein wenig die Emotion, verstehst du? Als ob dich die Auswirkungen auf die Menschen gar nichts angehen ...«

Berger schaut hoch und wartet auf eine Verteidigung.

Aber Heiter reagiert nicht.

Er fühlt sich gerade wie in einem Theaterstück, von Scheinwerferlicht geblendet, ohne Souffleuse, während er vor dem gebannten Publikum von Texthänger zu Texthänger stolpert. Mit jeder Sekunde verzerrt sich dabei die Wirklichkeit in ein grelles Leuchten.

»Recherche braucht keine Emotionen.«

3

An der Zimmerdecke dreht ein weißer Plastikventilator einsam seine Runden, und an der gegenüberliegenden Wand hängen inzwischen schon fünf aufeinanderfolgende Jahreskalender aus einem benachbarten China-Restaurant. Heiter blickt von der Tastatur auf. Zwischen Computer und Fernseher trennt ein schwarzer Metallparavent das Apartment, zusammengesetzt aus einer Vielzahl handgeschnittener Reiter, Kamele und Schraffierungen. Das ist im Grunde seine Einrichtung.

Und es war nicht so geplant, denkt er.

Weinerlich, ein wenig, rückblickend, melancholisch, in Bilder und Klänge seiner Vergangenheit versunken, wobei die Bilder eigentümlich überbelichtet und die Klänge übersteuert wirken. Er erinnert seinen Vater bei einem Kindergeburtstag, wie er die Torte anschneidet, indem er den massigen Kuchenschieber greift und mit der Spitze nach unten in den Tortenboden rammt. »Herzstich«, sagte der Vater mit einem ernsten Gesichtsausdruck. Wie ein Jäger, der eine Beute erlegt. Heiter vernimmt diese Klänge aus der Vergangenheit eher flach und dumpf, als sei der Resonanzboden entfernt worden. Er denkt an seine Mutter zurück, an ihre distanzierte Kälte. Ich habe gelispelt, erinnert er sich, und sie hat mir gedroht. Anscheinend ist deine Zunge zu lang, sagte sie, also muss die Spitze vorne weggeschnitten werden, gleich morgen gehen wir zum Doktor. Gleich morgen fahren wir ins Krankenhaus. Da wirst du operiert werden, sagte sie. Aufgeschnitten. Ohne mit der Wimper zu zucken. Kalt und sachlich. Also habe ich nicht mehr gelispelt, erinnert er sich. Über Nacht. Und später habe ich mir die Nase an meinen Hemden abgeputzt, nie Taschentücher benutzt, immer nur den Schnodder hochgezogen. Bis meine Mutter sich vor mir aufbaute und eine weitere Operation ankündigte. *Gleich morgen fahren wir ins Krankenhaus.* Da wirst du operiert werden, sagte sie. Die Ärzte werden deinen Kopf auftrennen, mit einer elektrischen Säge, und dann werden sie den Nasenschleim heraussaugen. Vollständig.

Diese Bilder winden sich in seiner Erinnerung wie ein verletzter Käfer in einer Tasse, wie ein brummendes, zappelndes Insekt in einem fugenlosen Porzellanteil, unfähig zu fliegen, pausenlos umtriebig, bis zur Erschöpfung, verzweifelt vorwärts, flügellos – bis ein Außenstehender das Tier mit einem Wasserstrahl ersäuft.

»Sebastian, ist alles in Ordnung?« Es ist seine WG-Genossin Valeria, eine madrilenische Studentin, die sich durch den Sprachunterricht ein wenig Geld verdient (während ihr eifersüchtiger Freund im Nebenzimmer sitzt, mit einem Ohr an der Wand, und bei jedem belustigten Kichern von Valeria etwas zu Boden wirft).

»Natürlich. Es ist ein guter Tag.« Sein Bett besteht aus einem Gewirr aus unterschiedlichen Decken.

»Ich meine nur, weil du dich den ganzen Tag nicht aus dem Zimmer bewegt hast.«

Seit einigen Tagen bietet sie ihm selbstgebackene Kekse an. Er nimmt ihr Angebot immer wieder an, obwohl er sich um diese Zeit schon die Zähne geputzt hat.

»Wozu?«

Heiter befehligt die Kamera in Valerias Laptop, gleichzeitig liest er ihre E-Mails: »Ich war gestern im Blue Ocean, mit Ben.«

Wer? Er versucht sich daran zu erinnern, in welchem Zusammenhang dieser Namen schon einmal aufgetaucht sein könnte. *Ben?* Ganz weit entfernt scheint etwas zu klingeln, so wie der Name eines ehemaligen Fußballprofis oder wie ein Kinderspielzeug, das man längst vergessen hat und das erst dann wieder auffällt, wenn man bei einem Umzug in Kellerkisten wühlt.

Heiter mag ihn nicht, diesen Ben. Überhaupt nicht.

Er denkt an Valerias abendliche Kekse, ihr gemeinsames kleines Geheimnis, und klackert im Stakkatorhythmus mit einem Kugelschreiber herum. Dabei entdeckt er, dass sich an seinen Fingerspitzen Krümel gesammelt haben. Er zupft sie in aller Seelenruhe ab und legt sie in ein Taschentuch, welches er dann wiederum in eine Plastiktüte schnipst.

»Die Sonne scheint«, sagt Valeria durch die geschlossene Tür, »und du hast Wochenende.«

Letztes Jahr hat er sich dermaßen vor Dreck und Krümeln geekelt, dass er sämtliche Konsolen, Tastaturen, Fernbedienungen und Schalter mit dieser durchsichtigen Folie umwickelte, in der man normalerweise Butterbrote einpackt. Schön dicht umschlungen.

»Ich hasse Sonntage«, sagt Heiter.

»Ich lass dich dann mal in Ruhe …«

»Ben ist nicht gut für dich«, flüstert er und löscht die letzte Mail von Ben an Valeria.

Dann legt er sich schlafen. Er löscht das Licht und in seinen Gedanken seziert er den weißlichen Fleck, diese detailgetreue Stanzform, die die Nachttischlampe hinter seinen Lidern brennen lässt.

Früh am Morgen nimmt er die U-Bahn. Seitdem er keine Uhr mehr trägt, ist er pünktlich. Sagt er zumindest. Mit einer Uhr am Handgelenk sei er pausenlos gestresst gewesen, habe er unentwegt Zeitfenster gesehen, in denen noch dieses oder jenes zu erledigen war. Ohne Uhr gehe ich los, denkt er, zu einem Termin oder zu einer Verabredung, und lasse mich von nichts mehr ablenken. Von niemandem.

Er fährt auch einfach zum Bahnhof, ohne sich vorher über die Abfahrtszeiten einzelner Züge zu informieren. Und erreicht seitdem immer die passende Verbindung. Sagt er zumindest.

»Schönes Wetter heute!«

Im Redaktionsgebäude grüßt er die Dame am Empfang besonders freundlich. Das gehört zu seinen Strategien. Er nickt jedem zu, der ihm entgegenkommt.

»Da lässt es sich gleich viel besser arbeiten.«

Er zwingt sich zu lächeln.

In einer Stunde wird er die ihm zugeteilte Kollegin einweihen. Es geht um eine wichtige Enthüllungsstory. Alles hängt davon ab, denkt er, damit werde ich alles auffliegen lassen, diese ganze verlogene Branche.

»Wir werden uns eine falsche Identität zulegen«, sagt Heiter.

Lisa Bohnke schmunzelt. Sie ist etwa fünf Jahre jünger, arbeitet im gleichen Ressort und sitzt normalerweise im Nebenbüro. Sie ist eine schlanke, dunkel gekleidete, dunkel geschminkte, elegante, gleichzeitig irgendwie schludrige Erscheinung mit einem hintergründigen Anflug von Verachtung. Sie trägt an jedem Finger einen anderen Ring aus Silber.

»Außerdem eine Briefkastenadresse«, sagt er.

Einem ihrer Schneidezähne fehlt seitlich eine Ecke, bemerkt er, was ihr etwas Verwegenes, gleichzeitig Verwirrtes, Instabiles gibt. Etwas Unbeherrschtes, denkt er.

Natürlich hat er Erkundigungen über Lisa eingeholt: Sie war eine der Besten in ihrem Studienfach Betriebswirtschaft, Masterprüfung mit 1,0, anschließend Junior-Beraterin bei einer internationalen Unternehmensberatung, parallel dazu Leichtathletin, Leistungssportlerin, eine vorbildliche Karriere also, bis sie – plötzlich, wie über Nacht, aus Gründen, die nicht zu ermitteln waren – beschloss, »ihr Leben zu ändern«. Um sich bei dieser alternativen Tageszeitung um ein Volontariat zu bewerben. Für einen Bruchteil ihres bisherigen Salärs. (Um natürlich auch am Ende der journalistischen Ausbildungsphase als Jahrgangsbeste zu brillieren.)

»Wir arbeiten mit versteckten Kameras und Mikrofonen«, sagt er und schließt seine Hände hinter dem Rücken zusammen. Heiter stellt sich an eines der Bürofenster und betrachtet die Fußgänger. Wie mickrig ihre Füßchen von hier oben aussehen, denkt er, wenn sie unter ihren mickrigen Körperchen hervorstechen. »Ich bring die Sachen morgen mit.«

»Ist das eigentlich legal?«, fragt sie und dreht eine einzelne Locke um ihren Zeigefinger. Es gibt insgesamt nur zwei davon, jeweils an den Schläfen, gewissermaßen eine Hipster-Variation der jüdischen Peot.

»Ist die Frage ernst gemeint?«

Heiter schaut ihr tief in die Augen. Erfolglos. Sie ist wie ein matter Spiegel, eine reflektierende Oberfläche, die immer nur zurückwirft und nichts über die Beschaffenheit des Materials verrät.

»Wir arbeiten auch nicht anders als Günter Wallraff. Heutzutage geht es nicht mehr anders als mit versteckten Kameras und Mikrofonen.«

Dabei fixiert er Lisa mit einem amüsierten Augenaufschlag, als huste er von einem eleganten Balkon auf die französische Riviera oder auf irgendeinen anderen klassizistischen, mondänen Ort voller Boote, Sonne, Menschen, und er müsse wegen einer blöden Grippe im Hotelzimmer sitzen bleiben. Fünf Sterne, versteht sich.

»Okay …«, antwortet sie gedehnt. »Ich hab verstanden.« Sie bleibt lässig. Unbeeindruckt.

»Die Filme stellen wir später online.«

»*Das* ist dann aber mit Sicherheit nicht mehr legal«, sagt sie zynisch.

Er stöhnt auf.
»Wie ist deine Telefonnummer? Ich schick dir gleich mal einen Anhang.«
Als sie nach ihrem Handy greift, steckt er hinter seinem Rücken unbemerkt einen schwarzen Stick in die Außenseite ihres Computers.

DIE SCHUHE

1

Lisa Bohnke sitzt an ihrem Schreibtisch und lauscht den Anmerkungen ihres neuen Kollegen Sebastian Heiter. Bei einigen hat er sich schon nach wenigen Tagen unbeliebt gemacht, weiß sie, aber sie mag den rotzigen, kraftvollen Ton seiner Stimme.

»Wir arbeiten mit versteckten Kameras und Mikrofonen«, sagt er.

Sebastian ist groß, das ist ihr sofort aufgefallen. Und seine Augen strahlen in einem Blau, das beinahe künstlich scheint. Sein Gesicht wirkt eher kindlich, rund, mit großen Augen (blau!) und diesen vollen Lippen, die gleichzeitig zart wirken.

»Ist das eigentlich legal?«, fragt sie.

Manchmal überkommt sie die Befürchtung, dass sie ihre Stirn zu stark runzelt, wenn sie etwas anmerkt, und dass sich diese Runzeln in den nächsten Jahren nicht mehr glätten lassen.

»Wir arbeiten mit versteckten Kameras und Mikrofonen.«

Sein Parfum riecht kühl, gleichzeitig nach Meer, nach Strand. Es ist ein aufdringlicher, fast schon angeberischer Geruch. Und normalerweise hasst sie dieses Ultimative, dieses Bescheidwissen, dieses Kleinmachen; andererseits reibt sie sich, sie schmiegt sich daran. »Wir können es ausprobieren, Sebastian, aber ich bin mir nicht sicher, ob es funktioniert.«

»Natürlich wird es funktionieren.«

Er trägt schwarz glänzende Schuhe mit einer ungewöhnlich breiten Vorderseite. Es ist ewig her, dass sie einen Mann mit derart polierten Schuhen gesehen hat. Es erinnert sie irgendwie an Lakritzstangen.

»Ich habe schon alles vorbereitet«, sagt er und reicht ihr eine frisch gedruckte Visitenkarte. »Tobias Kaiser«, steht dort, und kleiner darunter, in Goldschrift abgesetzt: »Key Account Planning Effizienzer«.

Lisa schmunzelt und sagt: »Eine Nummer kleiner ging's nicht?«

Sebastian öffnet eine Datei in seinem Laptop und präsentiert eine passende Homepage der Agentur »Coram Publico« nebst Verlinkungen zu Facebook und Xing, Erfolgshistorie, begeisterten Kundenreferenzen und Mitarbeiterausflügen. Alles sieht professionell aus.

»Das muss doch Stunden gedauert haben«, sagt Lisa und pfeift anerkennend.

Er schaut sie fragend an.

Sie ist unschlüssig, ob Sebastian sie tatsächlich betrachtet oder direkt durch sie hindurchstarrt.

»Entweder professionell – oder wir lassen es gleich sein. Ich finde deine Bemerkung unangebracht. So eine Aktion muss perfekt sein. Da darf nichts auffallen, nicht der kleinste Zweifel darf aufkommen. Dann sind wir geliefert.«

Sie nickt betreten.

Er hält ihre eine schwarze Hornbrille entgegen. »Passend zum Outfit.« Es ist so ein Teil, vor dem sie sich als Schülerin gefürchtet hat. Nie im Leben wollte sie so eine Brille tragen. Mittlerweile sind sie modern, weiß sie, und trotzdem ist es ungewohnt.

»Glas …«, sagt sie lächelnd, als hätte sie erwartet, dass so eine Brille auch ihre Sehkraft noch einmal verbesserte.

»Steht dir«, sagt Sebastian.

»Nicht dein Ernst.« Lisa runzelt die Stirn und schaltet ihr Handy auf Filmfunktion, um sich selber dabei zu betrachten. Zumindest erkennt sie sich nicht wieder. Ich sehe wie eine andere Frau aus, denkt sie und hat zum ersten Mal nicht mehr so ein mulmiges Gefühl wegen des verdeckten Einsatzes.

»Und da drin soll eine Kamera sein?«, fragt sie und schüttelt den Kopf.

Er nickt.

»Ansonsten trage ich noch eine Kamera in einem Hemdenknopf versteckt, eine weitere in meinem Kugelschreiber, der gleichzeitig auch noch als Sprachrekorder dient. Deshalb liegt er nur neben mir, ich werde ihn nicht zum Schreiben benutzen.«

»Ich habe zwar irgendwie schon mal gehört, was heutzutage alles möglich ist, aber wenn ich das jetzt so in echt mitkriege, dann ...«

»Macht es dich scharf?«

»Nein, es macht mir eher ein wenig Angst ...«

2

Es hat nie lange gehalten, denkt Lisa. Es gab immer Männer, Jungs, die was von mir wollten, aber es hat nie lange gehalten. Manchmal denke ich, es gibt so ein Codewort, wenn es um Liebe geht, das alle anderen mitgeteilt bekommen haben, beim Abi-Fest oder so, nur ich nicht. Obwohl ich Karriere gemacht habe. Es wundert sie, dass sie auf diese Gedanken kommt, aber es muss damit zusammenhängen, dass sie zum ersten Mal seit Monaten wieder mit einem Mann in einem Auto sitzen wird.

Wie ein Paar.

»Gut geschlafen?«, fragt Sebastian.

»Geht so …«

Es geht weniger um den Schlaf. Ihr Pony, *undone*, wie es heißt, Pixie, hing nach dem Aufstehen zu weit nach rechts, wie sie fand, irgendwie schief, weshalb sie nach dem Duschen beschloss, ein wenig nachzuhelfen, mit einer Schere zu korrigieren, bis sie dieses Ergebnis erst recht verzweifeln ließ. Jetzt sieht es völlig bescheuert aus, denkt sie, aber Sebastian merkt es nicht einmal. Zudem ist ihr die Strumpfhose zu weit nach unten gerutscht, weshalb sie unrhythmische, zu kurz geratene Schritte zum Auto hin ansetzen muss, die sie eher wie eine tumbe Spielzeugfigur zum Aufziehen wirken lässt, die ziellos nach vorne wackelt. »Sieht man die Mikrofone wirklich nicht?«

»Die sind kleiner als mein Knopf mit der Kamera«, antwortet er. »Schau dir den Kugelschreiber an. Siehst du irgendwas?«

»Wo hast du das ganze Zeug eigentlich her?« Sie räuspert sich. Vielleicht war das unangebracht, denkt sie. Deshalb hat sie die Frage eher beiläufig gestellt, mal eben so aus der Hüfte geschossen, und trotzdem fühlt sie sich in ihre Kindheit zurückversetzt, als sie zum ersten Mal einen Nachbarhund streicheln sollte, voller Respekt, ängstlich, und ihm erst einmal nur den Handrücken zeigte, damit der Köter daran schnüffeln sollte.

»Heutzutage kann man alles kriegen.«

Mehr kommt nicht. Sebastian tastet seine Jackentaschen ab und schaut stur nach vorne. Hochkonzentriert, als löse er dabei die Weltformel oder zumindest eine komplexe physikalische Berechnung. Und als würde er unverzüglich aufschauen, sobald er das Ergebnis ermittelt hätte. Aber er schaut nicht hoch.

»Du darfst nie aus deiner Rolle fallen«, sagt er. »Traust du dir das zu?«

»Ja«, antwortet sie.

Nein.

»Wenn auch nur der leiseste Zweifel aufkommt, sind wir erledigt«, sagt er. »Wir sind Geschäftsführer einer erfolgreichen Agentur und wollen eine große Anzeige schalten.«

Sie schnürt ihren Mantelkragen eng um den Hals zu, was sie weniger ängstlich als vielmehr kosmopolitisch wirken lassen soll, und lässt sich ächzend auf dem Beifahrersitz nieder, nachdem sie ein tosendes Meer aus Dosen, Papiertaschentüchern, Zeitungen und ehemaligen Schnellimbissutensilien in den Boden gedrückt hat.

»Sorry, die Unordnung …«

Sebastian fährt sehr aggressiv.

Um Gullydeckeln oder unsichtbaren Schlaglöchern auszuweichen, rutscht er mit den Fingern am Lenkrad entlang, als warte dort draußen ein Abgrund, und der Wagen neigt sich derart zur Seite, dass Lisa abwechselnd in beide Ecken poltert.

»Alles in Ordnung?«, fragt er belustigt.

»Alles korrekt.«

Ihr ist übel. Um sich abzulenken, dreht sie das Beifahrerfenster sporadisch auf und nieder. Und als sie sich unbeobachtet fühlt, lässt sie ihren Kaugummi nach draußen fallen, in ein Bett aus schwüler Luft und Abgasen. Zu Hause, denkt sie, schmeiße ich auch gerne einen Apfelkitsch aus dem Fenster.

»Nachher wäre es auch unpassend gewesen …«, sagt er tonlos.

»Wie bitte?«

»Geschäftsführer kauen keinen Kaugummi.«

Lisa beobachtet den fließenden Gegenverkehr. Die Sonne steht tief am Himmel, sehr tief, und strahlt frontal in die Innenräume all der angespannten Chauffeure um sie herum. Sie betrachtet diese Gesichter, während sie nur wenige Meter von ihr entfernt vorbeirasen. Ausdruckslos. Von Sorgen zerfressen.

»Attacke«, sagt er und atmet demonstrativ aus.

Es ist ein Industriegebiet, in dem Lisa noch nie vorher gewesen ist. Ich lebe seit 20 Jahren in dieser Stadt, denkt sie, aber in diesem Viertel war ich noch nie. Der Lärm des vorbeirauschenden Verkehrs, die Nüchternheit der Gebäude erinnert sie an dröge Spionagefilme, in denen sich verschlagene Agenten in genau so einem Ambiente verabreden. Immer in irgendwelchen anonymen Vorstadtsiedlungen, an Schnellstraßen und Industriegebieten. Gleichwohl ist sie auch gebannt von dieser unwirklichen Umgebung, von diesen amerikanisch anmutenden Straßen fast ohne Fußgänger. Niemand geht in solchen Gegenden zu Fuß, denkt sie, und dann auch noch im Anzug. Bürgersteige sind teilweise schon nicht mehr vorhanden oder von Unkraut überwuchert.

Sebastian klingelt an einem wuchtigen Quadratbau mit bestimmt 50 verschiedenen Firmenschildern.

»Herr Büser!«, ruft er wenig später aufgedreht und öffnet beide Arme. »Es ist mir eine Freude, Sie endlich mal live zu sehen!«

Es fasziniert Lisa, mit welcher Selbstverständlichkeit Sebastian in seine Rolle schlüpft. Sie tut sich eher schwer. Seit ihrer Pubertät plagt sie sich damit herum, mit ihrer Schüchternheit, mit ihren Selbstzweifeln, die sie mittlerweile zwar eingehend analysiert hat und zu bändigen versteht, sodass sie Vorträge auf einem internationalen Kongress halten konnte, ohne einmal mit der Wimper zu zucken, aber unverändert gibt es diese Momente, in denen sie nicht weiß, was sie mit ihren Händen anfangen soll. Beinahe wie in der fünften Klasse, denkt sie und reibt die Finger pausenlos gegeneinander, als wolle sie die Handflächen von Dreck befreien.

»Guten Tag«, sagt sie leise.

Du musst nur eine Rolle spielen, hatte Sebastian gesagt, aber sie fühlt sich blockiert. Sie möchte nicht betrügen. Es geht darum, etwas aufzudecken, das ist richtig, aber sie agiert lieber mit offenem Visier, wie es heißt, mit ihrem richtigen Namen und einem vorab angemeldeten Interviewtermin. Diese ganze Schauspielerei ist ihr fremd.

»Herr Büser, darf ich Ihnen ein wenig auf die Nerven gehen?«

Sebastian scherzt und grinst und zeigt sein schönstes Lächeln. Als Schauspieler ist er lockerer als in der Redaktion, denkt Lisa und schmunzelt. Insgeheim bewundert sie seine Besessenheit. Die Homepage, die er gebastelt hat, ist ausgetüftelt bis in kleinste Nebensächlichkeiten. Er hat eine komplette Firmenchronik erfunden, das Design kopiert, Mitarbeiterfotos besorgt mitsamt Referenzen, und das alles so detailgetreu, dass selbst sie, die doch weiß, es handelt sich um ein Fake, davon ausgehen würde, »Coram Publico« sei eine real existierende Firma. Mit mir als Assistentin, denkt sie.

»Den Kaffee bekommen Sie auf jeden Fall gratis.«

Alle lachen. Dabei geht es um einen Haufen Geld.

Eine ganzseitige Anzeige in der BILD kostet um die 50.000 Euro, in der Aachener Zeitung ungefähr 24.000 Euro. Egal bei welcher Zeitung, jeder Verlagsleiter wird Entgegenkommen zeigen.

»Wir dürfen für einen Klienten richtig investieren«, sagt Sebastian und strahlt, »wir denken an mehrere ganzseitige Anzeigen über einen Monat verteilt. Unsere Idee war Montag.«

»Samstags ist besser, da kriegen Sie mehr Aufmerksamkeit.«

»Und natürlich teurer!« Sebastian lacht aus vollem Hals und richtet seinen Zeigefinger wie eine Pistole auf sein Gegenüber. Beide grinsen.

Lisa dagegen ist abgelenkt. Herr Büser schielt. Sie möchte nicht unhöflich wirken, aber sie kommt nicht zu einer Entscheidung, in welches Auge sie schauen soll. Bei einem Normalsichtigen stand sie noch nie vor dieser Frage, da glotzt sie irgendwo ins Gesicht und irgendwie in beide Augen. Aber bei einem schielenden Menschen? Ich konzentriere mich erst auf das normale Auge, denkt sie, aber dann stockt sie, weil das ja vielleicht gerade das falsche Auge sein könnte, also starrt sie nunmehr auf die andere, die verdrehte Pupille. *Aber vielleicht schaue ich damit an ihm vorbei, ins Leere?* Also konzentriert sie sich wieder auf das andere Auge. *Oder vielleicht sollte ich mich am besten auf die Stelle zwischen beiden Augen, auf die Nase fokussieren?*

»Herr Kaiser, es geht nicht um die unterschiedliche Berechnung. Wenn Sie vier Anzeigen im Monat schalten, dann finden wir eine Lösung, die allen entgegenkommt.«

Dieser Verlagsleiter erinnert Lisa an Ken, den Freund von Barbie, an eine Puppe aus Plastik, mit einem symmetrischen Gesicht, das in seiner Gradlinigkeit austauschbar und anonym wirkt, und in einem Anzug, der wie aufgemalt wirkt.

Und alle nehmen zu viel Parfum, denkt Lisa. Irgendwie gehört das in diesen Kreisen wohl zur Grundausstattung des Selbstvertrauens.

Neben dem Verlagsleiter sitzen zwei Frauen. Zum ersten Mal fällt Lisa auf, dass sie in Sebastians Gegenwart einen irgendwie gebannten, konzentrierten, gleichzeitig strahlenden Gesichtsausdruck annehmen. Beinahe kommt es ihr so vor, als ob diese Frauen einen Klang hören, wie von einer tibetischen

Glocke, der sich im ganzen Körper ausbreitet, den aber alle anderen Anwesenden nicht wahrnehmen können. Eine der Damen erhebt sich sogar mitten im Gespräch, um neue Wasserflaschen zu holen. Sie wankt und wackelt auf ihren Highheels, lächelt Sebastian an, grabscht dann ihre mehrfarbig lackierten Nägel in Lisas Oberarm, um im Gleichgewicht zu bleiben.

Lisa lächelt zurück, aber sie würde die Frau am liebsten hintenüberfallen lassen.

»Das ist ein gutes Stichwort«, sagt Sebastian in seiner Rolle, »meine Klienten würden sich wünschen, dass im Umfeld der Anzeige nicht irgendwelche Artikel platziert werden, die im Gegensatz zum Geist der Anzeige stehen.«

»Wie meinen Sie das?« Büser umspannt mit beiden Händen die Stuhllehne, als wolle er deren Haltbarkeit überprüfen.

Räuspernde Stille.

»Wenn ich für einen – sagen wir mal als Beispiel – einen Klienten aus der Automobilbranche vier ganzseitige Anzeigen schalte, am Samstag, dann wäre es äußerst destruktiv, wenn am gleichen Tag ein Artikel über Schadstoffbelastung oder die Vorzüge des öffentlichen Nahverkehrs gedruckt wird. Verstehen Sie? Das könnte man doch auch am nächsten Tag bringen.«

»Ich habe jetzt nicht unbedingt Einblick in die Abläufe der Redaktion, also welcher Beitrag an welchem Tag …«

»Die Freiheit der Presse ist uns ein großes Gut«, unterbricht Sebastian, »es geht nur um eine gewisse Verschiebung. Das tut niemandem weh. Und wir sind wirklich bereit, ein solches Entgegenkommen großzügig zu honorieren. Wirklich großzügig.«

Lisa schaut zu Boden. Ein wenig weicht ihre Bewunderung für Sebastian, weil sie seine Maskerade mittlerweile für schamloses Lügen hält. Er spielt den Geschäftsführer dieser Firma in einer Gerissenheit, die sie sprachlos macht. Und er scheint es noch zu genießen.

»In so einem Fall könnten wir uns auch vorstellen, eine ganze Woche lang Anzeigen zu schalten. Oder auch in den Supplements. Oder wir richten für Sie eine Party aus, es gibt viele Möglichkeiten.«

Sebastian wartet. Er hat eine Technik entwickelt, Menschen unter halb gesenkten Lidern hervor zu betrachten, was ihm etwas Wissendes und Erhabenes geben soll.

»Herr Kaiser«, sagt der Verlagsleiter lächelnd, »ich bin sicher, dass wir eine Lösung finden werden. Melden Sie sich, sobald Sie konkret das Motiv und die Woche wissen, dann treffen wir uns noch einmal in kleinem Kreis. Vielleicht sogar am besten unter vier Augen?«

Sebastian nickt und lächelt.

Dann schweigt er lange.

Erst als Lisa und er beim Auto angelangt sind, lacht er plötzlich laut auf und dreht sich. Er wirkt völlig verändert.

»Wir haben alles, was wir brauchen«, jauchzt er. »Damit rocken wir die Bude. Das wird ein Scoop.« Er wirkt jetzt wie ein Kind. Albern, unbedarft, irgendwie liebenswert.

»Du bist zufrieden?«

»Gib mir fünf!«, jauchzt Sebastian und hält ihr seine Handfläche entgegen. Sie patscht darauf. Verglichen mit seiner Flosse wirkt meine Hand so winzig, denkt sie.

»War das gut?«

»Warst du nicht dabei?«, antwortet er mit einem dümmlichen Lächeln, das arrogant wirken soll.

»Ich habe so was noch nie gemacht. Mir fehlt die Erfahrung, um das einzustufen.«

»Haben sie uns alles abgekauft oder nicht?« Er wippt vor und zurück, mit den Händen in den Gesäßtaschen, immer wieder, vor und zurück.

»Das schon, aber … Ich meine, wir haben noch nicht deren

Bestätigung, dass sie für eine große Anzeige auch redaktionelle Änderungen machen werden.«

Sebastian schließt die Augen. »Du bist sehr negativ.«

»So war das nicht gemeint. Ich sage doch nur …«

»Negativ!«, unterbricht er sie.

Beide steigen ein.

Sebastian startet den Motor, schaltet in den Rückwärtsgang, und während er seinen Kopf nach hinten dreht, um eine bessere Sicht zu haben, streicht sie kurz über seinen kratzigen Backenbart. »Normalerweise mag ich das nicht bei Männern – aber dir steht es.« Lisa will die Stimmung harmonisieren, seinen verbissenen Blick besänftigen. Ihre Hand fühlt sich dabei heiß und trocken an. Selbst aus ihren Augen scheint Wärme zu strömen.

»Morgen rasiere ich mich wieder.«

3

Lisa liebt es, ausgedehnt zu frühstücken, nicht nur am Wochenende.

Mindestens eine halbe Stunde, in Ruhe, das ist ihre Devise, und für dieses Vorhaben steht sie bereitwillig früher auf.

Eine Marotte von ihr ist es, Bilder auf Brötchenhälften zu malen, mit Honigstreifen oder Margarinekringeln, mit Petersiliesprenkeln und Schokoladencremestrichen. Ihre Lieblingsmotive sind Katzen und Häuser.

Letzten Monat hat sie in der Küche, im Flur und im Wohnzimmer Zeitschaltuhren eingebaut. Nicht etwa, um Einbrecher abzuhalten, sondern weil sie sich einsam fühlt, wenn sie abends von der Arbeit nach Hause kommt und dort nur alles dunkel vorfindet.

Ihr Handy rumort.

»Wie war der Termin?«

Eine WhatsApp von Emma, typisch für sie, ohne Anrede, nicht mal ein kurzes »Hi«, direkt in die Vollen.

Lisa beißt in ihr bemaltes Frühstücksbrot und überlegt kurz, all die widersprüchlichen Gefühle und Gedanken anzusprechen. Aber dann belässt sie es bei einer belanglosen Antwort.

»Ganz gut.«

Alles andere wäre zu viel für eine Nachricht.

Nach einem zweiten Bissen ergänzt sie die erste Nachricht.

»Kann ich dir heute Mittag genauer erzählen.«

Lisa erinnert sich an den letzten gemeinsamen Abend mit Emma, und dabei vor allem an deren spontane Idee, Nudeln zu kochen. Um drei Uhr morgens. Emma stand unbeweglich neben dem kochenden Topf und verbrachte die meiste Zeit damit, mit der Gabel eine einzige Nudel aus dem Kochwasser zu fischen. Was ihr fast nie gelang.

Sämtliche Zutaten für eine improvisierte Soße wollte sie ansonsten aus der Hand direkt in den Topf schneiden. Auch Zwiebeln, im Stehen zerkleinert. Zudem schwor sie auf Meersalz, schimpfte aber während des Kochens pausenlos über eben diese Zutat. Denn die Kristalle waren zu dick und ließen sich nicht gleichmäßig streuen, manchmal kam gar nichts aus der Packung raus, dann wieder ploppten ganze Klumpen.

»Kommst du mit dem Typen klar?«

Emma lässt nicht locker. Lisa überlegt wieder, was sie antworten soll.

Emmas Wohnung, erinnert sie sich, sah aus, als hätte sie sämtliche Flohmärkte der Republik besucht, um die Restposten dann in ihrer Wohnung abzulegen. Es gab Unmengen Tassen aus verschiedenen Städten, bedruckt anlässlich wechselnder Ereignisse, zudem Stühle und Sessel aus unterschiedlichen Materialien in allen nur denkbaren Farbtönen.

»Er wirkt auf mich sehr steif.« Emma setzt im Sekundenabstand neue Sätze ab. »Fast schon künstlich. Und ich habe das Gefühl, er redet mir nach dem Mund.«

Lisa träufelt neue Marmeladehimmel auf ihren Toast, leckt sich die Finger sauber und tippt mit ihren klebrigen Fingern eine Antwort.

»Keine Ahnung, ich finde ihn nett.«

Es dauert nur wenige Augenblicke, dann folgt das nächste Brummen. Von Emma: »Aber er ist immer so übertrieben freundlich und zuvorkommend, schleimig beinahe.« Dahinter diverse Emojis, die diverse Stimmungen ausdrücken sollen.

Mit einem weiteren Nachsatz. Brummen. »Als hätte er eine Maske auf sein Gesicht geklebt.«

Lisa erinnert sich an einen gemeinsamen Ausflug. In einer Pause animierte Emma die Gruppe, Postkarten an eine sogenannte schwierige Person in ihrem Freundeskreis zu schreiben. Alle gaben sich viel Mühe, und nach einigen Tagen fand Lisa die Karten in ihrem Briefkasten.

Sie hatte es nicht so lustig gefunden wie Emma.

Was soll ich antworten?

Sie schlürft aus ihrer Schnabeltasse den Milchschaum ab. »Wir sind Kollegen.« Ohne Emoji.

Diesmal erfolgt keine Reaktion.

Emmas provokante Art, ausschließlich die Sachen zu essen, die abgelaufen sind, erinnert sich Lisa, und das demonstrativ vor eben den Kolleginnen zu praktizieren, die sich davor ekeln. Weil Emma sich solchen Ängsten verweigere, wie sie sagt, und gewissen Panikmachern.

Warum antwortet sie nicht?

Das ist ungewöhnlich für Emma. Lisa liest ihre Nachricht ein zweites Mal, ob sie vielleicht ohne Emoji missverständlich sein könnte. Emma schafft es aus dem Nichts heraus, beleidigt zu sein, überlegt sie, ohne jeglichen ersichtlichen Anlass. Emma ist anspruchlich, wie es in der Therapeutensprache heißt, sehr leicht reizbar, aufbrausend und kündigt einem dann die Freundschaft für immer. Das hatten wir schon mehrmals, schmunzelt Lisa. Wie oft schon hatten sie beide jegliche Kommunikation eingestellt, weil Emma mit lautem Getöse, wie eine Königin, abrauschte. Sie ist professionell, denkt Lisa, auf jeden Fall, aber privat ist es manchmal schwierig. Wenn wir etwas essen oder trinken gehen, und dann gibt es plötzlich diese Momente, in denen Emma abrupt schweigend vor sich hin brütet.

Soll ich nachfragen?

Der Nachbar, ein Stockwerk abwärts, läuft viel in seiner Wohnung herum, gerne frühmorgens oder sogar nachts. Dabei trägt er anscheinend Turnschuhe, auf Laminatboden. Auf jeden Fall quietscht es unregelmäßig, wie der Pfiff von einem Schiedsrichter. Kurz und schrill und unregelmäßig.

Keine Antwort.

Lisa räumt die Sachen vom Tisch, stellt alles in den Kühlschrank, zieht ihre Schuhe an. Der Reißverschluss ihrer Jacke klemmt, was sie einerseits ärgert, andererseits aber auch vergessen lässt, dass sie auf eine Antwort von Emma wartet.

Bis ihr Handy plötzlich vibriert.

Sie läuft zum Tisch, wo sie es liegen gelassen hat.

»Was denn sonst?«

DAS MUTTERMAL

1

Heiter nimmt den Keylogger, den er heimlich in Lisas Computer angebracht und später, in der Mittagspause, wieder entfernt hat, und steckt ihn in sein Laptop im WG-Zimmer. Lisa hat zudem die albernen Fotos und Filme, die er an ihr Handy geschickt hat, geöffnet und damit einem Trojaner den Weg geebnet. Heiter bekommt nun Lisas Koordinaten. Das GPS-System ortet präzise den Aufenthaltsort ihres Telefons. Alle vom System gesammelten Informationen, ihre gesendeten und empfangenen Nachrichten werden per E-Mail an Heiter gesendet, Lisas Gespräche werden aufgenommen. Die Software hat keinerlei Einfluss auf den Betrieb des Telefons, ist diskret und wäre nur schwer wieder zu entfernen. Der Keylogger ist ihm allerdings wichtiger. Solche Geräte ermöglichen ihm das Speichern jedes Tastenanschlags der Computertastatur. Dadurch erhält er Inhalte aus Lisas Kommunikationsprogrammen, Chatrooms, ihren besuchten Websites, eingetippte Textdateien oder Passwörter. Er kann Screenshots ihres Bildschirms erstellen und bekommt dadurch Einsicht in alle Inhalte, die Lisa auf ihrem Laptop besucht, ob nun geöffnete Bilder, Suchverlauf des Browsers oder wiedergegebene Filme. »Wenn du den Bildschirm des Host siehst«, murmelt er und installiert den

Fernzugriff, »kannst du mit ihrem Computer interagieren, als wäre es dein eigener.«

»Zugriff erfolgt.« Eine der ersten Tastenkombinationen, die er lesen kann, sind Lisas Passworte ihres Computers und ihres Handys.

Inzwischen ist es ein Ritual. Morgens, wenn er zum ersten Mal die verschiedenen kontaminierten Computer in seiner Umgebung kontrolliert, wärmt er Brote an (nicht toasten, gesundheitsschädlich), dann streicht er Butter und Marmelade darauf. Abends kontrolliert er die Computer seiner Untergebenen, wie er sie nennt, bei einer Flasche Bier.

Interessant, sagt er. Lisa, die sich in der Redaktion stets kühl und professionell präsentiert, hat eine verletzliche Seite, die sie niemandem anvertraut. Nur ihrem Computer. Kurz fröstelt ihn bei der Vorstellung, dass auch seine Schattenseiten von Außenstehenden dechiffriert werden. Und es gibt viel Schatten, denkt er. So viel Verzweiflung. So viel Leid. Nicht einmal seine Auftraggeber dürfen davon erfahren.

Aus den Tastenkombinationen ergibt sich, dass Lisa an einer Art Tagebuch geschrieben hat. Sie nennt es »Gedankenbox«.

Ich muss immer wieder an meinen Vater denken. Den ich ja kaum kenne. Meiner Ma kann ich das nicht sagen, dass mich mein Vater so beschäftigt, sie wäre sauer. Keine Ahnung, wo er lebt und was er macht, meine Ma redet nicht darüber. Am Telefon fragt sie mich ständig, warum ich sie nicht öfter besuchen komme. Ich kann ihr nicht sagen, dass ich sie nicht ertrage. Das ist unfair, ich weiß, weil sie so viel für mich und meine Schwester getan hat, aber ich ertrage sie trotzdem nicht. Ich denke manchmal an die Kraft, mit der sie uns ganz allein großgezogen hat, aber jedes Mal, wenn ich ein schlechtes Gewissen bekomme und nach Hause fahre, dann fühle ich mich schlagartig von der Atmosphäre in dem Haus gelähmt. Alles macht mich krank. Die Enge in den ehemaligen Kinderzimmern, in denen immer noch die gleichen Tapeten hängen wie damals, die dunklen, sehr, sehr dunklen Zimmer, und diese Ärmlichkeit. Jedes Mal, wenn ich anschließend nach Berlin zurückkomme, bin ich krank. Ich bin mir nicht sicher, ob in dem alten Haus nicht vielleicht Sporen oder Schimmel wächst. Ich kann nicht atmen, wenn ich zu Hause bin. Ich habe Angst zu ersticken. Und überall der gleiche Geruch, so eine Mischung aus angebranntem Gemüse, und überall diese deprimierte Stimmung, wie früher schon, so eine Atmosphäre aus Verboten und Geheimnissen.

Jedes Mal, wenn ich von zu Hause nach Berlin zurückkomme, fühle ich mich wie eine einzige große Wunde. Wie ein Wundkrater, ein Loch, das an den Rändern von Fetzen meiner Kindheit umgeben ist.

Das Schlimmste ist, dass ich das gleiche Muttermal im Gesicht habe wie Ma. Wie Cindy Crawford, musste ich mir als Mädchen immer anhören, als ob die das erfunden hätte. Auf jeden Fall bin ich wie gebrandmarkt, gezeichnet. Manchmal denke ich daran, mir das Muttermal »aus gesundheitlichen Gründen« entfernen zu lassen.

Jedes Mal, wenn ich meine Ma besuche, haut es mich aus den Socken, wie viele Töpfe oder Pfannen sie anbrennen lässt. Da sind Speisen dabei, bei denen das normalerweise nicht passieren kann. Meine Mutter schafft das. Und dafür packt sie Fleisch fast noch blutig auf den Tisch. Und dann ihre bescheuerten Eigenkreationen, alles zerstampft, passt nicht zusammen, weil irgendwas übrig war und sie alles gemeinsam in die Pfanne haut.

Sebastian wirkt auf mich steif.

Eine Whatsapp von Emma an Lisa, quer gelesen, während des Tagebuchs. Und als reiche ihm die Datenvielfalt noch nicht, öffnet Heiter eine weitere Datei mit den Keylogger-Ergebnissen der Schildkröte. Da ist noch eine Rechnung offen. Sein Herz rast plötzlich in einer derartigen Geschwindigkeit, dass er es am liebsten mit beiden Händen umklammern und beruhigen möchte. Es reicht die Erwähnung des Namens.

Ich mach dich kalt!

Bennys Passwörter sind verhältnismäßig simpel, Geburtsdatum plus Anfangsbuchstabe. Niemand bemerkt den Keylogger hinten auf dem Computer, denkt Heiter, glücklicherweise stehen meistens Blumen hinter dem Kasten.

Er findet einige Themenvorschläge in Bennys Computer, schleimige Mails an die Chefredaktion. Das ist aber alles nicht das, was Heiter interessiert. *Ich will deine Geheimnisse.*

Ein Themenvorschlag der Schildkröte betrifft allerdings interne Vorgänge im Bundeskanzleramt. Das ist brisant. Plötzlich wird ihm wieder heiß. Ihn durchfluten Hass und Neid, die einzigen Gefühle, die er empfinden kann. *Woher hat Benny diese Informationen?* Heiter muss mehr erfahren, liest in den weiteren Mails, aber da ist nichts zu finden. Er benötigt das Passwort des Handys. Das ist noch nicht dabei. Er streicht sich mit dem Handrücken das Haar aus der Stirnpartie, die Haut ist feucht. Auch heute ist ein ungewöhnlich warmer Tag, aber sein Atem fühlt sich kühl und beinahe schon trocken an, wie mit Asche bedeckt. *Ich hasse dich!*

Die Vorstellung, dass ausgerechnet die Schildkröte bei einer der nächsten Konferenzen mit einer solchen Hammerstory aufwarten könnte, zerreißt Heiter. Er muss handeln. Sofort!

Also kopiert er die wesentlichen Sätze aus dem Themenvorschlag heraus und postet den Inhalt mit verschiedenen anonymen Namen als Diskussionsbeitrag in diversen Foren, auch bei Spiegel, Focus, Stern sowie bei Facebook, mit einem Fake-Account. »Habt ihr schon gehört? Wieder einmal ein Gerücht aus dem Bundeskanzleramt. Diesmal betrifft es Mauscheleien zwischen dem Wirtschaftsministerium und VW. Die beiden haben sich abgesprochen.«

»Olle Kamelle«, setzt Heiter als vermeintliche Antwort eines weiteren angeblichen Chat-Partners ein. »Wenn ich mich recht erinnere, hat die Süddeutsche Zeitung letzten Monat was dazu gebracht.«

Fürs Erste muss das reichen, damit es morgen zumindest keine exklusive Story mehr ist.

2

Lisa trägt eine Strickjacke, und ihre Haustürschlüssel stecken in der linken Tasche. Das weiß Heiter längst. In den wenigen Gesprächen, bei den scheinbar belanglosen, zufälligen Besuchen in ihrem Bürozimmer, hat er das alles sofort erspäht.

In der Mittagspause ist sie immer knapp eine Stunde verschwunden, auch das hat er ermittelt. Die Zeit muss reichen.

Er hält auf dem Gang eine Zeitung vor sein Gesicht, als sei er tief in einen Kommentar versunken, legt den Zeigefinger der linken Hand lehrerhaft auf die Oberlippe, winkelt den rechten Arm als Stütze unter den linken – um genau den einen, kurzen Moment abzupassen, in dem niemand sonst auf dem Gang zu sehen ist. *Jetzt!* Er schleicht an Lisas Stuhl heran, die Jacke, findet die Schlüssel, macht einen Sprung zurück auf den Gang, vergewissert sich, dass auch jetzt niemand herumschlendert, fährt mit dem Aufzug nach unten, verabschiedet sich freundlich am Empfang und geht zum nächstgelegenen Schlüsseldienst. Es sind handelsübliche, etwas grobe Schlüssel.

Ein alter Laden, erinnert er sich auf dem Gehweg im Gewühl der Menschen, einmal links, zweimal rechts herum. Schlüsseldienst und Schuhmacher in einem.

Heiter war schon einmal dort, wegen einer anderen Untergebenen. Er erinnert sich, dass in dem Laden überall sprechende Chips kleben, unter der Fußmatte, sogar unter Tassen und Tellern. Wenn man irgendein Teil in die Luft hebt oder auch nur schief anschaut, dann fängt es an zu lachen oder zu labern.

Heiter fühlt sich plötzlich an zu Hause erinnert. Was absurd ist, denkt er und grübelt weiter, bis ihm aufgeht, dass ein identischer Geruch die Erinnerung gekoppelt hat. Zum einen diese Atmosphäre aus Einschüchterung, Überwachung, und dann ein dezenter Duft von eingetrocknetem Urin.

Über der Ladentür hängt eine Kette aus kleinen Glocken, die sich scheppernd in Bewegung setzt, als er sie öffnet.

»Absätze?«, fragt der Mann, ohne sich umzudrehen.

Aus einem verdreckten, verstaubten Kofferradio auf der Arbeitsplatte schnarrt Schlagermusik. Ansonsten steht ein durchdringender Leimgeruch in der Luft, der Heiter an Nagellack erinnert.

»Haustürschlüssel, Wohnungsschlüssel«, sagt er betont lässig und legt beide Exemplare hin.

Der Mann wirft einen kurzen, fast schon verächtlichen Blick hinüber.

»Warten?«

Heiter nickt.

Auf einer altarartigen Ablage sind Messer und Schlagwerkzeuge nebeneinander angeordnet, die dadurch wie chirurgische Instrumente wirken. Ein goldbesetztes Kruzifix hängt schief und einsam.

»Soll kälter werden«, sagt der Inhaber.

»Keine Ahnung.«

Also schweigen beide Männer.

Nach wenigen Minuten erhält Heiter ein Duplikat. Er bezahlt.

Bei der Abkürzung durch den Park knirschen seine Schuhe auf dem Kiesbelag.

Adrenalin hält jung, denkt er, als er sich lächelnd im Redaktionsgebäude zurückmeldet.

»Das war aber eine kurze Pause«, sagt die Empfangsdame.

»Ich habe da eine wichtige Sache auf dem Schreibtisch«, antwortet er und wedelt mit den Armen. *Adrenalin!* Heiter strahlt dabei ein betörendes Glühen aus, das die Menschen in seiner Umgebung blass wirken lässt. Im zweiten Stockwerk, in seiner Redaktionsetage, nimmt er wieder seine ach so spannende Zeitung aus der Jackeninnentasche und betrachtet scheinbar hochkonzentriert die zusammengefaltete Kommentarspalte. Alles ist ruhig. *Jetzt!* Genau in diesem Augenblick tritt aber ein Kollege aus dem Büro neben Lisa. Er pfeift. »Ah, Sebastian. Wie ist es gestern gelaufen?«

»Sehr gut«, antwortet Heiter, ohne aufzusehen. Der Artikel ist unglaublich spannend. Seine Gesichtszüge sind wie eingefroren. Verhärtet.

»Du kannst ja beizeiten mal erzählen.«

»Klar.«

Verschwinde, du Idiot!

Um die Mittagszeit ist es ansonsten ruhig. Nach einigen

weiteren Atemzügen riskiert er einen erneuten Sprung in Lisas Büro und platziert die Schlüssel zurück in ihre Jackentasche.

3

Am nächsten Tag meldet sich Heiter für eine Recherche ab und fährt mit einem Taxi zu Lisas Wohnung. Er darf keine Zeit verschwenden. Unentwegt schaut er auf sein Handy, wo ihm die Ortungsdaten von Lisas Handy gemeldet werden. Sie befindet sich in der Redaktion. Braves Mädchen, flüstert er.

Der Fahrer hört während der Fahrt Jazz, in einer derart minimalisierten Lautstärke, dass nur die Beckenschläge des Schlagzeugs aus dem Schweigen hervorzischen. Der Mann riecht merkwürdig, denkt Heiter, wie nach alten Klamotten, die jahrelang in einem verschlossenen Schrank gehangen haben.

»Stimmt so«, sagt er eine Viertelstunde später zu dem Taxifahrer und überreicht ihm ein ordentliches Trinkgeld, obwohl der Mann sich zweimal verfahren hat.

Kreuzberg, denkt er anschließend, als er aussteigt, und sucht Lisas Hausnummer. Es ist ein altes Gebäude, ein verwitterter Kasten aus den Gründerjahren, wechselweise verputzt in den letzten Jahrzehnten und Weltkriegen, wechselweise sich selbst überlassen. Blätternde Farbkrusten lösen sich in Staubkreisen auf.

Irgendwo rumoren Rasenmäher. Merkwürdig, denkt Heiter. Lisa wohnt nicht so weit von der Redaktion entfernt, und hier ist es überraschend grün.

Der Geruch von gemähtem Gras begleitet ihn noch bis in den Hausflur und weiter in den dritten Stock hinauf. Es gibt keinen Aufzug. Das hat Vorteile, denkt er, damit erspare ich mir verdächtige Blicke auf engem Raum. Er hat ausnahmsweise keinen Plan ausgearbeitet, wie er agieren soll, falls ihm ein Passant im Treppenhaus entgegenkommt. Einfach weiter, denkt er. Im Eingangsflur stehen vier Kinderwagen hintereinander aufgereiht, hinter einzelnen Türen ertönt Kinderschreien. Heiter muss also damit rechnen, dass sich plötzlich eine Wohnungstür öffnet und eine verdutzte Mutter zurückweicht.

»Da vorne«, spornt er sich an, »das muss es sein.«

»Lisa Bohnke«, steht tatsächlich auf einem zerkratzten Schild unter dem Guckloch. Auf der Fußmatte findet sich ein bunter Druck: »Meine Wohnung – meine Regeln.«

Einmal noch ausatmen, denkt er und drückt dann den kopierten Schlüssel vorsichtig ins Schloss, rückt ihn Millimeter um Millimeter weiter, ohne Widerstand zu spüren, und dreht zweimal knackend nach links.

Die Holztür öffnet sich quietschend nach innen.

Heiter lauscht.

Lisa hat zwar nie von einem Freund gesprochen, auch in ihren Tagebuchskizzen oder den Mails schreibt sie immer nur davon, alleine zu sein, aber Vorsicht ist besser als Geschrei.

Alles bleibt ruhig.

Bevor sich nun doch eine andere Wohnungstür öffnet und ihn jemand im Flur überrascht, überquert Heiter die Schwelle zu Lisas Reich.

In der Küche, die sich gleich hinter der Wohnungstür öffnet, riecht es nach Blumenkohl. Die Zimmer sind kalt, ganz im Gegensatz zur Straßenhitze. Eine dicke Fliege knattert dümmlich über einem quadratischen Tisch herum. Heiter beobachtet einige Zeit ihren Brummflug, dann rollt er einen Prospekt zusammen, der auf dem Tisch liegt, und trifft die Fliege beim ersten Versuch. Heiter lächelt. Nichts verlernt, denkt er und platziert das Insekt mitten auf dem Tisch. Wie eine Opfergabe.

Besuch scheint Lisa nicht zu erwarten. Heiter registriert, dass sich ein Fettfilm im Spülbecken ausbreitet, und er rüttelt an den Stofffetzen, die eine Art Gardine darstellen sollen und wirr wehen. Das Parkett hat um den Tisch herum einige Quadrate verloren. Vor dem Kühlschrank befindet sich eine Art dreidimensionaler Einkaufszettel. Lisa notiert offensichtlich die bald benötigten Lebensmittel und Utensilien nicht mehr auf einem Schmierzettel, sondern sie platziert die leeren Packungen gezielt in ihrer Umgebung.

Heiter riecht daran.

Mit einem Ohr achtet er ansonsten unablässig auf Geräusche im Hausflur. Alles ist ruhig. Auch Lisas GPS-Daten zeigen an, dass sie in der Redaktion sitzt. »Weiter …«

Im Wohnzimmer teilt die Sonne, die durch Ritzen in einer Jalousie einfällt, den groben Sisalteppich in längliche Streifen. Unmengen an verschiedenfarbigen Kissen stapeln sich auf einer ehemals gelblich verblichenen Couch aus einem schwedischen Möbelhaus. Auf einem Glastisch daneben türmen sich Zeitschriften und Bücher, die ins Rutschen geraten sind und sich dadurch seitlich auffächern wie ein Pokerspiel. Heiter überlegt, ob sich hier irgendwo ein geeigneter Platz für eine Kamera anbietet.

Neben der Couch, unter einem weiteren Stapel Zeitschriften, entdeckt er ein Tagebuch, aber er kann die Handschrift darin nur rudimentär entziffern. Er ist sich nicht einmal sicher, ob Lisa das Ganze geschrieben hat. Die Einträge wurden mit Bleistift verfasst, wobei der Zeilenschwung mit verringerter Griffellänge kleinteiliger auseinanderfällt. Um dann, schon im nächsten Wort, wieder groß und schwungvoll aufzutrumpfen. Dazwischen, im Leerraum, hatte die Verfasserin wohl die Mine gespitzt.

»Das könnte ein guter Platz sein.« Zwischen den beiden Fenstern steht ein Regal. Um die Bücher herum findet sich Staub, es wird also selten gewischt. Heiter sucht eine Lücke zwischen den Einbänden und legt dahinter eine Kamera in einem vermeintlich handelsüblichen USB-Netzladegerät ab. Sollte Lisa wirklich einmal hier saubermachen, dann wird sie sich nichts dabei denken, weiß er. Solche Utensilien schleppt jeder von uns mittlerweile durch diverse Umzüge. Handy, Computer, den Überblick haben wir längst verloren, denkt er. Schlimmstenfalls legt sie das Ladegerät, also die Kamera, in eine Schublade, wo ich sie später wieder herausfische.

Hinter dem Wohnzimmer befinden sich Bad und Schlafzimmer. Beide Zimmertüren sind geschlossen. Er drückt die rechte Tür nach innen und inhaliert die anwehende, nach Schlaf riechende Wärme. Kleiderhaufen bedecken den Fußboden. In einer Kommode sind fast alle Schubladen geöffnet. Auch der Kleiderschrank steht offen, die Hälfte der Bügel baumelt nackt. An allen vier Wänden hängen schraffierte weiße Blätter, Lisas ganzes Schlafzimmer ist damit ausgefüllt. Keine Fotos, keine Gemälde oder Poster. Dafür ein Bleistift, freischwingend, mit einer Kordel an die Wand gesteckt. Bestimmt hundert Rechenblätter, denkt Heiter, überall an den Wänden, mit jeweils andersfarbig ausgemalten Karokästen, die wohl für unterschiedliche Erfolge und Fortschritte stehen sollen. Für richtiges Denken, überlegt Heiter.

Auf dem Bett selber liegen Dutzende Stofftiere. *Wie kann sie hier bloß schlafen?*

Genüsslich zieht er sich aus und legt sich nackt in ihr Bett. Er ist erregt und wälzt sich von links nach rechts.

Das einzige Geräusch in diesem Zimmer, bemerkt er, stammt von einer Frau aus dem Obergeschoss. Sie klappert mit ihren Absätzen in einer wahnwitzigen Geschwindigkeit durch die Wohnung. Heiter schließt die Augen und überlegt, wie die Frau gekleidet ist, wie hoch ihre Schuhe sind und was diese fremde Frau wohl gerade anstellt.

4

»Ein Hausblog?«

»Ja, aber kein Wischiwaschi«, antwortet Heiter. »Alles muss rein, alle Interna. Ich will völlige Transparenz. Keine geheimen Absprachen mehr.«

Berger, sein Gegenüber, der stellvertretende Chefredakteur, hat ein auffällig rotes Gesicht, dafür aber keine einzige Falte. Die Haare trägt er derart sorgfältig zurückgekämmt, dass es nur mit Wasser oder Gel möglich wäre. Im Hintergrund sitzt Schildkröte, den Kopf in den Händen vergraben. Er ist geknickt. Verzweifelt. Aus unerfindlichen Gründen ist eine Story, an der er seit Monaten gearbeitet hat, bruchstückhaft im Netz aufgetaucht und wurde in der Community diskutiert. Mittlerweile hat ein Online-Magazin auf das Palaver reagiert und eine offizielle Anfrage an das Bundeskanzleramt geschickt, die negativ beschieden wurde. Es gäbe keine

Mauscheleien. Welche Überraschung, denkt Heiter verächtlich. *Und das war erst der Anfang!*

»Alles?«, fragt Berger.

»Ja, selbst interne Entscheidungen der Chefredaktion sollen offengelegt werden.«

»Sebastian, nicht alles muss an die große Glocke gehängt werden.«

Berger zieht beiläufig ein besticktes weißes Stofftaschentuch aus der Innentasche und schnäuzt voller Hingabe hinein. Wirklich mit Hingabe. Und mehrmals. Dann betrachtet er das Ergebnis, faltet sein Taschentuch zusammen und spricht ansatzlos weiter. »Ich sehe mehr Unruhe und Probleme auf uns zukommen, als dass es Sinn bringt.« Sein letzter Satz schien vor ewigen Zeiten gesprochen.

Berger hat tiefe Furchen im Gesicht, obwohl er erst Anfang 40 ist. Er nimmt seine Brille ab und poliert die Gläser an seinem Hemd.

»Diese Geheimhaltung ist für eine aufgeklärte Zeitung nicht akzeptabel«, widerspricht Heiter. »Es ist auch nicht zeitgemäß. Wir leben in einer völlig neuen, digitalen Epoche. Mit neuen Spielregeln. Und das oberste Prinzip heißt: hundertprozentige Transparenz!«

»Sebastian, ich finde die Idee im Prinzip gut. Ich habe nur Bauchschmerzen, wenn du Interna an die Öffentlichkeit bringen willst, die meiner Meinung nach nicht dafür bestimmt sind.«

»Zum Beispiel Haushaltsentscheidungen des Vorstands …«

»Zum Beispiel …«

»Es gibt also Geheimnisse, die du den Anteilseignern und der Bevölkerung verschweigen willst?«

»Darum geht es nicht. Aber gewisse Abläufe in einer Redaktion brauchen auch einen Ort der Verschwiegenheit. Es geht unter anderem um den Schutz der Privatsphäre.«

»Was soll das sein?«

»Jetzt wirst du komisch.«

»Nein. Ernsthaft.«

»Sebastian, ich habe jetzt nicht die Zeit, um mit dir eine Grundsatzdiskussion über Freiheit zu führen. Noch mal gesagt, prinzipiell finde ich die Idee mit dem Hausblog gut, aber du musst verstehen, dass alles, was an die Öffentlichkeit geht, eine gewisse Kontrolle braucht.«

Berger schüttelt den Kopf, damit gilt das Gespräch von seiner Seite aus als beendet. Du Schwachkopf, denkt Heiter spöttisch, angeekelt, du Vollpfosten in deinem roten Pullover. Deine einzige geistige Großtat besteht darin, deine Brille zu reinigen, indem du sie ableckst.

»Das letzte Wort ist noch nicht gesprochen«, sagt Heiter trocken. »Eine neue Zeit braucht neue Maßnahmen.«

5

Heiter schlendert an Lisas Zimmer vorbei, wo sie im gelblichen Lichtkegel der Schreibtischlampe über ihren ausgedruckten Texten brütet. Ihr Gesicht wirkt schmal und beschattet, und sie beachtet ihn nicht.

»Na, du ...«, flötet er.

Sie ist so ein gewissenhaftes Mädchen, denkt er zynisch, legt ordentlich ihre Bücher auf dem Tisch bereit, damit sie jederzeit darin nachschlagen kann, reiht ihre gespitzten Bleistifte daneben auf, und hat selbstverständlich die Leselampe so eingestellt, dass das Licht im optimalen Winkel leuchtet. Er betrachtet das mit einer Mischung aus Verachtung und Hass. Und Sehnsucht. Denn Ordnung war eines der zentralen Prinzipien seines Vaters. Wenn er seinen Junior überhaupt entdeckte. Ansah. *Er war kalt.* Voller Verachtung. Seine Mutter vegetierte eher wie eine Statue, blickte teilweise über Stunden nur an eine Wand. Entrückt.

»Wie läuft's mit der Recherche?«, fragt er süßlich.

»Geht so. Ich habe mir das Video von meiner Brillenkamera angesehen. Die Tonqualität ist schlecht. Schau mal, hier.«

Heiter tritt näher an sie heran, beugt sich über ihre Schulter und fühlt die Wärme, die von ihr ausgeht.

»Kleiner Snack?«

»Ist irgendwas?«, fragt sie.

»Ich würde gerne deine Meinung wissen, über das Hausblog.«

»Puh, eigentlich habe ich keine Zeit. Ich muss noch den Text schreiben über die Demonstration gestern, und die Deadline ist in vier Stunden.«

»Bitte!« Schräge Falten laufen wie Strahlen aus seinen Augenwinkeln ins Leere. »Ich muss mit dir reden.«

»Hier?«, fragt sie.

Um diese Tageszeit präsentiert sich das italienische Restaurant auf der gegenüberliegenden Straßenseite in einer grellen Leere. Mehrere quadratische Tische sind mit weißem Leinen und diversen Porzellantellern bedeckt. Lisa und Heiter sind die einzigen Gäste, aber auf allen Tischen steht ein »Reserviert«-Schild.

»Ich hab wirklich nur eine halbe Stunde.« Ihre Retro-Turnschuhe aus den Fünfzigern wirken bemerkenswert klein, fällt ihm auf, wie von einem Schulkind.

»Lisa, ich will nicht lange um den heißen Brei herumreden. Mich holt meine Vergangenheit ohnehin immer wieder ein …« Während er nachdenkt, reibt er sich eine juckende Stelle auf der Kopfhaut. »Es quält mich, dass so viele einen falschen Eindruck von mir haben. Sie halten mich für steif oder so. Aber das sind oberflächliche Menschen.«

Heiter öffnet eine bereitstehende Mineralwasserflasche, gießt für beide ein, kippt abrupt den Kopf nach hinten und nimmt einen langen, gluckernden Zug.

»Es gibt immer Menschen, die uns anders einschätzen«, sagt Lisa. »Mach dich deswegen nicht verrückt.«

Breit lächelnd steht ein Kellner vor ihnen. Heiter bestellt Tortellini und einen Salat. Lisa zögert.

»Du willst wirklich nichts essen? Wenigstens eine Kleinigkeit?«

»Salat«, sagt sie leise.

Diese Speisegewohnheiten sind Heiter längst aufgefallen. Oder anders ausgedrückt: Lisas Gesichtsausdruck ist ihm aufgefallen, wenn Kollegen etwas essen, der kaum verborgene Abscheu darin. Sie isst ohnehin wenig, und wenn es sich gar nicht verhindern lässt, dann schiebt sie die vorgesetzten Teile wie eine Biologin von links nach rechts und stochert darin herum.

»Kann ich dir ein Geheimnis anvertrauen?«, fragt er und hält sein Wasserglas in beiden Händen.

Sie zögert einen Moment.

»Natürlich …«

»Manchmal verhalte ich mich unpassend. Aber das auch nur, weil ich eine harte Kindheit hatte. Mein Vater ist von heute auf morgen verschwunden. Und meine Mutter war wahrlich nicht einfach. Sie ist es immer noch nicht …«

Lisa schaut auf ihre Hände.

»Stört es dich, wenn ich rauche?« Sie klopft eine Zigarette aus der Packung und balanciert sie zwischen den Lippen.

»Hier ist Rauchen verboten.«

»Hätte ich wissen müssen ...« Die Zigarette bleibt wie ein Fremdkörper zwischen ihrem Daumen und dem Zeigefinger stecken. Sie will dieses Geheimnis eigentlich nicht wissen. Am liebsten würde sie rausrennen und dort rauchen.

»Meine Eltern waren nicht verheiratet«, fährt Heiter fort, »was bis heute viele nicht wissen. Fast alle Verwandten wussten deshalb nichts von meiner Geburt. Und das ging so weiter, von klein auf wurde ich darauf trainiert, mich nicht zu äußern. Ich durfte nichts wollen, nicht schreien, gar nichts. Wenn ich mal gebrüllt habe, dann sind meine Eltern extra nicht zu mir gekommen, um mir das Schreien abzutrainieren. Ich war auch schon ganz früh alleine. Immer im eigenen Zimmer, nie im Bett bei meinen Eltern. Vermutlich hatte ich gleich nach der Geburt ein eigenes Bett. Und mein Vater hatte es sich von Anfang an in den Kopf gesetzt, mir meine sogenannten ›erpresserischen Ansprüche‹ auszutreiben.« Heiter schreibt pantomimisch Anführungszeichen in die Luft. »Immer dann also, wenn ich als Baby etwas wollte, dann haben meine Eltern das ignoriert. Ich konnte schreien wie ich wollte – keine Reaktion ...« Große Kunstpause. Wasser trinken. Geschlossene Augen. »Irgendwann ist so ein Baby erschöpft und schläft ein ...« Zweite Kunstpause. Wieder Wasser. »Ich saß auch stundenlang auf dem Töpfchen, bis ich endlich mein Häufchen gemacht hatte. Das ist bis heute tief in mir drin. Ich bin letztlich nur ein Behälter für Dreck und für Kot, und man muss mich ausquetschen wie eine Tube und ...«

»Sebastian, das ist mir jetzt ... irgendwie zu viel ...«

Lisa schüttelt den Kopf.

»Mein Vater war Hobbyjäger«, setzt Heiter nach, »nur um dir die Umstände klarzumachen. Da war er voller Leidenschaft dabei. Er hat Tauben geschossen. Ich habe dieses

Bild noch vor mir, wie er nach Hause kommt mit den toten Vögeln, und dann hat er sie in der Küche stundenlang gerupft und ausgenommen. Es stank bestialisch. Nur, um eine Suppe zu machen. Und als die Suppe später fertig war, bekam er den Geruch nicht mehr aus der Nase und brachte keinen Bissen runter. Meine Mutter hat dann alles weggeschüttet.«

»Sebastian, bitte … Ich glaube, ich bin nicht darauf vorbereitet, dass …« Ihre Beine fühlen sich ungewohnt schwer an, wie Bleigewichte, und hinter ihrer Brust fühlt sie einen vergessenen, eingerosteten Schmerzklumpen.

»Ich fühle mich manchmal so unverstanden«, sagt er in einer höheren Stimmlage. »So wie ein Fremdkörper …«

Es glänzt unter seinen Augen. Hastig greift er eine Serviette und tupft in den Augenwinkeln. »Kennst du das Gefühl, wenn man glaubt, man sei völlig abgeschnitten von den anderen? Wie eine Insel. Kein Zugang zu den anderen Menschen … Und alle hacken nur auf dir herum.«

Lisa sitzt völlig unbeweglich. Kerzengerade.

Dann legt sie langsam eine Hand auf seinen Unterarm. Er weicht nicht zurück. Sie rückt ihren Stuhl näher heran und schlingt ihre Arme um seinen Körper. Durch ihren Pullover kann er fühlen, wie mager und knochig ihr Brustkorb ist und wie viel Wärme durch den Stoff dringt.

»Ich hätte dir das nicht erzählen dürfen …«, flüstert er.

»Ich kann dich gut verstehen.«

Sie legt ihre Wange an seine Schulter, und er schiebt langsam und zögernd seine rechte Hand an ihren Rücken. Ihre Schlüsselbeinknochen sind derart spitz, dass er für einen Moment die Vorstellung hat, sie könnten sich durch die Haut bohren.

»Sorry, Lisa, ich müll dich hier zu. Aber danke, dass du mir zugehört hast. Das werde ich dir nie vergessen. Bitte schwöre mir, dass du das niemandem erzählst!«

Sie schweigt.

»Schwöre es!«

Sie lächelt unsicher, wie jemand, der versucht, einen Witz zu verstehen. Einen sehr schlechten Witz.

»Ich schwöre es …«

6

Bier gehört inzwischen dazu, sagt er zu sich selber. Mit Bier beginnen Erinnerungen zu strömen, gleich mit dem ersten Schluck. Das ist der Unterschied zu gewissen Parfums, die ähnliche Assoziationen hervorrufen, deren Wirkung aber schon nach wenigen Augenblicken verblasst. Bier hingegen befeuert die Vergangenheit.

Mittlerweile ist es ein Ritual: Rechner hochfahren, Bierflasche öffnen, und dann schrittweise kontrollieren, was es Neues bei den Untergebenen gibt. Zum Beispiel bei Lisa.

Heiter öffnet ihren Ordner.

Ihre Google-Recherche zielte auf Italien, Hotelpreise, Badehosen für Männer, die Wirksamkeit von Johanniskraut bei leichten depressiven Schüben.

Eine interessante Mischung, denkt Heiter. Ich wusste nicht, dass sie vorhat zu verreisen. Es passt augenblicklich nicht.

Ansonsten findet er eine WhatsApp von Lisa an Emma: »Nein, ich sage dir, Sebastian ist anders. Er ist sehr sensibel. Und er kann lachen.«

Heiter nickt. »Aber wann habe ich gelacht?«

Sein Plan funktioniert. Lisa, denkt er, ist eine ideale Kombattantin, wenn es daran geht, die Schildkröte zu eliminieren. Sie ist so bezaubernd naiv. Sie glaubt anscheinend, über mehrere Levels, über mehrere Leben zu verfügen, wie in einem Computerspiel, und dass sie deshalb mit ihrem jetzigen Leben herumspielen könne, weil es noch unendlich viele Fortsetzungen geben wird.

»Sebastian kann zuhören.«

Heiter nickt. »Aber wann habe ich zugehört?«

Im Treppenhaus jault währenddessen einer der unzähligen Hunde. Das ist vermutlich Kira, denkt Heiter angeekelt, der um diese Zeit der Bauch juckt. Die Töle krallt sich mit den Vorderpfoten in den Teppich und zieht sich dann ausgestreckt nach vorne.

Heiter hasst Hunde. Er hasst überhaupt Tiere.

Aber selbstverständlich lächelt er, wenn Valeria wieder einen neuen Hund mitbringt. »Oh, wie süß!« Seit ihrer letzten Trennung praktiziert sie diesen Unsinn, wobei zeitgleich auch noch ihre Mutter gestorben ist, muss man entschuldigend hinzufügen, denkt er, aber seitdem hat Valeria ihr Herz für Tiere entdeckt. Für ausgesetzte Straßenköter. Und Katzen. Und genauso lange watet Heiter nun abends durch Unmengen von Strümpfen auf den Treppenstufen, die irgendein neuer junger Hund aus dem Wäschekorb gezogen hat. Überall im Haus liegen Strümpfe und Socken verstreut, denkt er angewidert.

Kira ängstigt sich zudem vor dem Staubsauger. Damit weiterhin irgendeine Form von Hausarbeit möglich ist, sperrt Valeria sie manchmal draußen in ihr Auto. Dort trifft Kira beizeiten auf ein weiteres Fellmonster, eine getigerte Katze, die bei verschiedenen Nachbarn lebt, isst und schläft, nur nicht mehr bei den ursprünglichen Besitzern.

Mein Vater, erinnert sich Heiter, war auch schon ein begnadeter Tierhasser. Nicht nur, dass seine Kinder keine Tiere haben durften, er baute auch hingebungsvoll Katzen- und Hundefallen. Glücklicherweise war sein technisches Verständnis so unterentwickelt, dass keine einzige funktionierte.

»Sebastian kann zuhören? Ist mir noch nie aufgefallen.«

Emmas Antwort an Lisa ist gewohnt bissig. Diese Gegnerschaft ist kontraproduktiv. Daran muss ich arbeiten, denkt Heiter.

»Ich kann dir nicht alles erzählen«, antwortet Lisa, »aber er hatte ein sehr belastendes Elternhaus.«

So viel zum Thema Verschwiegenheit, denkt er, wobei er es nicht anders erwartet, sondern sogar vorausgesetzt hat. Alles andere wäre sogar eher schädlich für seinen Plan. Und im Grunde ist das noch viel zu zurückhaltend.

Aber er muss mehr von Emma erfahren, sie *einführen*, wie er es nennt, den Stick morgen auch bei ihr platzieren.

7

»Ist irgendwas? Warum grüßt du mich nicht?«

Lisa kleidet sich mehrmals in der Woche wie eine elegante Dame, bevorzugt freitags, aber sie bläst auch dann ihre Haarsträhnen, die ihr in die Stirn fallen, wie ein Schulmädchen nach oben. Bevorzugt dann, wenn sie sauer ist.

»Ich habe viel zu tun«, antwortet Heiter.

Er wühlt ziellos in einigen Kopien, die er ebenso ziellos von Büro zu Büro trägt. Seine Stirnpartie runzelt währenddessen vor und zurück, als sei es eine Art Muskelflattern. Dabei gräbt sich eine einzige Linie über den Augenbrauen. Sie ist ungewöhnlich fett, wie ein Graben. Über die ganze Stirnseite.

»Hat das irgendwas mit unserem Treffen zu tun?«

»Es ist mir peinlich ...«, sagt er leise und schaut nach unten.

»Und deshalb grüßt du mich nicht?«

Jede ihre Bewegungen wirkt wie ein lebendes Fragezeichen. Dabei raucht sie hektisch und bläst den Rauch aus dem Mundwinkel nach oben. Anschließend drückt sie die Zigaretten kreuzförmig aus, immer vier Stück, die Filterstücke nach außen.

»Ich fühle mich so schwach ...«

»Sebastian, ich kann dich gut verstehen. In meiner Vergangenheit ... ist auch nicht alles optimal verlaufen. Mir fällt es noch immer schwer, darüber zu sprechen. Das kann ich alles verstehen, aber bitte verschließ dich jetzt nicht.«

»Es fällt mir so schwer, dir in die Augen zu sehen ...«

»Ich bin auf deiner Seite.«

»Wirklich?«

»Ja.« Ihre Stimme klingt schärfer als beabsichtigt.

Er dreht ihr den Rücken zu.

»Sebastian, schau mich bitte an. Ich verstehe dich sehr, sehr gut. Mein Vater ...«

Plötzlich dreht er sich zu Lisa um und drückt sie mit aller Kraft. Er umarmt sie mit seiner ganzen Wucht.

Lisa wiederum steht steif und aufrecht. Bewegungslos. Wie ein Wachsoldat, der aus Pflicht und Gehorsam seinen Dienst vor der Kaserne versieht.

»Danke ...«, flüstert er.

Sie antwortet nicht, sondern löst sich nach und nach aus der Umklammerung. Und geht schweigend.

Heiter schaut ihr nach und brüllt und schreit, er verflucht sie, allerdings nur gedanklich, tonlos, wobei trotzdem ein leichtes Hecheln und Keuchen aus seinem Mund dringt. Wie bei einem Stummen. Und zwar deutlich genug, sodass zwei Kollegen auf dem Flur ihn verstört registrieren.

8

Wachwerden, denkt er. Heiter beugt sich tief über das Waschbecken und schaufelt mit beiden Händen Wasser ins Gesicht. Die Krawatte hat er vorher außerhalb der Gefahrenzone unter den Ellbogen geklemmt. Im Spiegel verfolgt er, wie sich seine Gesichtszüge verändern. Wenn es ihm nämlich gelingt zu schlafen, dann löst ihm die Nachtruhe den Schmerz aus der Mimik.

Im Einschlafen bin ich mein ganzes Leben lang schlecht gewesen, denkt er. Wenn ich an diese Geschäftsleute im Flugzeug oder im Zug denke, die nach dem Einsteigen in einer Zeitung blättern oder Mails im Laptop checken, dann ihre Arme verschränken und kurz darauf, in aller Vertraulichkeit, zu schnarchen beginnen.

Ich kann das nicht.

Er aktiviert die Kamera auf dem Regal in Lisas Wohnzimmer. Sie ist nicht zu sehen. Das Handy meldet aber, dass sie in ihrer Wohnung sein muss. Er ist sauer. »Zeig dich!«

Sie benutzt den Computer nicht. Vermutlich sitzt sie in der Küche.

Um sich die Zeit zu vertreiben, sucht er ihr Tagebuch ab:

> Es gibt Regeln, die für alle anderen selbstverständlich sind. Ich kenne sie nicht. Es gibt Markierungen, Trennstreifen, die für mich nicht sichtbar sind.

Warum schreibt sie nicht mal etwas Sexuelles, denkt Heiter. Endlich ist sie zu sehen. Lisa kommt aber nicht aus der Küche, sondern aus dem Badezimmer. Anscheinend hat sie geduscht, sich die Haare gewaschen und läuft nun durch das Wohnzimmer. Suchend, hektisch, von links nach rechts. Um ihren Kopf trägt sie einen weißen Handtuchturban, um ihren Körper ein rot gemustertes Badetuch.

»Zieh dich aus«, flüstert er.

Aber Lisa reagiert nicht. Sie öffnet ihr Laptop, schreibt einige Zeilen in ihrem Tagebuch, dann springt sie auf, zum Fenster, schaut hinaus, zündet sich eine Zigarette an, geht zurück in die Küche, zum Kühlschrank, zieht sich um – allerdings außer Reichweite des Laptops – und schreibt wieder einige Zeilen.

Nachdem sie sich nun allerdings angezogen hat, verliert Heiter das Interesse an ihr. Er wechselt in Emmas Ordner. Der Keylogger, den er inzwischen auch in ihren Bürocomputer gesteckt hat, erbringt nach kurzer Suche die erwünschten Passwörter für ihr E-Mail-Konto. Da geht was, murmelt Heiter. Der Google-Verlauf tagsüber ergibt ein reges Interesse für Astrologie.

Interessanterweise schreibt Emma auch in einem Forum unter einem anonymen Nickname erotische Kurzgeschichten. Da geht richtig was, prustet er. *Ausgerechnet Emma.*

Einer ihrer letzten Einträge sind Skizzen für eine neue Story. Alleine der Name schon, ätzt Heiter, »Der schöne Fremde«.

Ich war Austauschschülerin in Paris und schlenderte in meiner Freizeit durch die Straßen. Ich war oft alleine und freute mich, dass ich einen wunderschönen Park entdeckt hatte, in dem ich viele Stunden verbrachte und meine Freiheit genoss. Ich setzte mich an einen See. Es war etwa drei Uhr, um mich herum duftete es nach Blumen und Gras, die Sonne stand warm am Himmel. Ich hatte eine Flasche Rotwein gekauft, las ein Buch und hörte dabei Musik über Kopfhörer. Es war wunderschön. Ich schloss die Augen und überließ mich der Natur. Ich lauschte auf das Säuseln des Baches und die Geräusche der Bienen. Müdigkeit überkam mich, war ich doch zuvor zwei Stunden durch die Straßen von Paris geschlendert. Plötzlich spürte ich im Halbschlaf, wie etwas Zartes meine Fesseln berührte und an den Innenseiten der Unterschenkel aufwärts streichelte. Instinktiv öffnete ich etwas die Beine, während ich registrierte, dass mich diese zarte Berührung erregte, also wollte ich mich drehen, um zu sehen, wer das wohl sein könnte. Eine wohlklingende Stimme sagte: »Psst, ganz ruhig.«

Oh, ich wollte nichts mehr, als endlich zu wissen, wem diese Stimme gehörte, doch sobald ich mich nur ein wenig bewegte, hörte dieses sanfte Streicheln auf. Dabei wollte ich es so sehr spüren! Also ergab ich mich und blieb ruhig liegen. Mit jeder Minute wurde ich erregter. Meine Neugier wuchs genauso stark wie meine Erregung. Die wohlklingende, sanfte Stimme sagte: »Du darfst dich jetzt umdrehen – aber lass die Augen geschlossen.« Ich gehorchte. Dabei überschlugen sich meine Gedanken. Sollte ich nicht besser um Hilfe rufen? Oder weglaufen? Oder sollte ich einfach genießen? Ich blinzelte ein wenig und erkannte eine Feder, die mir über den Körper streichelte. Mein Atem wurde schneller, ich konnte nicht verhindern, dass meine Erregung ins Unermessliche wuchs, bis sie kaum mehr zu bremsen war. An meiner Schulter fühlte ich plötzlich Haut! An meinem Hals spürte ich fremden Atem! Die Feder strich dabei zärtlich über meinen Bauchnabel, glitt höher, rund um meine Brustwarzen, mein Atem wurde immer schneller, ich stöhnte leise auf, und ich spürte, wie auch der Atem an meinem Hals schneller ging. »Komm, berühre mich«, hörte ich mich flüstern, und ich sah, wie sich ein wunderschöner Mann an mich presste. Seine Erregung war deutlich zu spüren. Ich konnte nicht mehr an mich halten ...

Heiter rülpst.

9

»Kleiner Snack?«

Emma schaut auf. Heiter hat sie noch nie an ihrem Schreibtisch aufgesucht.

»Ich mache Diät.«

»Seit wann?«

»Bis du gekommen bist, hatte ich es vergessen.« Kein Scherz. Tatsächlich verspürt sie jetzt ein Gefühl von moralischer Überlegenheit, die sich in der Leere in ihrem Bauch manifestiert.

»Eis?«

»Noch schlimmer.«

In den letzten beiden Tagen hat es geregnet, heute ist es endlich wieder sonnig. Es geht ein Luftzug durch die Räume, genau ideal temperiert, um die Gesichter zu kühlen.

»Es gibt eine Sorte, die ist ohne Zucker und ohne Fett.«

»Ernsthaft?«, fragt sie und blickt ihn aus Augenschlitzen an.

»Ich zeige dir auch einen Kartentrick.«

»Du kannst Kartentricks?«

»Ich stecke voller Überraschungen.«

»Aber ich muss noch so viel erledigen!«

»Come on! Endlich scheint wieder die Sonne! Du musst das Leben genießen. Einfach mal die Dinge laufen lassen, spontan sein.«

Sie gluckst zynisch, nimmt sich dann aber zurück, weil es unpassend wäre, einen Kollegen zu brüskieren.

»Ookaaaay«, antwortet sie gedehnt.

Heiter nimmt ihre Hand, lacht und geleitet sie zum Aufzug.

Draußen ist es wirklich schön. Es ist einer dieser Tage, die morgens noch bibbrig kalt beginnen, teilweise mit Bodenfrost, bis das Sonnenlicht nach und nach die äußeren Hautschichten erwärmt und dann auch tiefer und tiefer nach innen dringt.

»Siehst du?«, sagt er und grinst.

Emma setzt ihre Sonnenbrille auf und blinzelt. Die Welt wirkt durch die Gläser gedämpfter und eher wie ein Filmset.

»Ich beschäftige mich jetzt viel mit Enneagramm, schon mal gehört?«, fragt er.

»Nicht genau, das ist …«

»Ursprünglich habe ich viel Astrologie gemacht, du musst wissen, dass schon meine Großmutter eine passionierte Kartenlegerin war. Na ja, das hatte auch Nachteile, zum Beispiel hat sie mich immer als Wiedergeburt eines Onkels bezeichnet. Weil der am Tag vor meiner Geburt gestorben ist und ich ihm angeblich so ähnlich sähe. Tolles Kompliment! ›Du siehst aus wie dein Onkel.‹ Als kleiner Junge hat sie mir damit richtig Angst gemacht.«

Beide lachen.

»Enneagramm ist interessant«, nimmt Heiter den Faden wieder auf und erzählt Emma detailreich die Entstehungsgeschichte, über die es verschiedene Spekulationen gäbe. »Die einen sagen, es stamme von den Sufis, die anderen sagen, es wurde von den Wüstenvätern entwickelt. Für mich ist es heute sogar noch etwas spannender als Astrologie, wobei ich mir trotzdem immer noch selber mein Horoskop erstelle und …«

»Du machst das selber?« Emma ist verblüfft.

»Ja, ich habe das richtig mal gelernt. Genauso wie das Kartenlegen.«

»Du bist der erste Mann in Berlin, der sich mit so was auskennt.« Ohne sonderliche Begeisterung allerdings.

»Du meinst, im Medienzirkus, das kann sein. Ansonsten gibt es schon noch einige. Das Enneagramm habe ich zum Beispiel auch von einem Mann.«

»Kerle, die sich für Astrologie interessieren? Wo wohnen die?«

»Es gibt schon einige, aber die werden bestimmt nicht öffentlich darüber reden. Normalerweise mache ich das auch nicht. Keine Ahnung, warum ich jetzt gerade mit dir darüber spreche. Vermutlich hatte ich instinktiv das Gefühl, du würdest mich nicht auslachen …«

Er schaut sie fragend an.

Emma sieht stur nach vorne, auf die Straße. »Ich rede normalerweise auch nicht darüber, vor allem nicht in der Redaktion. Wenn ich denen erzählen würde, ich interessiere mich für Astrologie, dann könnte ich mich gleich beerdigen lassen.«

»Viele Menschen sind schrecklich intolerant.«

Sie lächelt. Meter um Meter wird ihr Schritt lebhafter, schwungvoller, und ihr lockiges rotes Haar schwingt dabei wie ein Theatervorhang hin und her.

»Wir können gerne über etwas anderes reden«, sagt Heiter in seinem freundschaftlichen Timbre. Er bleibt stets kollegial, dezent, eher wie ein Neutrum. Wenn überhaupt, dann fasst er vorsichtig ihren Arm, um sie durch ein Menschengewühl zu leiten, aber sobald sich das Gedränge lichtet, löst er sich wieder von ihr.

In diesen kurzen Momenten allerdings fühlt sich seine Hand fest und warm auf ihrem nackten Unterarm an. Es ist Emma nicht klar, was Heiter vorhat. Was er von ihr hält.

»Nein, ich rede gerne über Astrologie.«

Tatsächlich weiß er eine Menge Details über Aszendenten und Sonnenzeichen. Sein Kurzzeitgedächtnis ist leistungsstark. Zwei volle Stunden hat er am gestrigen Abend recherchiert und gelesen, um Emma heute mit seinem vermeintlichen Erfahrungsschatz zu verblüffen.

Während seines Vortrags über die Zeitqualität eines Geburtsortes sieht er im Vorübergehen, dass die Verkäuferin in einer Boutique (eine Frau in den Vierzigern; unauffällig gekleidet) wild und ausgelassen vor einem Spiegel tanzt. Offensichtlich kommen nur wenige Kunden in den Laden. Heiter bleibt auf der Stelle stehen und macht ebenfalls wilde Bewegungen und lacht ausgelassen, bis die Frau im Laden seine Tanzschritte sieht und grinsend winkt.

»Du bist mir einer …«, sagt Emma erheitert.

»Was denn für einer?«

»Keine Ahnung.«

»Du meinst: nicht so konservativ, nicht so steif, nicht so langweilig, wie alle sagen?«

»So würde ich das nicht beschreiben …«

»Ich aber. Keine Sorge, ich kenne das. Mein Gott, wie oft hab ich mir das schon anhören müssen. Aber wenn ich mich wohlfühle, dann bin ich locker.«

Bald schlendern sie an dem Eiscafé vorbei. Erstaunlicherweise gibt es keine Schlange davor. »Das besondere Eis«, sagt Heiter augenzwinkernd und bestellt drei Kugeln für jeden von ihnen. »Im Becher!« Er bezahlt anschließend mit Münzen, die er umständlich aus seiner Hosentasche kramt und aus der Handfläche auf den Tresen prasseln lässt.

»Wenn du mich näher kennst«, sagt er und prostet Emma mit seinem Becher zu, »dann wirst du merken, dass ich ein ziemlich guter Typ bin.«

»Wenn du das sagst …«

»Verlass dich drauf. Lass uns hier am Tisch essen.«

Auf einmal verändert sich schlagartig sein Lächeln. Emma hat das Gefühl, als würde Heiter restlos in sich zusammensinken. Seine Augen starren schwer und wirken beinahe wie ausgetrocknet. Er hockt auf seinem Stuhl wie ein Sack aus Zement, der zu groß und zu schwer ist für diese zierlichen Plastikverschalungen.

»Charlotte …«, flüstert Heiter kaum hörbar.

Dann springt er auf und rennt los. Emma kann nicht wissen, dass er in dem Gewimmel der Touristen und Metropolenflaneure blonde Locken zu erkennen glaubt, und auch ein ganz bestimmtes Lächeln sowie das Flattern ihrer so innig geliebten Kleider aus buntem Stoff. *Charlotte.* Heiter wiederum erinnert sich schlagartig an ihre Marotte, unentwegt Dinge zu berühren, also nicht nur Zeitungen oder Drogerieartikel, sondern auch Türklinken und Hinweisschilder. Sie musste gewissermaßen, nachdem sie beispielsweise eine Sitzverschalung umfasst hatte, danach augenblicklich eine andere Sache streicheln, halten, berühren, und zwar nach einem sehr speziellen System – das er bis zum Schluss nicht verstanden hat – und auch in einer sehr gewissenhaften Vorgehensweise, um sich wieder *im Gleichgewicht* zu spüren. Nach der Sitzverschalung also einen Mülleimerdeckel. Oder so ähnlich. Auf jeden Fall klopft sein Herz wie wild, er sucht nach einer beiläufigen Ansprache, will Charlotte zufällig von der Seite anrempeln, weshalb er, wie ein Footballathlet, erst einige Reisetruppler zur Seite schubsen muss, hastet schneller und schneller, und kann sein erfreutes Lächeln kaum noch unterdrücken, als er sie von hinten, schräg von der Seite, anspricht: »Charlotte?«

Sie dreht sich um, und ein fremdes Gesicht, dadurch eine verzerrte Fratze, betrachtet Heiter abweisend und aggressiv.

»Was wollen Sie?«

»Entschuldigung ... ich dachte ...«

Es ist peinlich. Und auch traurig. Sein Lächeln stürzt in sich zusammen, wie ein Erdrutsch. Vor allem wird ihm in diesem Moment auch wieder schrecklich bewusst, dass er nur noch in seinen Gedanken mit ihr sprechen kann. Er streichelt nicht über ihr wirkliches Gesicht, sondern er beschäftigt sich mit Bildern, mit Illusionen, schon seit so vielen Jahren. Und es gibt weniges, was derart aufwühlt und erschüttert, weniges, das so schmerzhaft ist, wie: Erkenntnis. Sehen.

Heiter kehrt an den Tisch zurück. Er hat jeglichen Schwung verloren. Und auch jedes Lächeln.

Er bestellt einen Espresso, hebt die schmale Tasse langsam an seine Lippen und nippt nachdenklich.

»Was war das denn?«, fragt Emma spöttisch.

»Ich möchte nicht darüber sprechen«, antwortet Heiter ernst.

Sein Eis im Becher ist nicht mehr schön anzusehen. Es hat sich in eine undefinierbare Suppe verwandelt.

10

Manchmal trinkt Heiter seinen Morgenkaffee wie ein Wilderer. Er schüttet dazu heißes Wasser in eine Kanne, schwarzes Pulver einfach darüber, und um zu verhindern, dass der Sud aus Bröseln ungenießbar bleibt, schlägt er ein Ei auf, gießt es über die Brühe, an dessen Dotter sich das Pulver sammelt.

»Sorry. Morgen Abend ist dicht. Plenum.«

Während er diesen speziellen, *roughen* Kaffee genießt, liest er die erste WhatsApp von Emma an Lisa.

An diesem Morgen ergänzt er den Wildererkaffee noch durch eine Kaltgetränkvariante. Er schüttet dazu Cola und Mineralwasser gemeinsam in ein Glas, um den süßlichen Belag auf der Zunge abzuschwächen, und schwenkt es wie Whiskey mit Eiswürfeln im Kreis.

»Schade. Mal was anderes, ich hab gehört, Sebastian wollte mit dir essen?« Lisa an Emma.

Heiter öffnet die Kamera in Lisas Laptop und sieht, dass sie im Wohnzimmer, in Slip und T-Shirt, vor dem Computer sitzt. Es ist immer wieder ein interessantes Bild, denkt er, ihr konzentriertes Gesicht, auf mich gerichtet. Ohne zu wissen, dass ich sie beobachte. Sie wirkt traurig. In ihrem Google-Verlauf finden sich die Anfangszeiten eines neuen Films.

Parallel dazu studiert Heiter ihre Kommunikation mit Emma.

»Mittagessen. Das ist doch nichts Ungewöhnliches. Aber hast du nicht gehört? Der Typ lässt mich einfach stehen, wegen einer blonden Tusse, so eine mit rot lackierten Fingernägeln, voll gestylt. Eine ätzende Tusse.«

Lisa antwortet ohne Verzögerung: »Und was ist vorgefallen?«

Emma: »Keine Ahnung. Er könne angeblich nicht darüber reden.«

Lisa, wieder unmittelbar, nachdem ihr Handy brummte: »Aber warum fragt er mich nicht?«

Emma: »Keine Ahnung. Habt ihr was laufen?«

Lisa: »Nein, natürlich nicht!«

Emma: »Warum sollte er dich dann fragen?«

Jetzt antwortet Lisa nicht.

Allerdings ist Heiter abgelenkt. Ihn interessiert ihre Reaktion nicht mehr. Seine Hände sind zu Fäusten geballt, er presst die Zähne aufeinander. *Ätzende Tusse.* Immer wieder liest er Emmas Beschreibung. Und er spürt seine Wut. Wenn es in ihm hochkocht, dann findet kein anderer Gedanke mehr Platz, er ist diesem Aufwallen restlos ausgeliefert. *Das wirst du büßen.*

Vor seinem Fenster sind die Blüten einer Kletterranke in der Morgenkälte erstarrt, von Reif bedeckt. Nicht verwelkt, eher wie in einem plötzlichen Tod schockgefroren und an die gräuliche, abgeblätterte Hauswand gepresst. Von Schnüren und Nägeln gefesselt und damit zu einer Existenz als Zombie gezwungen. Gekreuzigt. Wie erstarrte Münder, die im Todeskampf noch etwas sagen wollten, ein letzter Aufschrei in die aufgehende Sonne hinein.

Du wirst im Staub kriechen, das verspreche ich!

DAS KINO

1

»Lust auf den neuen Film?« Der Arbeitstag neigt sich dem Ende zu.

Lisa reagiert nicht auf Sebastians Ansinnen und starrt auf den Bildschirm. Sie möchte ihn am liebsten aus dem Zimmer schmeißen, ohne dass es einen wirklichen Grund dafür gäbe, nur so ein Gefühl. Und es ist noch etwas anderes. Die Beschäftigung mit den heimlich aufgenommenen Aufnahmen geht ihr nahe. Das Videomaterial, obwohl in Blickrichtung aufgenommen, gibt eine andere Realität wieder als die erlebte. Sie sieht jetzt, in der Nachbetrachtung, anders auf die erlebte Situation. Zum Beispiel saß dort, im Konferenzraum, am Tisch eine vermeintlich freundliche Frau, die ihr positiv und ehrlich schien – jetzt, auf dem Video, sieht Lisa deren gefrorenes Lächeln, ihr Tuscheln, ihr Lippenzucken. Immer wieder ruft Lisa eine Zeitlupe auf. Sie ist unschlüssig. Einerseits fasziniert sie diese Nachbetrachtung, andererseits fühlt sie sich unwohl, als ob sie den Menschen ungewollt zu nahe tritt. Und ein Drittes: Sie überlegt tatsächlich, wie sie ihre Brille bei einem nächsten Einsatz bewusster einsetzen könnte.

»Habe ich was falsch gemacht?« Sebastian lächelt. Dabei kneift er seine blauen Augen zusammen, als würde er sich wegen ihrer Zurückhaltung sorgen, (während er sich in Wirklichkeit nur bemüht, in ihrem abgedunkelten Büro irgendetwas zu erkennen).

»Nein«, folgt ein barscher Konter.

»Also doch ...« Er lächelt immer noch.

Lisa legt den Kopf in den Nacken, weil es ihr gleichzeitig kindisch vorkommt, zu schmollen wegen nichts, wegen gar nichts, und versucht sich tatsächlich an einem schiefen Lächeln. Mit geschlossenen Augen. »Was denn für ein Film?«

Sebastian fällt auf, dass sie offensichtlich Make-up aufgetragen hat. Obwohl sie so bleich und durchsichtig wirkt wie sonst auch immer. »Dieser spanische Independent-Film, der auf der Berlinale so polarisiert hat. Gunnar hat doch am Wochenende ein längeres Feature darüber geschrieben. Ich befürchte, wenn wir nicht bald gehen, dann ist der nächste Woche nicht mehr im Programm.«

Es passt doch prima, denkt sie, auf den Punkt genau. Wozu sauer sein?

»Das ist ein Argument.«

Draußen ist es noch hell. Und sogar unverändert warm.

Lisa greift nach ihrer klobigen schwarzen Sonnenbrille, die einen großen Teil ihres Kopfes bedeckt, und wuchtet sie geradezu auf die Nase. Anschließend dreht sie sich mit dem ganzen Körper nach links und rechts und in alle Himmelsrichtungen, als müsse sie erst die Funktionsweise der Brille testen.

»Was ist denn eigentlich bei deinem Mittagessen mit Emma passiert?« Dabei beißt sie sich auf die Lippen, weil sie nicht darüber sprechen wollte, aber sie kann Dinge, die in ihr wühlen, nicht zurückhalten. Es muss raus. Immer schon. Sie bewundert Menschen, die in der Lage sind, nach Tagen, in Ruhe, wenn es passt, kontrolliert und sachlich einen Sachverhalt anzusprechen. Sie kann das nicht. Es muss raus!

»Keine Ahnung«, flötet Sebastian fröhlich. »Was soll denn passiert sein?«

»Du hast sie angeblich einfach stehen lassen.«

»Mein Gott, Emma kann aber ganz schön dramatisieren. Hätte ich gar nicht von ihr gedacht. Totaler Blödsinn, ich habe eine alte Bekannte gesehen und kurz Hallo gesagt. Mehr nicht, mein Gott, und Emma macht daraus so ein Drama …« Sebastian lacht.

Er lacht und lacht.

Lisa schweigt.

Die Treppenstufen vor dem Kino, hinauf zur Kasse, sind einerseits breit und langgezogen, andererseits derart flach, dass Lisa beinahe stolpert. Sie humpelt eher hinauf, aber sie beschwert sich nicht.

»Zweimal, bitte.« Sebastian bezahlt für sie beide. Auch das Bier.

»Emma kann tatsächlich ganz schön dramatisch sein«, sagt Lisa im Foyer, während sie auf den Einlass warten. Aber sie nuschelt es eher beiläufig, sachlich, als interessieren sie ihre eigenen Worte nicht.

»Ich hoffe, du bist nicht so dramatisch.« Sebastian lächelt und stößt mit seinem Bier klangvoll gegen ihre Flasche.

»Hoffe ich auch … Prost!«

In den anliegenden, den größeren Kinosälen, rumpelt und scheppert es ununterbrochen, Frauen schreien im Sekundentakt um ihr Leben.

Endlich öffnet sich auch die Tür für den kleineren Saal. Hier warten nur wenige Menschen, Paare zumeist, im gesetzten Alter, und einige wenige junge Männer mit Brille und Bart.

»Nein, nicht so weit nach hinten setzen«, dirigiert Sebastian Lisa schon nach wenigen Metern im Saal und greift nach ihrem Ärmel. »Hinten sitzen nur die Amateure. Das ist wahrscheinlich noch aus früheren Zeiten, als hinten die teuersten Plätze waren.«

»Und wo willst du hin?«

»Profis lassen die Leinwand einmal in den Saal klappen – im Geiste natürlich – und dort, wo die äußeren Ränder die Sitzreihen berühren, da ist es optimal. Tendenz Mitte …«

Lisa nickt und folgt.

»Normalerweise trinke ich kein Bier im Kino«, sagt sie und lässt sich in das Polster plumpsen. Sie riecht seine salzig anmutende Haut.

»Ab heute wirst du es lieben!«

»Prost.«

Sie spürt, wie sich der Gerstensaft unmittelbar im ganzen Körper ausbreitet. Was Blödsinn ist, denkt sie, aber sie hat das Gefühl, als ob das Bier nicht so sehr in den Magen, sondern direkt in ihre Brüste fließt. Es gibt ihr ein warmes Gefühl, und irgendwie fühlt sie sich mit Sebastian verbunden.

Als die Flasche leer ist, der Film absolviert, fühlt sie sich sogar von einem derartigen Optimismus erfüllt, dass sie gar nicht mehr aufhören möchte zu quatschen. Über das merkwürdige Ende des Films, das überhaupt keinen Sinn ergibt, über Emmas komisches Verhalten, zumindest manchmal, und über die bizarren Probleme zwischen Männern und Frauen heutzutage. Zumindest manchmal. Und sie will auf keinen Fall nach Hause.

»Noch ein Glas Rotwein?«, fragt Sebastian.

Er kennt ein gemütliches Restaurant, nur zwei Straßen entfernt. Es gefällt ihr, dass er sie einhakt, wie eine Vertraute, und dass er zu beinahe jeder Szene im Film eine Deutung und eine Anekdote aus dem Leben des Regisseurs zu berichten weiß. Und es gefällt ihr, mit welcher beiläufigen Selbstverständlichkeit er ihr später aus dem Mantel hilft und ihren Stuhl zurechtrückt. Und die Weinkarte studiert.

»Danke.«

Lisa mag dieses Restaurant auf Anhieb: gedämpftes Licht, dezente Klaviermusik, rosenartig gefaltete Servietten, frische

Blumen an jedem Tisch – jedes Dekor scheint an einem exakt vorgeschriebenen Platz postiert, der sich seit Generationen nicht mehr verändert hat.

»Trocken? Oder eher süßlich? Ich meine den Wein.«

Eine weiße Kerze zwischen ihnen flackert unschlüssig, ohne wirklich für Klarheit zu sorgen. Dafür projiziert sie absurd vergrößerte Schattenkleckse an die Wand. Es wundert Lisa, dass der Docht überhaupt noch brennt, denn wenn sich die Restauranttür öffnet (was regelmäßig passiert), dann weht ein deutlicher Luftzug an ihnen vorbei.

»Eine gute Wahl«, sagt der Kellner, nachdem er die Bestellung entgegengenommen hat, und verbeugt sich theatralisch.

»Ich finde es schön, dass wir einmal ein wenig Zeit miteinander haben«, sagt Sebastian und betrachtet sein Mineralwasser, als fände sich darin ein Orakel. Kohlensäurebläschen zerplatzen an der Glaswand und erzeugen einen hohen Ton. »Im Alltag rennen alle immer anonym aneinander vorbei.«

Lisa nickt.

Der Keller kehrt mit einem Tablett bedächtig klimpernder, zitternder Gläser zurück und gießt Sebastian einen winzigen Schluck ein. Dann verschränkt er seinen rechten Arm hinter dem Körper und schaut an die Decke.

Sebastian verteilt den Schluck hörbar in seinen Backentaschen und nickt dann demonstrativ, als ginge es um eine staatstragende Entscheidung.

»Übrigens«, sagt er anschließend und blickt Lisa in die Augen, »deinen Text über die Notwendigkeit einer Frauenquote in unserer Branche fand ich klasse. Wir brauchen viel mehr Frauen in leitenden Positionen. Genau auf den Punkt gebracht.«

»Echt?«

»Absolut. Gerade aufgrund meiner Vergangenheit bin ich total dafür, dass Frauen viel mehr Einfluss bekommen müssen. Ich überprüfe auch immer mein Verhalten, ob ich nicht noch irgendwelche sexistischen Muster in mir trage, die ich verändern muss.«

Lisa betrachtet ihn eingehend. Der Wein zeigt Wirkung.

»Woher weißt du eigentlich so viel über Filme?«, fragt sie und blinzelt. »Und über Kino? Über die ganze Szene.«

»Als Student habe ich in einem Kino gearbeitet. Aber ich habe auch noch andere Jobs gemacht. Einmal habe ich auch in einem Supermarkt an der Kasse gesessen.«

»Cool …«

»Und wenn der Filialleiter nicht da war, habe ich Durchsagen in diesem typischen Kaufhaus-Stil gemacht, nur mit leicht verändertem Text: ›Heute frische Schleimratten und Otternattern im Angebot!‹ Irgendeine Kuh, eine sogenannte Kollegin, hat mich dann verpfiffen. Den Kunden ist das gar nicht aufgefallen …«

Lisa lacht und reibt sich die Augen.

»Inzwischen sage ich auch schon unwillkürlich ›Guten Tag‹, wenn ich als Kunde in einem Geschäft stehe und nach mir kommt ein anderer Kunde rein. Da sage ich sofort: Guten Tag. Das ist ein Reflex. Ich habe als Student auch mal in einem Schreibwarengeschäft gejobbt, da musste ich den ganzen Tag an der Kasse Quittungen schreiben. Irgendwann war ich so erledigt, dass ich eine Geburtstagskarte an meine Mutter schreiben wollte, leicht übermüdet, und gar nicht merkte, dass ich nicht mit ›Sebastian‹, sondern mit ›Bürobedarf‹ unterschreibe.«

»Hübscher Name. Sebastian Bürobedarf.«

»Ich hab das bestimmt tausend Mal geschrieben, immer wieder, diese Quittungen: Bürobedarf, Bürobedarf, Bürobedarf …«

Es ist ein schöner Abend, denkt sie. So locker, so leicht.

»Ich muss mal kurz für kleine Tiger.«

Während Sebastian sich entschuldigt, verändert Lisa einzelne Strähnen ihres Ponys und kratzt an einem Fleck auf ihrer Bluse herum. Ein seltsames Gefühl, denkt sie plötzlich, allein zu sitzen. Immer ist jemand um mich herum, von morgens bis abends, Kollegen oder Freunde, in einer Bar, einem Restaurant oder auch nur Leute in der U-Bahn. Der leere Stuhl vor ihr, die mittlerweile verlassenen Tische um sie herum, all das gibt ihr ein Gefühl von Schwerelosigkeit, in einem unangenehmen Sinne. Als fehle es ihr nämlich an Gewicht, wie bei einem Heißluftballon ohne Sandsäcke, und sie fürchtet sich davor, nach oben zu schweben. *Es kann jeden Augenblick passieren.*

»Möchtest du noch kurz mit nach oben kommen?«

Auch die Unterhaltung auf dem Weg zu Lisas Wohnung verlief tiefgründig, gleichzeitig bezaubernd. Zum ersten Mal seit vielen Monaten fühlt Lisa sich frei. Ansonsten kommt sie abends nach Hause und fühlt sich erschlagen von den Lebensgeschichten anderer Menschen, geradezu beladen mit deren Seelen. Dann liegt sie in ihrem Bett und fürchtet sich davor, zu rutschen. Zu fallen. Heute aber gleitet die Zeit irgendwie unter ihr hinweg, wie ein Energiestrom, der alle Menschen des Universums eint.

»Aber nur ein Absacker«, sagt er mit einem breiten Grinsen.

In dem Moment, in dem sie beide den Hausflur erreicht haben, hält sich Sebastian zurück. Bewusst. Was Lisa nicht ahnen kann. Er muss vermeiden, dass er sich verdächtig macht, alleine schon durch den Umstand, dass er sich wie selbstverständlich in einer fremden Wohnung bewegt.

»Was für ein schöner Tisch!«, stößt er also begeistert aus. (Dabei fand er den Tisch immer blöd. Der alte Kram hat ihn noch nie begeistert.) »Ja, ich liebe ihn«, sagt Lisa.

Ein 80 Jahre altes Erbstück, von dem sie Sebastian auch schon in der Redaktion vorgeschwärmt hat, weil die Oberfläche so gepflegt aussieht, nicht einmal Schrammen aufweist, obwohl er all die Jahre ausschließlich mit Seifenlauge und Wasser gepflegt wurde.

»Alle Leute, denen ich diesen wunderschönen Tisch gezeigt habe, haben mir gesagt: Das geht nicht, man kann so einen Tisch nicht nur mit Seife und Wasser pflegen …« Plötzlich schaut sie traurig nach vorne. »Und ich hab's auch tatsächlich geschafft: Der Tisch sieht nach einem Monat bei mir schon alt und abgeranzt aus. Nachdem er 80 Jahren bei meiner Tante gestanden hat!«

»Ich hätte das auch geschafft«, sagt er solidarisch.

Lisa geht in die Küche, um eine Flasche Ramazotti zu holen. Mittlerweile stakst sie durch ihre Wohnung, als laviere sie um einen frisch geputzten Flurboden herum.

»Boah«, säuselt sie und öffnet die Flasche, »manchmal habe ich das Gefühl, es ist nicht nur der Tisch. Gestern hatte ich eine Diskussion mit Ludger, dem Textchef, und obwohl ich sachlich geblieben bin, finde ich zumindest, schaut er mir seitdem nicht mehr in die Augen. Er ist angepisst.«

»Ludger ist eine Pussy.«

»Hallo!« Sie prustet eine Fontäne aus Schnaps und Glück. Es ist allerdings nicht nur das vierte Glas Alkohol, das Bier vorneweg, sie fühlt sich wie betrunken vor Wut und Euphorie.

»Ich bin mir sicher, dass du alles richtig gemacht hast. Du bist so eine kluge und eloquente Frau. Die ihre Worte mit Bedacht setzt. Und Ludger ist eine Pussy.«

Lisa wirft ein Kissen nach ihm, das nur knapp die Schnapsflasche auf dem Tisch verfehlt. Es ist kein Teil auf vier Beinen, sondern ein sauber geschnittener Baumstumpf, kaum bearbeitet.

»Na warte!«

Sebastian revanchiert sich mit einem weiteren Kissen. Nur leicht geworfen, aber Lisas Reflexe sind kaum noch vorhanden.

»Echt …«, verfällt sie aus dem Lachen in eine melancholische Stimmung, »der Druck, der Stress, manchmal habe ich das Gefühl, mir wächst alles über den Kopf.«

»Du bist eine tolle Frau …«

»Ich verrate dir ein Geheimnis«, haucht sie. »Wenn ich mich schlecht fühle, dann gehe ich zu meiner persönlichen Klagemauer … meinem Kleiderschrank. Wenn ich gar nicht weiterweiß, dann lehne ich meine Stirn an den Schrank und sage ihm alles, was mich bewegt …« Sie verschweigt Sebastian, dass mittlerweile in Kopfhöhe schon ein fettiger Rand glänzt.

»Darf ich meine Schuhe ausziehen?« Die Ferse seiner schwarzen Socke ist glänzend dünngescheuert.

»Und mein Sakko …«

»Wer zieht denn schon ein Sakko ins Kino an?«, prustet sie angeschickert, um ihn zu necken, und streckt ihm die Zunge heraus. Er steht vor ihr, legt das Sakko auf einen Stuhl und betrachtet sie eingehend, ohne die Hände aus den Hosentaschen zu nehmen.

»Ich!«

Dann macht er einen Schritt auf sie zu.

Er hebt sie hoch, scheinbar mühelos, als sei sie ein Blatt Papier, und zieht sie fest an sich. Sie spürt die Rippen seines Brustkorbs an ihrer Wange, und sie hört, wie sein Herz schlägt. *Schneller.*

»Weißt du, manchmal …«

»Psst!« Er drückt seinen Zeigefinger auf ihre Lippen.

Fast schon ängstlich umkreist sie mit dem Zeigefinger die Passform seiner Hemdenknöpfe. Allerdings bietet sie auch keinen Widerstand, als er sie zärtlich küsst.

Ihr Atem schmeckt rauchig.

Wieder betrachtet sie ihn lange. Dabei entgeht ihr, dass er die Couch, zu der er sie dirigiert, von Krümeln befreit.

»Was tun wir hier?«

Wieder schüttelt er den Kopf und macht beruhigende Zischlaute, wie bei einem Kleinkind, das nicht einschlafen will. Lisa hingegen will in seinen Kopf, seine Gedanken eindringen. So vieles bleibt mehrdeutig, alleine nur schon seine lückenlose Höflichkeit, seine Rücksichtnahme, seine Aufmerksamkeit. Und dass er sie immer wieder auffällig lange betrachtet, um dann eine vollkommen überraschende Frage zu stellen.

»Wieso sehen Frauen eigentlich immer sofort, wenn sich andere Frauen die Haare gefärbt haben?«

In einem anderen Zustand, in einer anderen Konstellation wäre Lisa dieser Einwand vermutlich absurd vorgekommen, aber heute, hier, erscheint ihr diese Frage wie eine Offenbarung. Sie betastet ihren Kopf und wirkt wie hypnotisiert.

»Wir haben einen Blick für Details …«

Seine erneuten Küsse sind fordernd, weich und irgendwie tiefgründig, wunderschön. Aber eine Kleinigkeit irritiert sie, trotz Alkohol oder gerade wegen des Alkohols, dass sie nämlich den Eindruck hat, als bewege sich ein anderes Ich von ihm durch das Zimmer, auch jetzt, als betrachte sie dieser andere Sebastian von der Zimmerdecke oder tanze durch das Badezimmer, öffne Schachteln und Kisten und ziehe sich ihre Kleider über. Und während sie noch angenehm besäuselt darüber sinniert, presst er abrupt ihre Hände, die sich auf Wanderschaft unter seinem Hemd befinden, zurück in ihren Schoß.

»Ich sollte jetzt wohl besser gehen.«

2

Habe ich etwas falsch gemacht?

Lisa notiert einen weiteren Gedanken in ihrem Tagebuch, der sich ins Nichts hinein öffnet. Und dort verliert. Alles poltert in ihr durcheinander. Sie hat kaum geschlafen, sich vielmehr unruhig von links nach rechts gedreht. Nach dem Aufstehen wiederum hat sie unaufhörlich Kaffee getrunken, eine Tasse nach der anderen, bis ihre Nervenbahnen jetzt gereizt glühen, wie bei einem Leoparden in der Savanne. Seit dem Aufstehen ist sie wütend auf Sebastian. Sie fühlt sich ausgenutzt, gleichzeitig ist ihr alles Geschehene auch peinlich. Und wie soll das alles weitergehen? *Ich hätte mich niemals so gehen lassen dürfen.*

Einerseits gewinnen die Gedanken Oberwasser, die Sebastian ohnehin als eklig einstufen, kalt, rücksichtslos, brutal – andererseits meldet sich (leiser) eine Fraktion, die sich eher ungelenk ausdrückt. Die sich aber lebendig anfühlt. Und warm. *Irgendwas hat dieser Abend in mir ausgelöst.*

Auf dem Teppichboden steht noch die Ramazotti-Flasche, wie ein Beweisstück. Am Flaschenboden ein kaum sichtbarer Satz. Daneben eine Weinflasche nebst Knabbereien, krümelig auf dem Boden verstreut; normalerweise würde sie all diese Sachen niemals herumstehen lassen. Sie hasst so etwas; alleine die Gerüche am nächsten Morgen. *Aber es ist passiert.*

Sie streichelt über die Ecken ihres Laptops, liest ein weiteres Mal die unzusammenhängenden Notizen und findet keine Antwort. *Kaum geschlafen.* Dann blickt sie ein weiteres Mal auf die Flaschen und die Knabbereien, als könnten ihr diese Details erklären, was am gestrigen Abend geschehen ist.

»Schluss jetzt!«

Abrupt steht sie auf, atmet tief ein und aus, greift eines der Weingläser und trinkt den verbliebenen Rest in einem Schluck. Anschließend stellt sie das Glas ein wenig zu fest auf die Spüle. Sie packt sämtliche Flaschen in eine Tüte (für den Transport zum Altglascontainer), schüttet die übriggeblieben Knabbereien in eine weitere Tüte (auch wenn die Plastikkammern noch zur Hälfte gefüllt sind), denn die Lust daran ist ihr vergangen.

Raus, denkt sie, raus. Auf die Straße.

Raus!

Auf andere Gedanken kommen, denkt sie, und trampelt doch weiter in der vertrauten Mühle. Es ist noch still draußen, Feiertag, die Menschen schlafen, und ein schemenhafter Dreiviertelmond schwebt vor einem schemenhaften Tageshimmel. Der Mond sieht bleich und abgenutzt aus, tatsächlich wie eine Scheibe, und die dunkler abgesetzten Hügel darin, die Krater, offenbaren annähernd dieselbe Farbe wie der umgebende Morgenhimmel, sodass Lisa einen Moment lang das Gefühl hat, dort hindurchsehen zu können. Und zwar bis in das Universum hinein.

Ich werde Sebastian nicht mehr beachten.

Ein Gedanke der ersten Fraktion. Also zufriedenstellend. In diesem Augenblick. Plötzlich raschelt es zu ihren Füßen; sie erschrickt und hebt hektisch ihre Beine. Eine Ratte?

Ein Vogel. Aber sie würde vor Scham im Boden versinken, wenn jemand erführe, wie sie in Wirklichkeit tickt. *Es ist doch kindisch, ihn nicht mehr zu beachten.* In der Redaktion immer cool, immer ruhig und abgeklärt, dabei bin ich in Wahrheit manchmal wie ein kleines Mädchen. Ich wollte in den Vorstand eines internationalen Unternehmens, denkt sie, und bin stattdessen in der Redaktion einer alternativen Genossenschaftszeitung gelandet. Statt Dienstwagen, Paris, New York, zweimal jährlich Urlaub in der Karibik – ist daraus Fahrrad, Kreuzberg und Portugal geworden. Einmal jährlich. »Aber ich bin zufrieden«, monologisiert sie, »ich bin glücklich, genau so.«

Ein etwa sechsjähriges Mädchen mit einer Brötchentüte vom Bäcker (und den Wechselmünzen in der freien Hand) schlendert ihr entgegen und starrt Lisa an, als sei sie ein Nachbarkind, das etwas Verbotenes angestellt hat.

»Es ist gut so«, flüstert Lisa und denkt über ihre Unsicherheit, über die Scheidung ihrer Eltern nach. Über diese Zeit, in der sie sich zum ersten Mal als *betäubt* erinnert. Zehnjährig, plötzlich paralysiert, woran sie überhaupt nicht zurückdenken möchte, weil sie diese unzähligen Monate als traumatisch empfindet, aber der Abend mit Sebastian löst in ihr eine Flut an Bildern aus, die sie nicht zu steuern vermag. Zehnjährig, denkt sie, betäubt, unfähig, meinen Papa zu halten. Von nun an zum Scheitern bestimmt, denkt sie und lacht gleichzeitig zynisch auf, weil dieser Gedanke so absurd ist. Um doch nur weiter zu schaben.

Von nun an *unliebbar.*

Sie schluckt.

Weil mir eine bestimmte Eigenschaft fehlt, einen Mann zu halten, denkt sie. »So ein Schwachsinn!«

Zum ersten Mal entlarvt, an diesem Morgen, auf dem Weg zum Flaschencontainer, entfernt vom Vollmond, beobachtet von einer Grundschülerin, aber der *Schmerz*, den die Erkenntnis gleichzeitig in ihr auslöst, ist irgendwie bestialisch vertraut, wie ein altes Familiengeheimnis.

Weil mir eine bestimmte Eigenschaft fehlt, einen Mann zu halten, denkt sie. Und nachdem Papa gegangen ist, einfach fort, ohne sich noch einmal zu melden, bin ich tatsächlich betont aufrecht gegangen, wie eine Pipette mit einer kostbaren Flüssigkeit, mit dem Kopf nach oben, gerade und aufrecht, um die Substanz in meinem Inneren nicht zu verschütten.

Und ich fühle mich weiterhin zerbrechlich.

Zum ersten Mal bemerkt sie, dass die Menschen, die sie bewundert, eine Gemeinsamkeit haben: Alle betrachten das Geschehen auf diesem Planeten vermeintlich distanziert. Da ist immer etwas Verborgenes, etwas Umhülltes, das diese Menschen an sich haben, und damit eine Trennmarke, etwas Undurchdringliches, das sie kaum greifbar macht.

Wie Sebastian.

Was ist gestern Abend geschehen? Warum ist Sebastian so abrupt abgehauen? Er hat nicht mal großartig etwas erklärt, hat nur seine Sachen gepackt (seine Schuhe zugebunden) und ist verschwunden. *War ich zu aufdringlich? Zu betrunken?* Es gelingt ihr nicht, das Denken, das Mühlraddrehen, abzustellen. *War ich zu ordinär?* Sie selber mag keine betrunkenen Frauen. Um dann sofort wieder etwas Gegenteiliges nachzuschieben: *An mir lag es nicht.*

Lisa nickt.

Sie geht weiter. Der Altglascontainer, in sichtbarer Nähe, umgeben von einer dreckigen Hecke, im Schatten, wirkt wie ein verlassenes Viereck aus Dunkelheit. Mittlerweile ist sie so lange in ihrem Viertel herumgeschlurft, dass sie sich durch die aufkommende Müdigkeit fast schon luftig fühlt. *So leicht.*

Sie sperrt alle Kindheitserinnerungen nunmehr wieder in ihrem Inneren ein, als seien es bezahlte Krakeeler in einer TV-Talkshow, die nur die eine Absicht verfolgen, sie bloßzustellen. (Klarsichtig genug, um zu wissen, dass die Radaubrüder danach erst recht anfangen werden zu randalieren. Sobald ihnen aufgeht, dass sich der Schlüssel ins Schloss dreht. Sie werden alles kurz und klein schlagen.)

»Sebastian hat provoziert!«

Lisa nickt.

Sie wird ihm die kalte Schulter zeigen.

Und wenn das jemand im Büro erfährt!

Katastrophe. Alleine aus dem Grund ist es schon besser, kein Wort mehr über den besagten Abend zu verlieren. Eine gesunde Distanz, sagt sie sich, freundliche Höflichkeit. Nicht mehr.

Normalerweise bequatscht sie derartige Probleme unmittelbar mit Emma. Aber diesmal geht es nicht. Es wäre peinlich. Viel zu viel Aufmerksamkeit für einen Kerl, sagt sie sich, zudem für *diesen* Kerl, der in der Redaktion nicht gerade den besten Ruf hat. Okay, er gilt als hilfsbereit und einsatzfreudig, aber viele sagen auch, er sei *merkwürdig*. Und Emma kann ihn nicht ausstehen.

Es geht nicht.

Obwohl, denkt sie plötzlich, ich könnte ihn zu Hause besuchen und dort zur Rede stellen. Unter vier Augen. Dann könnten wir uns aussprechen und das weitere Vorgehen koordinieren, sodass die Arbeit nicht darunter leidet.

Ein Gedanke der zweiten Fraktion – bis ihr plötzlich aufgeht, dass sie nicht einmal seine Adresse kennt.

Dabei durchzuckt sie eine weitere Einsicht: *Bewundere ich Sebastian?* Bringt er diese andere Lisa in mir zum Klingen, die nach oben wollte? *Will.*

Ihr ist kurz übel. Der Flaschencontainer ist von Mauern umgeben, die fleckig sind von Moos und Urinspuren. Das wuchtige Quadrat erinnert sie an eine Familiengruft auf einem Friedhof. Wie immer ist der Behälter für Weißflaschen bis zum Rand gefüllt, sodass jemand eine übrig gebliebene Flasche auf den Rand gestellt hat. Sie thront da oben, gleichzeitig vorbildlich und irgendwie auch *falsch*, wie ein Mann im Anzug bei einer Kostümparty.

»Sebastian hat das verbockt«, sagt sie und lässt die Flaschen aus der Tüte nacheinander scheppernd in den Container gleiten.

Dabei entdeckt sie *ihn* plötzlich. *Sebastian!*

Auf der anderen Straßenseite, an einer Ampel, an einer Kreuzung, offensichtlich wartend. Aber er kann Lisa nicht sehen, die durch die Containermauer verdeckt ist.

Kurz überlegt sie, die Gunst der Stunde auszunutzen und mit ihm ein klärendes Gespräch zu führen, gleich hier und jetzt, an der Kreuzung, bis sich ihr Eindruck verstärkt, dass Sebastian nicht zufällig an dieser Ampel steht. Er will nicht Brötchen besorgen.

Nein, er wartet auf jemanden.

Ihr wird heiß.

Von der Schädeldecke ausgehend, durchläuft sie ein Schauer, abwärts, sodass sie sich beinahe wie ein Hund fühlt, der sich trocken schüttelt. Unangenehm. Sie mag diese Gefühle nicht. Und sie will Sebastian auch nicht zuwinken, nicht länger mit ihm sprechen.

Währenddessen hält eine schwarze Limousine an der Kreuzung, mit verdunkelten Scheiben, und ein Mann in einem blauen Anzug, mit einer verspiegelten Sonnenbrille und einem betont unauffälligen Knopf im Ohr (der dadurch besonders auffällig ist, weil ein geringeltes Kabel, von der Ohrmuschel ausgehend, hinter dem Kopf bis in den Hemdkragen führt) steigt aus dem Auto und reicht Sebastian die Hand.

Dann fahren sie gemeinsam davon.

3

»Alles in Ordnung?« Eine WhatsApp von Emma.

Lisa zündet sich eine Zigarette an. Sie öffnet das Fenster und lauscht dem Nieselregen. Die nassen Bäume im Hof geben einen charakteristischen Blattgeruch (interessanterweise nach Frische) in den Schauer ab.

»Alles gut.« Eine ungewöhnlich kurze Antwort.

Verdächtig kurz, denkt sie und lauscht wieder in den Nieselregen hinein, der sich in wechselnden Rhythmen, zudem in unterschiedlichen Klangstärken äußert, wenn er sich vom Dach in die Regenrinne ergießt, im Standrohr verstärkt und mit Hall ummantelt wird, auf Blätter am Boden platscht, Plastikteller oder Porzellangeschirr streift, bis letztlich das Zischen und Rauschen vorbeifahrender Autos durch Pfützen und auf nassem Asphalt die Konversation zum Ende bringt.

»Normalerweise sagst du mir immer, wie dein Wochenende war.« Der Konter von Emma.

Erwartungsgemäß.

Ich kann ihr nichts vormachen, denkt Lisa. Sie zündet sich eine weitere Zigarette an und registriert dabei im gegenüberliegenden Spiegel, dass ihr Gesicht im Schein des aufflackernden Feuerzeugs unangenehm hart aussieht. Ein breiter Schatten zieht sich bei jedem Flackern, von der Nase ausgehend, quer über das Gesicht.

Aber ich kann ihr auch nicht die Wahrheit sagen.

Sie atmet den Rauch deutlich hörbar, schnaufend aus.

Ohne abzuaschen, mit einem glimmenden Ende, schreibt sie: »Bin ein bisschen durcheinander.«

Das muss reichen.

Durch das geöffnete Fenster finden einzelne Regentropfen den Weg nach innen und prickeln im Gesicht und auf den Unterarmen.

»Wer??« (Lachende Emojis). Emma lässt nicht locker.

Lisa fühlt, wie sich von Sekunde zu Sekunde stärker eine Form von Hohlheit in ihr ausbreitet. Wie ein schwarzes Loch im Universum. Zum ersten Mal antwortet sie nicht. Jede Erwiderung scheint falsch. Alles abzustreiten wäre albern und kindisch, denkt sie, und vor allem falsch, weil Emma sofort spüren würde, dass etwas nicht stimmt. *Und wenn ich ihr später doch die Wahrheit erzähle, dann ist sie sauer.* Zu Recht. Aber die Wahrheit zu schreiben, erscheint Lisa genauso falsch. Es war nur ein einmaliger Ausrutscher, denkt sie, nicht mehr. Interessant, dass es mich so beschäftigt, denkt sie, ich sollte den Abend mit einigem Abstand noch einmal analysieren.

»Bin gleich in der Redaktion.« Das scheint ihr die beste Antwort. Unverbindlich.

Und diesmal antwortet Emma nicht.

Ich kann ihr nichts vormachen.

An manchen Abenden bleibt Lisa eine ganze Stunde regungslos an diesem Fenster stehen, in ihren schönsten Kleidern. Auch ohne zu rauchen – sie will dem Viertel Würde verleihen.

»Es war nur ein einmaliger Ausrutscher«, sagt sie leise und vermisst dabei Sheila, ihr kleines Kätzchen. Letztes Jahr wollte Sheila durch das gekippte Fenster an ein Vögelchen gelangen, nur mit einer Pfote, aber sie ist in dem keilförmigen Spalt hängen geblieben und bei dem Versuch, sich zu befreien, erstickt. Für Lisa war es schrecklich, das Kätzchen abends leblos vorzufinden, und sie hatte sich geschworen, kein Haustier mehr zu halten – aber genau jetzt vermisst sie einen pelzigen Körper, der sich zwischen ihren Knöcheln reibt und sich anschmiegt. Genau dann, wenn sie zweifelt und nachdenkt, fehlt etwas, denkt sie, dieses Schnurren, wenn ich mich im Bett drehe oder eine Konservendose auch nur anfasse.

Emma antwortet nicht.

4

»Wir rocken das Haus!«

Sebastian berührt Lisas Arm in seiner unnachahmlichen Art: kaum wahrnehmbar; deutlicher als ein flüchtiger Händedruck, aber weit entfernt von einer leidenschaftlichen Umarmung.

Und er sieht wieder tief in ihre Augen. Er hat immer diesen bewundernden Blick, der Lisa fassungslos macht. Als wolle er in sie hineinsteigen.

Aber kein Wort über ihren gemeinsamen Abend. Mit dem abrupten Ende.

Deshalb schweigt Lisa.

Ihr ist weder nach Rock 'n' Roll noch nach Euphorie, geschweige denn nach überhaupt einem Meeting zumute. »Aber es muss sein …«

»Wie bitte?«

»Wir haben einen Job …«

Folglich steigt sie zu Sebastian ins Auto und registriert schweigend dessen merkwürdige Angewohnheit, den Motor durchdrehen zu lassen, bevor er den ersten Gang einlegt, um dann mit schleifender Kupplung loszurollen.

»Alles okay?«

Sie schnaubt zynisch. Das muss als Antwort reichen.

Nun schweigt auch Sebastian.

Kilometer um Kilometer fahren sie heraus aus der Stadt, auf die Autobahn, um in ein neues Industriegebiet zu kutschieren. Zu neuen Gesprächspartnern, denkt sie gehässig, unter falschem Namen, unter Vorspiegelung falscher Tatsachen. Passt alles.

Ihre Hoffnung ist, dass Sebastian ihr Schweigen versteht und sie darauf anspricht, aber Sebastian dreht das Radio lauter und summt den Refrain in einer imaginären zweiten Stimme. Sein Verhalten ist professionell wie immer. Als habe es diesen fraglichen Abend nicht gegeben. Offensichtlich hat er mit der ganzen Sache kein Problem, denkt sie, und beschließt, es ihm gleichzutun. Obwohl es sie ärgert.

Sie schmollt.

Aber sie gibt sich gleichfalls professionell. Unangreifbar.

Ihr Gesicht erstarrt zu einem kalten, harten Verbotsschild, das ihm an jeder Weggabelung die Richtung weist. Anschließend rutscht sie weit weg von ihm, bis ans Fenster. Dabei hüpft ihr Kopf bei jeder Bodenunebenheit nach oben, was allerdings nur Sebastian erheitert.

»Hier«, sagt er plötzlich und hält ihr ein viereckiges Päckchen entgegen, »eine kleine Aufmerksamkeit für dich …«

»Wie komme ich zu der Ehre?«, versucht sie sich an einer betont lässigen, gefühlsarmen Erwiderung und blickt mit einem ebenso betont nichtssagenden, undurchsichtigen Gesichtsausdruck an ihm vorbei.

Allerdings ist das Umschlagpapier mit Motiven aus dem Film »Der Zauberer von Oz« versetzt, was ihr augenblicklich einen Stich versetzt, denn dieser alte Streifen ist einer ihrer absoluten Lieblingsfilme. Was niemand weiß! Was auch bescheuert ist, wie sie selber findet, und es deshalb niemandem erzählt hat. Außer ihrem Tagebuch.

Sie hat den Film nämlich zusammen mit ihrem Vater gesehen. Bestimmt 20-mal. Und diese gemeinsamen Stunden im verdunkelten Wohnzimmer gehören zu den schönsten Momenten ihrer Vergangenheit.

»Danke schön«, flüstert sie krächzend und blickt aus dem Seitenfenster. Im Spiegel sieht sie, dass sich ihre Augen rosa einfärben.

»Es ist eine CD, wie du dir vielleicht gedacht hast«, sagt Sebastian und räuspert sich, »mit einigen meiner Lieblingsstücke, und ich dachte mir, dass dir die Musik vielleicht auch gefallen könnte ... Nur so ... Ohne Absicht ...«

Er lächelt.

Sie reißt das Papier erst vorsichtig, dann zunehmend achtlos ab und flötet anerkennend: Das ist keine CD, die man im Laden kaufen könnte. Das Cover ist mit einem Foto von Lisa gestaltet, alle Songs hat er mit einigen handschriftlichen Kommentaren versehen. Und sie ist zum zweiten Mal ergriffen, als sie die Titel liest: Es sind Stücke, die ihre Jugend geprägt haben. Vergessene, weitgehend unbekannte Independent-Songs, die ihr Leben wie Jahresringe dokumentieren. Es ist beinahe unheimlich, wie perfekt dieser Sampler zusammengestellt wurde.

»Wow«, sagt sie leise.

»Gefällt es dir nicht?«

»Doch, doch ... ich kenne einige dieser Lieder ... sogar sehr gut ...«

Sie kennt *alle* diese Lieder. Sie kennt die Texte und Melodiefolgen in- und auswendig.

Sie hat zu diesen Liedern in ihrer Wohnung getanzt, geheult, gelacht, sie ist mit diesen Songs um die Welt gefahren.

»Es war ein Experiment«, sagt Sebastian, »ich habe keine Ahnung, ob du solche Musik überhaupt magst …«

»Doch, doch …«, antwortet sie.

Das ist fast schon mystisch, denkt sie, dass dieser Mann, der so oft abweisend und desinteressiert wirkt, eine CD für mich zusammengestellt hat, die wie eine virtuelle Landkarte meiner Seele ist.

»Ich hätte es nicht besser machen können«, sagt sie.

Noch nie hat ein Mensch (erst recht ein Mann) so zielgenau ihren Geschmack getroffen.

Ihr ganzer Hass ist verflogen.

»Kennst du einige der Stücke?«, fragt er und lächelt. »Das ist jetzt nicht die typische Chartsmucke, also sorry, wenn ich völlig danebenliege …« Er dreht ihr sein Gesicht entgegen und betrachtet sie wieder mit dieser andächtigen Aufmerksamkeit, in deren Blickfeld sie sich wie eine vertrocknende Topfpflanze vorkommt, die endlich gegossen wird.

Lisa inhaliert einen tiefen, einen sehr tiefen Zug aus ihrer Zigarette und bläst den Rauch anschließend aus dem rechten Mundwinkel zum Fenster heraus.

»Ich dachte, du willst mich nicht in deiner Nähe haben.« Sie spricht diese Worte, dieses Bekenntnis, diese Wahrheit, eher beiläufig aus. Wie etwas Belangloses. So wie Emma manchmal sagt: »Röcke stehen mir nicht.«

»Blödsinn«, antwortet er.

Ein doofer, einfacher Satz, der aber alle ihre Fragen beantwortet.

Also schweigt sie und schaut aus dem Fenster.

Mittlerweile durchqueren sie einen typischen Vorort, in dem pausenlos Frauen Kinder in Autos einsteigen oder wieder aussteigen lassen. Die Verabschiedungen, die Ermahnungen und das Zuschlagen der Autotüren hallen noch etliche Meter weiter.

Lisa überlegt, sich stärker zu öffnen, vielleicht darüber zu sprechen, was ihr einige dieser Songs bedeuten, auch im Hinblick auf ihren Vater, um vielleicht darüber in ein Gespräch über den Abend zu kommen.

»Könntest du jemanden töten?«, fragt Sebastian plötzlich.

»Wie bitte?« *Immer diese Gedankensprünge!* »Wenn du auf den gestrigen Abend anspielst, nein danke, es geht mir gut.«

»Nein, ganz ernsthaft«, sagt er. »Wenn du wüsstest, man kann nicht herausfinden, wer es war – würdest du töten?«

Was soll diese Frage? Sie ist verwirrt.

»Ich kenne niemanden …«

Außer meinen Vater, denkt sie augenblicklich und fühlt sich gleichzeitig leer, wie ausgesaugt, als hätte sie etwas losgelassen.

»Und du?«

Warum redet er nicht über den Kuss?

Sebastian blickt starr geradeaus. »Es war mehr hypothetisch. Manchmal interessieren mich solche Fragen. Theoretisch. Ich könnte niemals jemanden umbringen.«

Warum reden wir dann über so ein Zeug? Theoretisch. Sie versucht, über einen Umweg an ihr Ziel zu gelangen.

»Manchmal finde ich die Vorstellung interessant«, sagt sie gedehnt, »eine Waffe zu haben, falls Einbrecher in meine Wohnung kommen.«

»Du kannst keinen Gegner mit einer Waffe aufhalten«, fällt er ihr abrupt ins Wort. »Aktion gleich Reaktion, das heißt, wenn einer zehn Meter zurückfliegen würde, würde natürlich der Schütze – sofern 100 Prozent Wirkungsgrad, was auch nicht erreichbar ist – würde der Schütze auch zehn Meter zurückfliegen, wenn er das Geschoss abfeuert. Zum anderen, normalerweise wird man nicht mal gestoppt. Also die sogenannte Mann-Stopp-Wirkung, wie sie in der Trivialballistik genannt wird, ist natürlich völliger Blödsinn. Normalerweise greift einer weiterhin an, auch wenn er zwei, drei Kugeln in der Brust hat. Nur ein Treffer im Kleinhirn kann ihn völlig ausschalten. Aber die Kraft, die einen zurückwirft, ist auch bei einer 44er Magnum nicht allzu schlimm, so einen Revolver schieße ich auch und andere, die nicht allzu kräftig gebaut sind, mit einer Hand …«

»Du hast mit Pistolen geschossen?«

Lisa unterbricht seinen Monolog und lässt dabei ihren Hinterkopf auf der Kopfstütze abrollen, als liege sie auf einer Luftmatratze am Strand, bei einem Sonnenbad.

»Revolver!«, zischt er. »Ein Revolver hat eine drehbare Trommel, die die Munition aufnimmt – eine Pistole wiederum ein Magazin, das meist im Griff steckt und herausnehmbar ist. Und ein Revolver ist konstruktionsbedingt sicher, da die Patrone erst hinter dem Lauf ist, wenn man den Hahn spannt. Eine Pistole dagegen ist im Ruhefall gesichert und muss unter Stress erst entsichert werden …«

Seine Begeisterung irritiert sie.

»Bei Pistolen wird die Hülse der Patrone nach dem Schuss ausgeworfen und eine neue Patrone zugeführt, mittels Gasdruck und Rückstoß.« Seine rechte Hand wechselt zwischen Gangschaltung und Knie und klopft dort jeweils einen anderen Rhythmus zu einer Melodie, die offensichtlich nur er vernimmt. »Ist dieser nicht gleichmäßig, funktioniert auch das Nachladen nicht sicher. Also muss die Munition sehr ähnlich sein. Auch Schmutz kann die Funktion beeinträchtigen – ein Revolver wirkt dagegen unverwüstlich. Aber schon das Laden der Munition wird wie ein meditativer Moment zelebriert, die Patronen sind fingerdick … Jeder Abzug ist auch auf den Schützen eingestellt. In Actionfilmen wird einfach mal so rumgeballert, aber im wahren Leben ist der Abzug auch eines solch gigantischen Revolvers sensibel wie eine Geigensaite …«

»Jawohl«, äfft sie ihn mit einer affektierten Kinderpiepsstimme nach, »sensibel wie eine Geigensaite!«

»Die meisten Hippies denken immer, man nimmt eine Wumme und schießt los. Das ist aber Quatsch! Wer mit einer Kurzwaffe auf 200 Meter treffen will, muss zuerst den Wind berücksichtigen, die Patrone, natürlich die Waffe, aber sogar das Tageslicht. Luftdruck und Temperatur verändern zudem den Geschossflug, und bei einer solchen Entfernung gerät die Kugel ins Trudeln, bis sie am Zielpunkt 50 Prozent ihrer Geschwindigkeit eingebüßt hat. Dann also noch präzise zu treffen, ist eher eine wagnisreiche Herausforderung. In Actionfilmen hingegen wirkt eine Schießerei eher läppisch. Die ungeheure Wucht, die Kraft, nicht einmal der Lärm wird angedeutet …«

Sebastian redet wie in Trance. So, als befehlige ihn eine innere Stimme.

»Ich denke mal, Film und Realität haben auch sonst nicht viel miteinander zu tun.« Lisa wiederum spricht langsamer als sonst und mit einer monotonen Kindergärtnerinnenstimme, um ihre aufkommende Gereiztheit in Schach zu halten.

»Und beim Schießen schon mal gar nicht«, fährt Sebastian ungerührt fort. »Das fängt schon bei den Cowboyfilmen an, wo die Schützen gerne auf dem Bauch liegen und dann rumballern, was das Zeug hält. Der Rückstoß würde ihnen aber die Waffe unentwegt ins Gesicht hauen. Oder: Bei einem Duell aus der Hüfte zu schießen – das ist gleichbedeutend mit: ins Leere schießen. Selbst geübte Schützen schaffen das nicht. Erstaunlicherweise gibt es auch nie Rauch, wenn zwei sich duellieren …«

In seinem weißen Hemd, der buntgemusterten Krawatte, vor allem aber in der Kombination aus Redeschwall und hektischen Gesten erweckt Sebastian den Eindruck eines verletzten Tieres auf der Flucht. *Gehetzt, verzweifelt, in die Enge getrieben.*

»Oder wenn die in diesen amerikanischen Filmen eine Feuerpause hinter einem schützenden Auto nutzen«, setzt er erbarmunglos wieder an, »um mal eben das Magazin aus den Pistolen herausschnappen zu lassen und neue Munition nachzudrücken. Das ist dabei sogar noch realistisch – aber danach müsste der Typ als Erstes bei jeder Pistole den Fanghebel des Schlittens drücken, und der ist äußerst schwergängig. Stürmt er dann endlich, zum Showdown, in ein Wohnzimmer und mäht alle Gangster mit seiner geliebten 44er Mag nieder, dann dürfte die Chance, in einem geschlossenen Raum ohne irreparablen Gehördefekt auch nur einen einzigen Schuss zu überstehen, sehr gering sein. Sogar in diesen Filmen werden teilweise Ohrstopfen benutzt, obwohl spezielle Filmwaffen nicht allzu laut sind. Die Mündungsblitze werden anschließend elektronisch eingefügt, da man sonst Pulver dafür bräuchte – was LAUT bedeutet – und sie, je nach Licht, trotzdem kaum sichtbar wären. Generell ist ein reales Feuergefecht extrem laut und alle im Umkreis von zehn Metern einer Waffe müssen mit Gehörschäden rechnen.«

»Nimmt man halt einen Schalldämpfer«, sagt Lisa genervt. Sie kann das Thema nicht mehr hören, und immer, wenn sie von einer Problematik angeödet ist, liegt etwas Tantenhaftes in ihrer Stimme.

»Oh Gott!« Sebastian starrt sie mit großen Augen an. Dabei wirkt er jetzt griesgrämig und verbittert, wie ein Mensch, der immer recht hat. »Wie oft habe ich das schon von Leuten gehört, dass Killer angeblich unbemerkt mit Schalldämpfer schießen. Weil man das in Filmen sieht! Aber auch gute Schalldämpfer-Waffen sind in Wahrheit laut. Es gibt ganz wenige Spezialkonstruktionen, die vielleicht so leise wie ein Luftgewehr sind, aber auch das ist ein Vielfaches von James Bonds ›Puff‹. Hätte Bond auf seine Beretta einen guten Dämpfer geschraubt und sogar Unterschallmunition benutzt – die es nur in Handarbeit gibt – wären die Hotelbewohner im Nachbarzimmer trotzdem aus den Betten gefallen. Und Aufschrauben auf eine normale Waffe bringt kaum etwas …«

»Jaja …«

Sie wirft ihm einen grüblerischen, distanzierten Blick zu, dann schlägt sie abrupt mit beiden Handflächen auf die Ablage ihrer Beifahrerseite.

»Warum bist du einfach gegangen?«

Er schweigt.

Lisa schließt die Augen, als wolle sie Kraft schöpfen für einen neuen Ausbruch.

»Ich kann das nicht …«, murmelt er, bevor Lisa loslegen kann. So leise und tonlos, dass es beinahe wie das Brummen einer Fliege klingt.

»Was kannst du nicht?«, fragt sie ebenso leise zurück und blickt dabei auf den dünnen, ausgeworfenen Faden ihrer Stimme.

Er stellt wieder das Radio an.

Hier draußen, im sogenannten Speckgürtel der Stadt, wo die Welt noch in Ordnung sein soll und tatsächlich noch Kinder über Stunden in blaugemusterten Kunststoff-Planschbecken jauchzen, wobei das auslaufende Wasser sich in den dahinterliegenden Wegen und Beeten verteilt, bis alles im Dreck schwimmt, hier draußen klingt selbst die Musik im Formatradio anders. Irgendwie melancholischer, trotz Rhythmus, irgendwie mühseliger, als müsse sich jede Note einzeln über Kilometer von Autobahnen und Landstraßen herankämpfen, vorbei an dreckigen Rastplätzen und Müllhalden, Industriebrachen und Möbelhäusern.

»Es geht mir zu schnell, alles …«

»Was geht dir zu schnell?« Ihre Augen schmerzen mittlerweile vom angestrengten Blinzeln gegen das einfallende Sonnenlicht.

»Ich brauche Zeit, bevor ich mich fallenlassen kann.«
»Dränge ich dich zu irgendetwas?«
»Ich kann darüber nicht sprechen. Es ist zu schrecklich.«
Seine Worte schweben stumm in der Luft, wie Staubfäden im Gegenlicht.
Schweigen.
Irgendwann biegt Sebastian auf einen Firmenparkplatz ein. Der Eingang ist von kugeligen Büschen umgeben, die an geschorene Pudel erinnern.
»Und das war jetzt alles, oder sollen wir …?« Lisa bricht ihren Satz ab und trottet hinter Sebastian her. Aber in der Empfangslobby fragt sie nach einer Toilette und lässt ihn stehen.
Sie will einfach nur zur Ruhe kommen und setzt sich angezogen auf den herabgeklappten Kloschüsseldeckel. Um sie herum wuseln hektische Frauen, ohne miteinander zu sprechen, Karrieristen aus allen Kontinenten, und in der Nebenkabine, nur wenige Dutzend Zentimeter von ihr entfernt, sitzt eine Frau und schluchzt leise.
Lisa hört ihren Atem.
Sie spürt eine Kühle, die sie anweht, die nicht von einer Klimaanlage herrührt.

»Da ist ja auch meine Kollegin!«
Sobald Lisa in den angewiesenen Besprechungsraum tritt, drehen sich alle Anwesenden gleichzeitig um, was sie in der Bewegung zahlreicher wirken lässt, als sie tatsächlich sind.
»Entschuldigung«, räuspert sich Lisa und lächelt.
Die geballte Aufmerksamkeit schlägt ihr wie ein Windstoß entgegen.
»Ohne meine Kollegin fange ich nicht an«, sagt Sebastian und scherzt mit dem Anzugträger an seiner Seite.
Sebastian durchläuft wieder diese Verwandlung, denkt sie.

Eine Art Häutung, auf die Lisa mittlerweile aggressiv reagiert. Andererseits, denkt sie, ist er nur professionell – im Gegensatz zu mir. Er hat gesagt, wir müssen als Schauspieler agieren, und er beherrscht es.

Als hätte es dieses Gespräch im Auto nie gegeben.

Also lächelt auch Lisa.

Coolness ist ihr Zweitname. »Und ohne mich hört er auch nicht auf.«

Sie wirken jetzt wie eines dieser schrulligen Pärchen aus älteren Hollywood-Produktionen, in denen jeder Dialog ineinanderrattert wie ein Uhrwerk.

»Kommen wir mal zum Geschäftlichen«, sagt Hoffmann, der Verlagsleiter, dessen buschige Augenbrauen sich nach oben zwirbeln. Er ist ein großer, irgendwie zerknautscht wirkender Mann mit auffälligen Hängebacken, die Lisa an einen Hund erinnern. Sein Lächeln ist wie festgefroren. Gleichzeitig fehlt ihm jede Wärme, auch Freundlichkeit, so als hätte er diese Attribute wie einen Kugelschreiber mal eben zu den Akten gelegt.

»Ein interessantes Angebot haben Sie da.«

»Das will ich doch mal stark hoffen«, antwortet Sebastian.

Hoffmann beginnt damit, sein Handy, zwei Füllfederhalter und einen Notizblock vor sich her zu schieben, als seien es Schachfiguren. Folglich tauscht er auch die Lage des Handys mit dem eines Federhalters, wie eine Rochade, wenn der König seinen Platz mit dem Turm wechselt.

»Eine Woche lang ganzseitige Anzeigen – das kommt uns nicht ganz ungelegen …«

Hoffmann trägt einen Ehering, der offensichtlich schon einige Jahrzehnte nicht mehr bewegt wurde, denn er ruht wie eingebettet in die umliegende Haut.

Zwei junge Frauen neben ihm tippen pausenlos in ihr Handy, nur mit den beiden Daumen. Sie agieren dabei in einer Geschwindigkeit, die Lisa an Stenotypisten vergangener Zeiten erinnert.

»Vielleicht auch länger«, schiebt Sebastian nach. »Geld ist dabei kein Problem. Unser Klient drängt auf den deutschen Markt und scheut dafür keine Kosten.«

»Und warum unsere Zeitung?«

»Ihre Leserschaft ist für uns interessant, außerdem ist der Vorstand unseres Mandanten der Meinung, dass sich eine Anzeige in einer der großen Top 5 Zeitschriften versendet.«

»Die nimmt man nicht wahr«, ergänzt Lisa.

Sebastian nickt erfreut.

»Und wie darf ich Ihre Andeutung verstehen?«, fragt Hoffmann.

»Andeutung? Ach, Sie meinen die Anfrage, ob es möglich sei, ein positives Umfeld zu schaffen?«

»Ja.«

»Dieses Umfeld wäre für uns entscheidend.«

»Für die Anzeigenschaltung?«

»Für die Zusammenarbeit.«

Sebastian lächelt in einem fort. »Ein positives Umfeld, eine harmonische Gestaltung ist für unseren Mandanten existenziell. Es geht dabei nur um das Umfeld der Anzeige. Wir wollen nicht die Freiheit der Presse infrage stellen. Es ist halt nur so, dass wir einen gewissen *Spirit* vermitteln möchten, verstehen Sie, eine Botschaft von Liebe und Universalität. Und wenn dann im Umfeld der Anzeige nur über solche negativen Erscheinungen wie Krieg oder Umweltzerstörung gesprochen wird, dann verpufft unsere Botschaft.«

Sebastian spricht mit einer tonlosen Gleichförmigkeit, wie eine dieser Spielzeugpuppen, die zehn immer gleiche Sätze aufsagen, sobald man an der Schnur zieht, die aus deren Rücken hängt.

»Es geht auch nur um einige wenige Themen«, assistiert Lisa in exakt dem gleichen sachlichen Ton, den alle in diesem Besprechungszimmer anschlagen, als müsse man einen Psychopathen solange in Schach halten, bis die Polizei eintrifft. »Nur einige wenige Themen, eher lokal. Und nur für die Dauer der Anzeige. Eine Kleinigkeit …«

»Eine Kleinigkeit, soso …«

Hoffmann sortiert einige Din- A4-Blätter (die er bislang weder benutzt, noch angesehen hat), indem er sie der Länge nach auf den Tisch schlägt. Mehrmals.

»Das macht mir noch ein wenig Bauchschmerzen …«

Plötzlich reckt er den Kopf und sieht zum Fenster.

»Sind das Möwen? Hier?!«

Hoffmann steht auf, gefolgt von seiner gackernden Entourage (diesmal ohne zu tippen) und lehnt sich weit heraus. Am Himmel ist nichts zu sehen. Aber unten, auf dem Bürgersteig, schiebt sich ein Rollstuhlfahrer vorwärts, dessen Speichen von einer Schutzfolie bedeckt sind. Sein langsames Rollen erzeugt das Geräusch.

Hoffmann ordnet einige Stirnhaare nach hinten und setzt sich zurück an seinen Platz. Er pustet die Backen auf. Irgendwie scheinen alle ihren Text vergessen zu haben.

»Also, ich denke … Wir melden uns …«

Eine der Frauen neben ihm senkt ihr Handy, als ginge sie davon aus, dass damit alles gesagt wäre.

Sebastian schiebt polternd seinen Stuhl zurück.

»Ich rufe Sie an«, murmelt er.

Hoffmann nickt und bleibt sitzen. Er verschränkt die Finger ineinander und mustert Sebastian mit einer ausdruckslosen Miene.

Lisa schweigt und verlässt noch vor Sebastian den Raum.

Jedes Wort scheint in diesem Moment falsch. Ungefähr so, als ob man auf ein Hüpfseil zuläuft, überlegt sie, in der Kindheit, und dort den einen, entscheidenden Moment verpasst, vor dem Einspringen, kopfnickend, dann ist alles hinüber.

Der Sprung.

Im Aufzug greift Sebastian schweigend ihre Hand. Ganz kurz nur. Er berührt ihre Finger und lässt sie los, bevor Lisa antworten oder reagieren kann. Beinahe wie ein gemorstes Codewort.

DIE DOKUMENTE

1

»Zuerst war die Fahrt im Auto ganz normal«, erzählt Benny Weiher, »und dann plötzlich meldet sich mein Bordcomputer mit einer Fehlermeldung: ›Hintere Fahrertür offen‹. Obwohl mit der Zentralverriegelung alles verschlossen ist!«

Benny steht am Drucker, schildert die Probleme, die sein Auto neuerdings macht, und er ist derartig aufgebracht, dass er sich pausenlos dreht und wendet, auf der Suche nach Verbündeten.

»Es geht noch weiter«, sagt er, dreht und wendet sich, während sein Mund in den Satzpausen offen steht. Dadurch wirkt er wie ein Leuchtturm, der Lichtzeichen in die raue Weite sendet.

»Irgendwann hatte ich dann einen kompletten Ausfall der Armaturenanzeigen. Ich konnte auch nicht mehr blinken. Nicht mal mehr die Warnblinkanlage funktionierte.«

»Und dann?« Heiter beobachtet ihn mit einem sarkastischen Augenrollen.

»Ich bin trotzdem nach Hause gefahren und habe den Wagen abgestellt. Nach einer Stunde habe ich es noch mal ausprobiert – jetzt ließ sich auch die Zentralverriegelung nicht mehr öffnen. Der Wagen ist nicht mal mehr angesprungen. Auch die Türen waren verriegelt, es ließ sich von außen nichts mehr öffnen. Ich musste den Wagen abschleppen lassen.«

»Wahnsinnig spannend.« Heiter gähnt demonstrativ.

»Es geht dabei um mehr. Erinnert ihr euch an meine Story über VW, die urplötzlich in den Online-Foren auftauchte – ich sage euch: Das war kein Zufall. Das hat jemand bewusst gestreut, vermutlich der Verfassungsschutz. Oder ein anderer Geheimdienst.«

»Bestimmt die Russen!«

Gelächter.

»Nein, ernsthaft. Die Dokumente, die ich hatte, waren eingestuft als ›höchste Geheimhaltung‹. Die konnten nicht einfach so im Netz auftauchen. Vermutlich ist der Verfassungsschutz davon ausgegangen, es ist besser, wenn *sie* in die Offensive gehen.«

Bennys Augen funkeln wild und gleichzeitig schreckhaft, dabei reflektiert sich das grelle Flurlicht in seinen Augen wie ein Funkenflug. Er druckt immer neue Statistiken und Texte aus und zieht jedes einzelne Papier mit einer pathetischen schnellen Drehbewegung über seinen Kopf hinweg, bevor er sie neben dem Gerät aufeinanderschichtet. Durch die Bewegung sollen etwaige feuchte Stellen trocknen.

Heiter gähnt wieder demonstrativ.

»So spannend fand ich deine Story nicht, dass sich der Verfassungsschutz dafür interessieren würde.«

»Das war ja auch nur eine Verkürzung in diesem Forum!«

Bennys Stimme bricht. Er wirkt so, als sei er in einem kilometertiefen Betonschacht aus Fakten versunken (während er oben noch als Echo, als Hall, zu vernehmen ist), die in ihrer steinernen Festigkeit gleichzeitig auch die Kälte und Erbarmungslosigkeit des menschlichen Strebens verkörpern.

»Zurück zu den Autos«, sagt Emma im Vorbeigehen, »früher hatte man vielleicht mal einen Motorschaden, fuhr damit aber in die Werkstatt. Heute ist es ständig die Elektronik. Ist das nicht eine Geschichte?«

»Nein.«

»Bald wird es zur Normalität gehören, dass Hacker dein Auto fernsteuern«, nimmt Heiter den Faden auf. »Es hat schon Angriffe auf das Infotainmentsystem gegeben. Die haben von außen, über das Netz, auf die Diagnose-Schnittstelle einiger Fahrzeugmodelle zugegriffen und dann, aus der Ferne, unter anderem die Kontrolle über Bremsen, Beschleunigung, Türverriegelung, Klimaanlage und Scheibenwischer übernommen. Im Rückwärtsgang soll sich sogar das Lenkrad fernsteuern lassen. Das werden spannende Zeiten …«

Heiter glüht förmlich. Erhitzt vom gefährlichen Brodeln des Alltags, der verborgenen Lava des Terrors.

»Jaja, super spannend …«

Benny dreht unwirsch den Kopf und wird dabei hektisch, ein wenig wie ein schüchterner Junge, der sich unter fremden Menschen bockig und abweisend verhält. Auf seinen Wangen zeigen sich feine rote Äderchen, zart verästelt, wie Flüsse und Seitenarme in einem Schulatlas.

»Richtig«, sagt Heiter und verschränkt seine Arme hinter dem Kopf. »Spannende Zeiten.«

Durch die Bewegung wird das Innenfutter seines Sakkos sichtbar. Es changiert seidig, leicht rötlich, ein wenig bläulich, insgesamt wie der Schimmer auf faulendem Fleisch.

»Hacker könnten einen Menschen töten«, sticht Heiter weiter zu. »Das ist …«

»Beunruhigend!« Bennys Schläfenadern treten hervor.

»So könnte man es auch sagen …« Heiter dreht sich ruckartig um, als überfielen ihn schlimme Schmerzen. Sein ganzer Körper zittert und bebt.

Während Emma sich langsam von ihm wegbewegt, verdichtet sich bei ihr allerdings der Eindruck, dass er vermutlich doch gesund ist. Anscheinend unterdrückt Heiter nur ein Lachen.

2

Hemden, die ihm gefallen, kauft Heiter gleich im Zehnerpack. Auch Hosen. Er sieht dadurch eigentlich immer gleich aus.

Der Vorteil dabei ist, denkt er und betritt vorsichtig Lisas Wohnung, dass ich mich nach einem Abenteuer zu Hause schnell umziehen kann, wenn ich mich zum Beispiel bekleckert habe, und dadurch fällt es niemandem auf.

Er steht im Flur und lauscht. Nach innen. Nach außen.

Ein wichtiges Ritual: erst einmal *hören*.

Lisa hat das Küchenfenster offen stehen lassen (wie immer im Sommer), und wie immer, denkt er, wenn ich an dieser Stelle in der Wohnung stehe und lausche, dann fährt draußen in dem Moment ein Auto vorbei. Oder ein Bus. Und irgendwo bellt ein Hund. Oder jemand schreit.

Vorwärts.

Das leise Schaben seiner Schritte in der fremden Wohnung schneidet Kerben in die Stille.

Obwohl er erst zum zweiten Mal hier eindringt, kommt ihm die Wohnung mittlerweile vertraut vor. Die hintereinanderliegenden Zimmer erwecken den Eindruck von Offenheit. Aber irgendwie wirkt dieser Gegensatz aus Gradlinigkeit der Architektur (unterstützt durch spärliche Möblierung) und gleichzeitig chaotischer Schludrigkeit (rund um das Sofa und rund um Lisas Bett, im Schlafzimmer) heute irgendwie so, als ob die präzise aufeinander zulaufenden Holzleisten am Boden eher wie ein Gehege angelegt sind, das die überall hervorquellende Angst beschränken soll.

Also beginnt er damit, kleine Dinge in ihrer Wohnung umzustellen. Nur wenige Zentimeter. Kaum sichtbar.

Ein Leuchtturm-Souvenir von irgendeinem Strandurlaub auf dem Regal, zwischen den Fenstern: Heiter dreht ihn um 90 Grad. Die Bücher im Regal: er vertauscht die mittleren beiden Bände (nicht alphabetisch geordnet). Die DVDs neben der Couch: Heiter mischt die Reihenfolge neu zusammen.

Vielleicht ein neuer Radiosender? (Gleich wieder verworfen. Das wäre eine Spur zu auffällig. Heiter weiß um Lisas Vorliebe für einen bestimmten Digitalsender. Es geht schließlich nur um Nuancen, kaum wahrnehmbare Skalenverschiebungen, darum, dass sie sich am Kopf kratzt. Es geht nicht darum, dass sie misstrauisch wird.)

Im Badezimmer stellt er Shampoo und diverse Seifenpackungen sowohl auf dem Waschbecken als auch auf dem Badewannenrand einmal spiegelverkehrt neu zusammen. Den Wasserhahn dreht er fester. Den Heizungsknopf stellt er auf »warm« (im Sommer wirkungslos; aber darum geht es nicht). Und einen ihrer Lippenstifte postiert er hochkant.

Kleinigkeiten.

Im Grunde, denkt er, bin ich der Einzige, der daran Gefallen haben wird, wenn ich mir das Ganze später durch die Kamera ansehe.

Länger als beabsichtigt betrachtet er deshalb den Küchenstuhl, auf dem Lisa meistens sitzt, wenn sie in ihrem Laptop das Tagebuch öffnet und ihre versteckten Gedanken notiert. Irgendwie ergreifend. Es wäre schön, denkt er, in einem solchen Moment auch wahrhaftig neben ihr stehen zu können, verborgen, versteht sich, unsichtbar, aber irgendwie *näher* als nur durch die Kamera in ihrem Laptop.

Eines Tages wird auch das möglich sein.

Er geht in ihr Schlafzimmer und öffnet einige Schubladen. Hier hält er sich besonders gerne auf. In dieser betonten Feinfühligkeit, mit der er Stoffe hebt und verschiebt, der Langsamkeit, mit der er Unterwäsche seziert, kommt er sich ein wenig wie ein Archäologe bei einer Grabung vor. Es fehlt nur noch ein Pinsel. Tiefer und tiefer, denkt er, durch die Jahrhunderte, die Ablagerungsschichten, bis ihn die Idee befällt, er stoße vielleicht sogar noch auf einige Utensilien aus Lisas Grundschulzeit.

Nach einigen Minuten aber glättet er die Stoffe wieder und verschließt die Schubladen in aller Sorgfalt.

Dann verlässt er auch das Schlafzimmer.

Er schließt die Tür – aber er ritualisiert diesen Vorgang wie einen Staatstheaterakt, auch in einem solchen Pathos, indem er die Tür zuerst wieder einen Spaltbreit öffnet – und dann hechelnd hineinriecht. Um sie dann sofort wieder zu verschließen. (Seinen Vater hatte er mit dieser Angewohnheit zur Weißglut gebracht. Morgens, gleich nach dem Aufstehen, öffnete und schloss Heiter dreimal lautstark die Tür zum elterlichen Schlafzimmer, knarrend, knallend, nur um zu riechen, ob es innen in dem Zimmer schon nach Tod roch. Nach Verfall, nach Fäulnis. Nach Alter.)

Alles gut.

Wie immer, denkt er, liegen auf dem Küchentisch ungeöffnete Rechnungen. Ich öffne bei mir zu Hause jeden Brief, denkt er, auch Rechnungen, vielleicht sogar *gerade* Rechnungen, um keine böse Überraschung zu erleben – aber Lisa schiebt diese Dinge unendlich auf. Auch an dem Abend, als ich Lisa genau neben diesem Erbstücktisch geküsst habe, erinnert er sich, musste ich erst einmal die ganzen ungeöffneten Briefe zur Seite schieben.

Der Kuss.

Eine Sache fehlt noch. Er will noch nicht gehen.

Heiter zieht sich langsam aus und legt sich nackt in Lisas Bett. Dann greift er ihr Schlaf-T-Shirt und die Bettdecke und reibt sie nacheinander an seinem schwitzenden Körper. Phermone verteilen, als Aufgabenpunkt. Zunehmend rhythmisch wälzt er sich in ihrem Bett und kopuliert Lisas Plumeau.

Bis zum Orgasmus.

3

»Benny hatte einen lebensgefährlichen Autounfall.«

Berger hat die Redaktion zu einer außerordentlichen Sitzung in den großen Konferenzsaal gerufen.

Und alle sind geschockt.

»Vermutlich wurden seine Reifen vorher angestochen, mit einem spitzen Gegenstand, einer Nadel. Sehr fein, kaum sichtbar. Aber gezielt. Kurz bevor er das Haus verließ. Ausreichend, dass auf der Autobahn alle vier Reifen Luft verloren und Benny ins Schleudern geriet ... Er ist im Krankenhaus. Schwer verletzt.«

An den Wänden, hinter der schweigenden, geschockten Belegschaft, hängen Porträtfotos der Redakteure. Eine Sommeraktion. Auch von Benny Weiher. Sogenannte Kunstfotos, auf denen Menschen mit verklärten Mienen einen imaginären Punkt im Leeren fixieren.

»Und ausgerechnet zum Zeitpunkt des Unfalls war unser neuer Kollege bei einer Recherche«, sagt Emma.

Diese Anmerkung soll vermutlich witzig sein, aber Heiter läuft rot an. *Witzig?*

Er lächelt trotzdem. Gnadenlos. Eines hat er während seines Trainings gelernt: Souveränität selbst in aussichtslosen Situationen. Nie nervös werden. Der Grat zwischen Lüge und Wahrheit ist der Zweifel. Also niemals zulassen.

»Wo sollte ich denn sonst sein?«, albert Heiter. »Ich bin immer im Einsatz.«

Niemals zulassen, denkt er, denn wir wirbeln alle bloß durch das Universum, wie kleine Monde um eine Sonne. Wie Kinder auf einem Karussell im Park, an einem Sonntag, denkt er, stundenlang drehend, laut kreischend, schneller, schneller, und dabei werden wir durch die Zentrifugalkraft in unseren Sitz gedrückt.

Und können uns nicht bewegen.

»Das ist jetzt nicht der richtige Zeitpunkt für Albernheiten«, echauffiert sich eine ältere Kollegin, die irgendeine Rubrik in der Wochenendbeilage betreut. Heiter hat noch nicht einen Satz mit ihr persönlich gewechselt, aber in diesem Moment könnte er ihr die Hand küssen.

»Gibt es denn schon Informationen aus dem Krankenhaus?«, fragt ein Volontär.

Berger verneint. »Es war wohl ein schlimmer Unfall, aber Benny wird ihn – aller Voraussicht nach – überleben. Was mich und vermutlich viele von euch bewegt, ist die Frage, ob dahinter nicht vielleicht ein gezielter Anschlag stecken könnte …«

»Von wem denn?«, fragt Heiter in einer (für seine Verhältnisse) eher dünnen, eher verloren klingenden Stimmlage.

»Wie gesagt, zum jetzigen Zeitpunkt ist das reine Spekulation. Wir müssen die Ermittlungen der Polizei abwarten. Es hat sich noch nichts ergeben – aber die Polizei hat an den Reifenteilen, die nicht aufgeplatzt sind, verdächtige Löcher gefunden.«

Berger sitzt mit nach vorne gebeugten Schultern und gesenktem Kopf auf seinem Stuhl und glotzt dabei ohne Unterbrechung auf seine Schuhe.

»Deshalb müssen wir auch mit der Hypothese arbeiten, dass es ein gezielter Anschlag auf Benny war. Wir werden nachher in einer kleinen Gruppe noch einmal das Material durchgehen, das Benny gesammelt hat, im Zusammenhang mit der möglichen Kooperation zwischen der Bundesregierung und VW …«

Das Unwohlsein ist spürbar.

Das bedrohliche Gefühl im Magen und in der Brustgegend, die Panik davor, in einem dunklen Labyrinth zu hocken, in das kein Licht mehr fällt und aus dem es kein Entrinnen gibt.

Eine Falle in einer neuzeitlichen Pyramide, denkt Heiter, in der sich alle Türen nur in eine Richtung öffnen lassen. Auch wenn der Fluchtweg sich als der falsche erweist.

Und genau das ist der Auftrag, denkt er. Das ist der Plan.

»Warum habt ihr Bennys Story eigentlich nicht veröffentlicht, obwohl Einzelheiten davon im Internet standen?«

»Benny wollte nicht mehr«, antwortet Berger der unbekannten Frau aus der Wochenendbeilage. »Er war schon tief getroffen. So ganz habe ich damals nicht verstanden, was eigentlich genau passiert ist – aber unter den aktuellen Ereignissen bekommt das alles ein neues Gewicht. Irgendwie ist damals wohl im Netz eine Diskussion über die VW-Connection aufgekocht, aber halt mit genau den Informationen, die Benny exklusiv hatte. Von daher vermutete er …«

»Woher weiß Benny eigentlich, dass seine Informationen exklusiv waren?« Heiter lächelt, während er seine Frage absetzt. Genau so, wie man das tut, wenn man etwas Freundliches anbringt. Seine Stimme bleibt also gleichförmig, wohlklingend, eher leise. Fast schon streichelnd.

Dabei ist es böse.

Berger schüttelt den Kopf. »Mir geht das alles noch zu nahe. Ich möchte an dieser Stelle die Konferenz abbrechen, aber ich bitte alle Kollegen und Kolleginnen, sehr aufmerksam zu beobachten, ob euch etwas Verdächtiges auffällt. Und wenn ja, dann bitte sofort eine Info an alle! Scheut euch nicht davor, dass es eine Fehlermeldung sein könnte. Besser einmal zu viel gewarnt als einmal zu spät. Keine Scheu davor, vielleicht zu übertreiben. Solange wir nicht wissen, was los ist …«

Im grellen LED-Licht sind seine Pupillen erweitert und flackern leuchtend schwarz. Und plötzlich durchläuft Berger ein Zittern, als herrsche eisige Kälte in diesen Räumen, Minustemperatur, Gefrierschrankatmosphäre (während die Menschen auf der Straße vor der Hitze fliehen).

»Einen schönen Tag noch …«

Auf dem Weg nach draußen, an seinen Schreibtisch, spricht er Emma an. Sie steht im Flur und wartet offensichtlich auf eine Kollegin.

»Alles gesund bei dir?«

Die leicht gebogenene Deckenlampe zaubert ihr einen Strahlenschein auf das Haupt.

»Nichts für ungut«, antwortet sie und streicht mit dem Zeigefinger der rechten Hand einmal längs über ihre Lippen. Seit gestern hat sie beide Handrücken mit Henna-Ornamenten verziert, die in ihrer Farbgebung an krustiges Blut erinnern.

Nichts für ungut?

Heiter hat sich kaum noch unter Kontrolle. Am liebsten würde er jetzt zuschlagen! Die Situation im Konferenzraum hat ihn gequält. Dass Emma ihn nämlich bloßstellen wollte! Dass sie einen Verdacht hatte!

»Ich habe dir die Karten gelegt …«, flüstert er.

Außerdem quält es ihn, dass er nicht weiß, ob Bennys Unfall tatsächlich organisiert wurde – und ob es dann von seinen Hintermännern ausging. Möglich wäre es. Es ist Heiter klar, dass diese Leute auch alles von ihm wissen, sowohl, was er schreibt und vorhat, als auch, mit wem er telefoniert. Allerdings hat er nie gesagt oder geschrieben, dass er Benny tot sehen möchte – es war lediglich ein *Gedanke*.

Und das bringt ihn gerade zusätzlich aus dem Tritt. Heiter weiß, wie durchlässig auch er ist, trotz Verschlüsselung, trotz TOR-Programm und Darknet, aber momentan fühlt er sich so, als hätte er etwas Falsches gegessen. Denn er geht davon aus, dass es jemand von der Eingreifgruppe war. Nicht dass es Heiter stören würde, aber diese Dynamik ist doch überraschend. Und einen Moment lang kommt ihm der Angriff auf Benny – gerade in dieser Machtfülle – wie ein Hinweis auf ihn selber vor. Wie eine Einordnung in die Hierarchie. Eine Erinnerung.

»Ja, und?«

»Es gibt da eine beunruhigende Konstellation«, säuselt er.

Nichts für ungut.

»Willst du mir Angst machen?«, fragt Emma und gibt sich einen kühlen, möglichst unnahbaren Gesichtsausdruck.

»Mit mir hat das nichts zu tun. Ich habe lediglich die Tarot-Karten genommen und sie für dich ausgelegt. Dabei habe ich ›den Tod‹ und ›den Gehängten‹ hintereinander gelegt.«

Er formuliert wieder in diesem charmanten Timbre.

Und noch grinst Emma.

Sie lacht Heiter geradezu aus.

»Es hat offensichtlich etwas mit einer Tätowierung zu tun, die deinem Karma im Wege steht«, murmelt er.

Punktlandung!

Emma hat eine versteckte Tätowierung oberhalb des Schambeins, von der niemand etwas weiß. Weder Lisa noch ihre Eltern, lediglich ihr Ex-Freund. Weil Emma diese Tätowierung auch nur in einem äußerst intimen Moment zeigen möchte.

»Was? Woher …?«

Sie ist offensichtlich geschockt.

Er lächelt. Eiskalt.

Heiters Lügen scheinen sich in dieser Kühlschrankatmosphäre wohlzufühlen; abgelegt, gespeichert, an der Schwelle zwischen Erinnerung und Fantasie. Er braucht nur einen imaginären Schalter zu betätigen – und prompt treten sie nach vorne. Von Raureif und Eiskristallen eingehüllt, eingefroren, dadurch unbeweglich. Aber wirkungsvoll.

»Lass das«, sagt sie.

Sie wirkt tatsächlich wie schockgefroren. Und starrt Heiter feindselig an (unsicher, ob so ein Gesichtsausdruck funktioniert).

»Emma, ich mache nichts. Es sind die Karten.«

»Lass es zukünftig einfach sein!« Ihre aufgebrachte Stimme hallt kurz von den Bodenfliesen zurück.

»Emma, ich wollte dich nur auf etwas hinweisen, was die Karten …«

»Lass es einfach! Mir ist das alles jetzt gerade …«

Ihr Gesicht ist bleich und reglos, wie Porzellan beinahe. Auch ihr Körper wirkt ausgemergelter und blasser als noch heute morgen, und sie stakst von Heiter weg, als ob bei jedem Schritt ein Knochen brechen könnte.

Genau so funktioniert Voodoo, denkt er.

4

»Wenn du Zeit und Lust hast …«

Heiter hat die Etage gewechselt, aufwärts, hin zu Lisa. »Ich habe zwei Karten für die Schaubühne am Samstag und würde mich riesig freuen …«

Wieder dieser tiefe Blick, voller Begeisterung.

Beiläufig, gleichzeitig nett. Er ist nicht aufdringlich.

Lisa weiß genau, was für ein Stück läuft, weil sie pausenlos über diese Aufführung gesprochen und versucht hat, Karten zu bekommen; aber sie waren ausverkauft. Oder unerschwinglich teuer.

»Ich bin mir sicher, dass dir das Stück gefällt.«

»Ich muss in meinen Kalender schauen, ich sag dir morgen Bescheid, okay?« Lisa spricht ungewöhnlich langsam, mit einem schüchternen, vieldeutigen Ton in der Stimme. Wie Pädagogen, wenn sie gegenüber verhaltensauffälligen Kindern argumentieren.

»Kein Problem«, antwortet er.

Es ist nie ein Problem mit ihm. Das ist seine Taktik. Es ist *im Prinzip* angenehm mit ihm. Er ist schwierig, mitunter quälend, aber er macht kein sonderliches Aufhebens.

Wobei er allerdings sofort diesen einen kleinen Moment registriert, in dem sie zu erkennen gibt, dass sie seine Offerte nicht verabscheut. Oder anders formuliert: Er bemerkt augenblicklich, dass seine körperliche Gegenwart sie nicht anekelt.

Dieser eine Moment, in dem sie *andockt.*

»Was hat der Kerl eigentlich für ein Problem???« Zeitgleich eine WhatsApp von Emma.

Unbeantwortet.

5

Heiter parkt weit entfernt vom Krankenhaus, auf einem Feldweg.

Er will sich behutsam an das Gebäude annähern, ein wenig spazieren gehen. Die wuchtigen Mauern wirken beeindruckend, fast schon fotogen (dadurch auch eher *leicht*, weniger brutalistisch), wie sie inmitten sommerlicher Wärmeschleier wabern, und in dieser Entfernung (auf einem Feldweg) scheinen sie eben so weit entfernt von all den Schreien, Tränen und Schweigeminuten, die sich dort täglich abspielen.

Gewissermaßen, denkt Heiter, erhebt sich dieser monströse Bau als Täuschung aus der ihm innewohnenden täglichen Verzweiflung heraus.

Neben dem Feldweg verläuft ein Zuggleis in der Einsamkeit. Unvermittelt seufzt das stählerne Schienenbett. Nur ein einziges Mal, wie ein Todkranker. Und nach einigen weiteren Augenblicken schießt ein Zug an ihm vorbei.

Der ohrenbetäubende Krach, den der Güterzug um ihn herum absetzt, erinnert Heiter abrupt daran, dass er zum letzten Mal in einem Krankenhaus gewesen ist, um seinen Vater zu besuchen.

Damals hatte ihm niemand erklärt, weshalb sein Vater dort liegen musste. Heiter erinnert sich noch gut an dessen Hautton, wie Seidenpapier. Und an dessen vergrößerte Augen. Dessen Gesichtsausdruck: wie ein Tropfen, der an einem Ast hängt, kurz bevor er sich nach unten löst und fällt.

Heiter erinnert sich auch noch deutlich daran, dass sein Vater in dieser verstörenden Atmosphäre ein neues *Spiel* einführte. Es nannte sich: Polizei.

Es ging ihm aber weniger um die übliche Verfolgungsjagd über Tische und Bänke, die man gemeinhin mit Kindern absolviert, auf der Suche nach den Bösen, den Dieben – Vaters »Polizeispiel« bestand ausschließlich aus: Verhören.

Intensive Verhöre.

Vaters Polizeispiele steigerten sich auch im Verlauf der weiteren Monate, nach der Entlassung aus dem Krankenhaus, und immer ging es darum, den Sohn, den Dieb, zu überführen. Und ihn zu verurteilen.

Intensive Verhöre.

Über Stunden hinweg, bis zur völligen Erschöpfung.

Um letztlich doch immer nur wieder als verachteter Verbrecher ins Zuchthaus geschmissen zu werden.

Heiter bleibt stehen.

Die Erinnerung an diese Zeit mit seinem Vater pocht in ihm wie eine beißende Entzündung, die neben dem Schmerz auch immer ein wenig Unruhe mit sich trägt.

Aber dann geht er weiter.

Zügig.

Die Jahre haben die Zeit mit seinem Vater weitgehend aus seinem Gedächtnis radiert und überall dort, wo sich bei einem Seelenscan ein Abdruck zeigen sollte, eine leere Stelle hinterlassen.

Vorwärts.

Er geht nunmehr entschlossen weiter, bis in das Krankenhaus hinein.

»Entschuldigen Sie, wo finde ich das Zimmer von Benny Weiher?«

»Zimmer 301«, antwortet die junge Frau an der Rezeption und schaut in seine blauen Augen.

Einen Moment lang erscheint ihm dieser Blick zu intensiv, zu ausgehungert *(gefährlich)*, aber dann sieht er, wie die Blondine mit der linken Hand ein Brillengestell zur Seite schiebt.

Daraufhin beschließt Heiter, die Ursache für jene vermeintliche Flirtattacke in Kurzsichtigkeit zu verorten.

»Zimmer 301«, rekapituliert er.

Als er dort anklopft, findet er Benny schlafend (wie ohnmächtig) in seinem Bett. Verkabelt, verbunden, verletzt. Neben ihm stehen Unmengen an Blumen in Vasen, Flaschen und Schalen. In der zusammengepressten Buntheit wirken sie fast wie eines dieser mittelalterlichen Gemälde, die eine Allegorie auf das Leben und die Vergänglichkeit sein wollen. Vor dem Bett wiederum stehen einige feingliedrige schwarze Metallstühle, die bei Heiter Assoziationen von Insekten auslösen.

Offensichtlich war die Redaktion schon zahlreich vertreten.

Warum bin ich hier?

Der Hass ist unverändert da. Es ändert sich nichts dadurch, dass Benny hilflos und schwach vor ihm liegt. Oder dass Benny nur knapp mit dem Leben davongekommen ist.

Heiter empfindet nicht einmal Genugtuung, den Schlafenden zu beobachten. Vielmehr beschleunigt sich sein Puls und ihm wird heiß. Es wäre jetzt ein Leichtes, das Kissen über Bennys Gesicht zu stülpen. Heiter fühlt sich bis oben hin aufgefüllt mit Neurotransmittern und Hormonen, wie ein Kristallleuchter aus Cortisol und Adrenalin, der bei hohem Wellengang klirrend hin- und herschwingt.

Plötzlich öffnet sich aber die Tür und eine Krankenschwester steht vor ihm, mit einem Tablett in der Hand.

»Ich hätte gerne eine Tasse Kaffee«, sagt Heiter, weil ihm nichts Besseres einfällt. Gewissermaßen ist eine Tasse Kaffee so ziemlich das Letzte, das er in diesem Moment ersehnt. Er klingt dabei, als würde er die Hausordnung vorlesen, in der ein Paragraf sich mit unzähligen Fehlern beschäftigt, die ein Mann nur machen kann, der eine Tasse Kaffee bestellt.

»Sie hätten gern eine Tasse Kaffee??«

Die Krankenschwester schaut ihn an, als sei er ein amerikanischer Rapper, der sich soeben mit unzähligen Goldkettchen um den Hals aus einem Hubschrauber abgeseilt hätte. Mitten durch das Fenster hindurch.

»Es gibt einen Getränkeautomaten unten im Foyer«, setzt sie sachlich hinterher.

Währenddessen wacht Benny auf. Er schaut sich fragend um, an Heiter vorbei, und in seinen Augen ist so viel Freundlichkeit und Verwundung.

»Du?«

»Soll ich wieder gehen?« Heiter zuckt mit den Achseln.

»Nein … nein, es ist nur, ich hätte nie gedacht, dass du mich besuchen würdest.«

»Wie kommst du darauf? Aus einigen beruflichen Auseinandersetzungen kann man doch nicht auf den Charakter eines Menschen schließen …« Während Heiter diesen Gedanken weiter ausbreitet, *auslabert*, hat er abrupt die Befürchtung, Vokabeln suchen zu müssen. Er fühlt sich, als müsse er eine Sprache anwenden, die er seit seiner Kindheit nicht mehr benutzt hat.

»Und sonst?«, fragt Benny leise. »Wie läuft's in der Redaktion?«

Heiter erzählt belanglose, unzusammenhängende Anekdoten (die er sich teilweise zusammenfantasiert), und kommt sich zunehmend vor wie eines dieser bunten Wochenmagazine, bei denen vereinzelte Berichte am Ende einer Seite abbrechen, sodass man bis an das Ende der Zeitschrift blättern muss und währenddessen dutzende weiterer Klatschspalten überspringt. Er berichtet von einem geplanten Sommerfest, sprenkelt aber ein Urteil des Bundesgerichtshofes ein sowie eine Schlägerei in Kreuzberg und einen neuen Club in Friedrichshain.

Bis es nicht mehr geht.

»Mensch, so spät schon, ich muss doch zurück in die Redaktion …«

Ich hasse dich.

Ohne großartige Verabschiedung entfernt er sich aus dem Zimmer – und sieht auf dem Flur, dass Emma im Anmarsch ist. Ausgerechnet Emma! Heiter zuckt zurück, überlegt, im Nachbarzimmer unterzutauchen, aber Emma ist nur noch wenige Meter entfernt, also blickt er *extremst* konzentriert auf seine Armbanduhr und schreitet dann in die entgegengesetzte Richtung. Unverändert mit dem Blick nach unten, als sei er viel zu beschäftigt, um irgendwelche Menschen im Gewühl zu entdecken.

Und Emma schweigt.

6

»Ich habe so etwas noch nie erlebt …«

Das Theaterstück war begeisternd gewesen, bipolar: euphorisierend und niederschmetternd zugleich.

Lisa lächelt.

Heiter streichelt ihre Beine, die sich von den Schenkeln abwärts kühler und rauer anfühlen.

Und er betrachtet sie lange.

»Nein, wirklich«, sagt er, »es ist das erste Mal in meinem Leben, dass ich einen Menschen so tief in meinem

Herzen spüre … Ich weiß jetzt, dass es so etwas wie die Seele gibt …«

Sie schmunzelt und nestelt an dem Karabinerverschluss ihrer Edelstahlkette; den Blick starr auf Heiter geheftet.

Ansonsten ist sie nackt.

Nach dem Theaterstück hat es noch einen zweiten Akt gegeben. In diesem Hotelzimmer. Ein beiläufiger Vorschlag (ihre letzte Gelegenheit zur Flucht, gewissermaßen) und sie ist darauf eingegangen. Ohne sonderliche Gegenwehr, erinnert sich Heiter.

Es war irgendwie leicht, sie zu überreden. Obwohl die Berührungen anschließend eher heftig waren. Brutal beinahe. Leidenschaftlich.

»Es hat etwas Heiliges«, sagt er, »wenn wir uns berühren.«

Sie schweigt und betastet ihren Hinterkopf und die Schläfenseite, überall dort, wo Heiter ihre Frisur plattgedrückt hat.

»Es gibt Liebe auf den ersten Blick«, sagt er, »auch einseitig, du musst nichts sagen …«

Während er sich abstützt, neigt sich die Matratze in seine Richtung. Es ist ansonsten deutlich erkennbar, dass sie seine Wortwahl zu pathetisch, zu gewaltig findet – aber auch nicht störend. Heiter registriert das alles. Er arbeitet daran, dass sie Gefühle für ihn entwickelt. Und dass sie ihm vertraut. Denn auf diese Weise ist es einfacher für ihn, sie zu kontrollieren. Er wird ihr das Gefühl geben, dass sich sein gesamtes Denken und Streben nur um sie dreht – denn er will erreichen, dass sich ihr gesamtes Denken und Streben nur *um ihn* dreht.

»Es war …« Sie nimmt sein Gesicht in beide Hände, starrt ihn aus nächster Nähe an, und schweigt dann wieder.

Heiter löst sich, nimmt einen tiefen Schluck aus dem abgestandenen Sektglas und stößt dazu ein langgezogenes (befriedigtes) »Aaaaahhhh« aus.

»Okay …«

Beide lachen.

Das Zimmer ist modern eingerichtet, dabei gemütlich, großzügig aufgeteilt, wie eine Suite, aber mittlerweile hat es die schludrige Behaglichkeit eines Raumes, dessen Gäste es aufgegeben haben, ihn als Besonderheit wahrzunehmen.

»Sag mal …«, sagt Lisa und rotiert mit ihrer Zunge im Mundraum, sie hat irgendetwas zwischen den Zähnen hängen. Heiter beobachtet amüsiert, wie sie dabei ernsthaft und konzentriert ihre Lippen bewegt. »Warum warst du eigentlich nicht im Krankenhaus, bei Benny?«

»Ich fahre nächste Woche hin, wenn es nicht so voll ist«, lügt er. »Hat Benny was gesagt?«

»Worüber?«

»Über den Tathergang. Hat er was gesehen?«

»Nur die Fahrerflucht einer schwarzen Limousine.«

Sie betont die Worte derart akzentuiert, dass es sich anhört, als hätte sie sich einen Riegel Schokolade auf die Zunge geheftet.

Heiter nickt.

Aber er weicht ansonsten ihrer Frage aus. Stattdessen hebt er die Sektflasche gegen die Nachttischlampe, in der Hoffnung auf ein paar letzte Tropfen.

»Ich kenne einen guten Witz«, prustet er und seine Stimme klingt etwas undeutlich. Verwaschen. »Er geht so …«

Dann reibt er sich die Hände, grinst, griemelt, reibt sich die Hände – und es kommt nichts.

Sein Mund steht zwar offen, aber kein Wort findet heraus.

Und beide lächeln, als hätte er den Witz wirklich erzählt.

»Nein, ernsthaft … Du kennst doch auch so einen Mercedes …«

»Wie bitte?«

»Ich hab dich gesehen«, sagt sie.

»Das geht dich nichts an.« Sein Blick ist plötzlich kalt.

Gleichzeitig belustigt. Und eindeutig. Er lächelt steif. *Kein Schritt weiter*, sagt dieses leere Lächeln. *Halt dich da raus!*

»Na, wenn das so ist, dann brauche ich dich ja auch sonst nichts zu fragen.«

Heiter war auf einen Tobsuchtsanfall vorbereitet, aber sie klingt eher verzweifelt. Lisa wirkt wie ein verängstigtes Kind, das gerade eben aus einem Albtraum aufgewacht ist, unfähig auseinanderzuhalten, ob sie noch in der Tiefschlafphase ist, auf der Flucht oder schon zurück in der Realität. Oder ob sich beide Welten überlagern.

»Du kannst mich alles fragen«, antwortet er süßlich.

»Das habe ich gerade gemerkt.«

Sie greift trotzig ihre auf dem Boden verstreuten Kleidungsstücke, schlüpft hüpfend in ihre Jeans und stopft dazu mehrmals die Hände in die Vordertaschen.

»Du kannst mich alles fragen – wenn wir eine Beziehung haben …«

Lisa knöpft (zunehmend langsamer) ihr Hemd zusammen und malt dabei mit ihren nackten Füßen einen Halbkreis in den Teppichboden.

Er macht einen Schritt auf sie zu und umklammert ihre Schultern. Lisa starrt auf den Boden.

»So wie es gerade läuft, ist es optimal für uns beide … richtig?«

Sie nickt (weiterhin, ohne ihn anzusehen).

»Sweetheart …«

Er öffnet das herabfallende Haar wie einen Theatervorhang und gibt ihr einen flüchtigen Kuss auf die Nase (die sich kalt anfühlt, wie die Schnauze eines Hundes).

»Du bist ein Arsch …«, flüstert sie.

Ihr Gesicht ist immer noch vollständig von ihren Haaren verdeckt. Nur manchmal sind ihre Augen sichtbar.

»Für dich gerne …«

»Wie sollte ich mit so einem Arsch eine Beziehung haben?« Ihre Augen blinzeln inmitten der herabfallenden Haare zu ihm hinauf wie die eines Raubtieres im Dickicht.

»Dann habe ich allerdings auch ein Privatleben«, antwortet er.

7

Emmas Wohnung ist anders aufgebaut als die von Lisa.

Sie befindet sich ohnehin in einem anderen Stadtteil, die Häuser sind dort moderner, weißer, gesichtsloser; langweilig. Die glatten, hellen Fassaden schimmern im Sonnenlicht wie Plastik.

Innen wiederum erwecken die Räume und vor allem die (wenigen) Möbel ihres Apartments bei Heiter den Eindruck, als hätten sie etwas Feindseliges angenommen. Von einer Bewohnerin, die es offensichtlich vorzieht, sich gleichfalls den Dingen anzupassen und sich regungslos zu geben.

Hier lebt niemand, denkt er.

Aber er ist hier, um eine weitere Kamera zu postieren und vor allem noch irgendeine Gemeinheit. Irgendetwas, was den Fluch auslöst. *Voodoo.* Es muss dezent sein, nicht durch einen Einbruch erklärbar.

Er überlegt, eine Nachricht mit Cremefingern auf ihren Badezimmerspiegel zu schreiben, die sich erst dann bemerkbar macht, wenn sie duscht und der heiße Dampf die Buchstaben erscheinen lässt. *Nice.* Aber viel zu auffällig.

Vielleicht Miniaturlautsprecher, im Boden versteckt, die kaum wahrnehmbare Geräusche, Schreie, Flüstern im Stereoeffekt verbreiten? So dezent, dass Emma den Ausgangspunkt nicht ermitteln kann?

Das ist gut, gefällt ihm.

Er versteckt eine Miniaturkamera, die als Kreuzschraube getarnt ist, in einer verstaubten Kiste neben ihrem Bauernschrank. Später kann er dadurch kontrollieren, wo genau Emma sich in einem bestimmten Moment aufhält, und immer dann, wenn sie beispielsweise in die Küche geht, dann wird er das Flüstern im Wohnzimmer einschalten. Sehr leise, kaum wahrnehmbar. Heiter wird es heute noch abmischen. Es geht darum, denkt er, einen Zustand zu erreichen, in dem sie sich in ihrem Wohnzimmer nicht mehr wohlfühlt. Einen Zustand, in dem sie fremdelt. Fröstelt.

Mitten im Wohnzimmer steht ein Heimtrainer. Irgendwie irritiert ihn die Vorstellung, dass Emma sich abends auf so ein Fahrrad setzt. Aber während er mit der Vorstellung kämpft, klirren in der benachbarten Wohnung Gläser auf einer Kommode (oder einem Schrank), und zwar immer dann, wenn dort ein Kind herumhüpft.

Und es ist nicht nur der Heimtrainer, denkt er. Auch das Schlafzimmer ist merkwürdig.

Es ist das kleinste Zimmer, zudem um das Futon herum mit Kisten und Kartons zugebaut. Als Heiter sich zwischen diesen Hindernissen hindurchzwängt, um in einzelne Kisten zu spionieren, und sich dazu nach links und rechts dreht, den Bauch einzieht, kommt er sich wahlweise wie ein Skifahrer oder wie ein Fahrgast in einer U-Bahn zur Rushhour vor.

Ihre Schlafzimmertür ist einige Millimeter höher abgeschliffen als normale Türen. Möglicherweise unbeabsichtigt, auf jeden Fall aber zeigt sich dadurch ein feingezogener Lichtstreif unter dem Holz, wenn man sie schließt. Was Heiter gefällt. Wie ein Laserstrahl, überlegt er, so präzise, ohne Abweichung.

Andererseits wird ihm dadurch erst bewusst, wie kühl und unheimelig diese Wohnung wirkt, fast so wie die Ausnüchterungszelle in einer Berliner Polizeiwache. Und das hätte er nie von Emma gedacht. Seine Vorstellung war eher, dass Emma Unmengen an Blumen, Sofas, Sesseln, Unordnung, Bücher, Schallplatten, Bildern um sich versammelt hätte. Dieses Bauhaus-Zeugs passt nicht zu ihr.

Wobei es sich nicht mal um Design handelt: es ist eher *Leere*.

All das unterstreicht seine Vermutung, dass Emma längst auf dem Sprung ist und sich neu bewirbt, dass sie weg will. Diese Wohnung ist nicht mal mehr ein Übergang.

Und all das gibt dem kahlen Apartment etwas Melancholisches, etwas Bedrückendes. In der Kombination mit dem Halbdunkel (das dadurch entsteht, weil sie gegen die Sonneneinstrahlung auf der Südseite sämtliche Vorhänge zugezogen hat), also wissend, dass draußen Helligkeit und Sommer warten, wächst in Heiter ein gewissermaßen panischer Wunsch, von hier wegzukommen.

Plötzlich summt sein Handy. Eine Warn-Mail mit dem Inhalt, dass das voreingestellte GPS von Emmas Handy nicht mehr weit entfernt sein kann. Sie nähert sich offensichtlich dem Haus! Wie kann das sein? *Warum?*

Aber es bleibt keine Zeit, darüber nachzudenken. Er zieht den kopierten Schlüssel von ihrem Schloss (den er immer innen stecken lässt, um in einem Notfall Zeit zu gewinnen), öffnet die Tür einen schmalen Spalt und lauscht nach außen. *Nichts.*

Dann springt er hinaus, verschließt die Wohnung und hechtet in das Treppenhaus, ein Stockwerk höher.

Von dort sieht er gerade noch, wie Emma näher kommt und ihre Wohnung aufschließt.

Das war knapp, denkt er.

Aber alles ist gutgegangen. Dank der Technik.

8

WhatsApp von Emma an Lisa: »Ich hab das Scheißgefühl, dass der Spinner in meinem Haus war.«

Lisa: »Wie kommst du darauf?«

Emma: »Nur so ein Gefühl.«

Ein sehr konkretes Gefühl, notiert sie parallel dazu in ihrem Tagebuch. Sie hat aus ihrem Küchenfenster geschaut, weil sie den Herd kontrollieren wollte, musste – und auf der Straße sah sie einen Mann entlanglaufen mit dieser auffällig roten Umhängetasche, wie Sebastian sie neuerdings herumträgt. Mit einem weißen Kreuz auf dem roten Leder. Das haben nicht viele. In exakt dem gleichen Sakko, das Sebastian pausenlos anzieht.

Aber was sollte er in diesem Viertel, dieser Straße zu tun haben?

Lisa: »Kann ich mir nicht vorstellen.«

Emma: »Ich war grad in meiner Wohnung, weil ich dachte, dass ich den Herd angelassen habe. So ein blödes Gefühl hatte ich vorher auch noch nie, das hat der Spinner auch erst ausgelöst.«

Lisa: »Wie jetzt? Basti ist schuld daran, dass du denkst, du hast den Herd angelassen???«

Emma: »Der Herd war aus. Aber dafür waren die Lampen im Wohnzimmer und in der Küche an!«

Lisa: »Jetzt versteh ich gar nix mehr. Dann sei doch froh, dass du zurückgegangen bist.«

Emma: »Ich mache die Lampen morgens nie an!«

»Basti«, notiert Emma. Dieses kleine Wort sagt alles. Ich sage »Spinner«, sie antwortet mit »Basti«. Sie verteidigt ihn, notiert Emma. Das ist nicht gut. Es riecht geradezu nach einer

Affäre. Und sie erinnert sich an das letzte Gespräch mit Lisa, als es um das Thema »Spinner« ging, an ihren merkwürdigen Gesichtsausdruck, so ein halbes, schiefes Lächeln, das Lisa immer dann aufsetzt, wenn sie »Verständnis« signalisieren möchte, und »Aufmerksamkeit«, »Ich bin ganz bei dir« – dabei konnte es für das Verhalten des Spinners überhaupt keine angemessene Reaktion geben.

»Das ist nicht gut«, sagt Emma zu sich selbst.

Es klingt nach: Geheimhaltung.

Wenn Lisa schon nicht mal mehr mit mir über ihr Liebesleben spricht, dann ist es ernst, notiert sie.

Und schwierig.

Es muss ihr klar sein, dass sie damit in der Redaktion Probleme bekommt – und deshalb schweigt Lisa.

Mein Parkettboden, notiert Emma in ihr Tagebuch, auf dem ich stehe und aus dem Fenster schaue, kommt mir gerade wie ein Gebirgsbogen vor. Wie der Rand einer Aussichtsplattform, hoch oben, am Gipfel. Und wenn ich nur einen Schritt weiter nach vorne mache, dann stürze ich erbarmungslos in die Tiefe.

9

Heiter recherchiert geheime Wasserverträge.

Zugespielt von einem Gewährsmann, einem Auftraggeber. Zeitgleich liest er Emmas WhatsApp an Lisa, wie sich

Emma über ihren Herd auslässt. »So ein blödes Gefühl hatte ich vorher auch noch nie, das hat der Spinner auch erst ausgelöst.« Das wirst du büßen, denkt er. *Spinner.* Das wird teuer. Gleich morgen installiere ich die Boxen.

Interessant für ihn ist allerdings ihre Aussage, sie habe vorher noch nie darüber nachgedacht, ob sie morgens den Herd angelassen hätte. Ein so starkes Gefühl wie noch nie.

Es war sehr knapp.

Interessant, denkt er, den Herd habe ich nicht einmal angeschaut.

Aber das bewirkt Voodoo.

Die geheimen Wasserverträge zeigen detailliert, wie die Landesregierung den privaten Anteilseignern eine Gewinngarantie eingeräumt hat, die selbst das Landesverfassungsgericht nicht kippen konnte. Sie zeigen, auf welcher Grundlage zwei Konzerne in Berlin jährlich dreistellige Millionenbeträge mit Wasser verdienen. Im Grunde geht es darum, denkt er, wohin es führt, wenn ein Monopol auf ein lebensnotwendiges Gut wie Wasser privatisiert wird. Rund 40 Prozent des Trinkwassers in Deutschland wird von Unternehmen verkauft, die ganz oder teilweise in privater Hand sind.

Die Kriege der Zukunft werden um Wasser geführt, notiert er. Jetzt schon haben 900 Millionen Menschen keinen Zugang zu sauberem Wasser. Die Folge wird ein Massensterben sein. In vielen Regionen drohen Kriege. Und Konzerne verschärfen die Lage, weil sie die Wasserquellen privatisieren.

Dieses Szenario gefällt ihm.

Wenn man sich vorstellt, notiert er, dass unser Planet zwar zu rund 70 Prozent von Wasser bedeckt ist, aber nur ganze drei Prozent davon auf Süßwasservorräte entfallen (mehr als zwei Drittel in gefrorener Form an den beiden Polkappen gebunden), dann bekommt man eine Ahnung, auf was wir zusteuern. Denn der Wasserbedarf der Menschheit steigt drastisch an. Ein Grund dafür ist das Bevölkerungswachstum. Allein seit 50 Jahren hat sich die weltweite Wasserentnahme verdreifacht. Zudem fließen weltweit rund 80 Prozent des städtischen Abwassers unbehandelt in Flüsse, Seen oder ins Meer.

Seit vier Stunden liest Heiter nichts anderes mehr. Aber er muss ein Buch (selbst einen Artikel), das er er zu lesen begonnen hat, zu Ende bringen. Auch wenn ihn das Thema zunehmend anekelt. Aber er hat Angst vor einer Art von Fluch, dass es nämlich Unglück bringe, ein Buch nach der Hälfte achtlos wegzulegen. Ähnlich wie unter einer aufgestellten Leiter hindurchzugehen. *Man muss ein Buch zu Ende lesen.* Es bringt sonst Unglück.

Man muss alles zu Ende bringen!

Außerdem, weiß er, sind seine Gewährsleute in diese Problematik involviert. Wasser ist längst nicht nur ein Grundstoff unserer Ernährung, sondern auch ein Grundstoff mächtiger Konzerne. Also geht es darum, sich die Wasservorkommen der Erde anzueignen, entweder durch Ausbeutung von Flüssen und Strömen – oder durch das *Leasen* von staatlichen Wassersystemen. Durch Globalisierung. Es geht darum, sich das gemeinschaftliche Erbe der Natur anzueignen. Das ist der Plan.

Künftige Kriege werden nicht um Öl, sondern um Wasser geführt werden. Denn es ist kostbarer.

»Sie sind aber konzentriert …«

»Wie? Entschuldigung, ach, *du* …«

Die neue Volontärin steht in seinem Türrahmen, um sich vorzustellen. In ihrem kurzen Rock, der weißen Bluse, den hochhackigen Schuhen (klassisch *overdressed*, wie die meisten Frischlinge in den ersten Tagen) sieht sie aus, als hätte eine hinterhältige Hexe sie ausstaffiert, um eine Witterung auszulegen. Wie ein meckerndes Lamm, das Eingeborene vor den Toren der Stadt angebunden haben, um Löwen in einen Hinterhalt zu locken.

»Wir duzen uns hier …«, zieht das Raubtier seine Lefzen zurück und schleicht näher.

»Sarah …«, sagt sie, reicht ihm eine schlaffe Hand (ohne jeden Druck) und lächelt breit.

»Angenehm … Wenn ich dir irgendwie helfen kann …«

»Dann melde ich mich.«

Sarah dreht sich um und verlässt den Türrahmen, aus dem sie sich bis dahin nicht fortbewegt hat. Der kurze Rock wippt ihr hinten gegen die braunen Schenkel, und die glänzenden schwarzen Sandaletten wirken durch die breiten Absätze irgendwie zu groß an ihren dünnen Beinen.

Sie ist blond.

Ihre blauen Messingperlenarmbänder glitzern und klirren.

»Ich melde mich …«, flüstert er.

Sie ist stark.

Eine hilflose Frau würde ihn nicht interessieren, er würde sie verachten. Dabei gibt es eine Regel: nie zu viele Bezugspunkte. All das schafft nur Chaos.

Aber er *muss*.

In diesem Alter glauben sie noch, dass ihre Jugend gewissermaßen von innen heraus durchscheint, denkt er verächtlich, und dass sie die Welt damit heilen könnten.

Das ist aber ein Trugschluss.

Heiter schmiegt sein Ohr an die dünne Wand und kann Sarah im Nebenzimmer reden hören. Sie lacht im Sekundenrhythmus. Und sie gluckst dabei glücklich.

Wenn er sehr konzentriert lauscht, wird ihr Schnattern deutlicher. Zwar nicht jeder Satz, aber einzelne Worte, Silben lassen sich klar verstehen, als drehe er (oldfashioned) einen Drehknopf an einem Küchenradio.

Dieses Lachen.

Er streicht sein Hemd glatt, steht auf und geht hinüber.

»Na, das passt doch«, sagt er. »Gerade habe ich einen Anruf bekommen und brauche eine Komplizin für eine investigative Story. Es geht um Korruption in den Medien. Interessiert?«

»Puh, was soll ich denn dabei tun?«

Ihr weiches, lockiges Haar riecht nach Apfelshampoo und gleichzeitig irgendwie nach Kugelschreiber.

»Keine Sorge, alles ganz harmlos. Deine Aufgabe besteht vor allem darin, dir eine Brille aufzusetzen …«

Er setzt sich auf die Kante ihres Schreibtischs, vorgeblich lässig (vornehmlich, um den Keylogger einzustecken; lachend). »In der eine Kamera versteckt ist …«

»Oh …«

Sarah nickt.

Sie hat tiefe Augenhöhlen, dabei volle Lippen, die in einem grellen Pinkton nachgezogen wurden, als wären sie mit Leuchtfarbe bemalt. »Du musst dir wirklich keine Sorgen machen, Lisa hat das auch hinbekommen.«

Ihr Hals ist irgendwie zu schmal, denkt er, für diesen beeindruckenden Kopf.

»Ist das denn okay für Lisa?«, fragt Sarah vorsichtig. »Wenn ich da jetzt einsteige … Ich will keinen Ärger machen.«

Durch diesen schlanken Hals wirkt ihr Unterkiefer, ihr Kinn fast schon zu breit.

»Lisa wollte ohnehin aussteigen …«

Heiter schaut frontal in ihre Augen, um eine mögliche dunkle Seite zu orten. Er sucht die Schwachstelle hinter der Coolness. All diese Medienfrauen wirken immer kraftvoll und selbstbewusst – und er dürstet nach der Schattenseite. Es gibt sie, das weiß er, bei jedem Menschen. Zumindest ist er davon überzeugt.

Deine Schwäche.

»Ja, wenn das so ist, dann natürlich gerne.«

»Du bist engagiert!«

Heiter geht rückwärts aus dem Zimmer und punktet dabei lachend seinen Zeigefinger in ihre Richtung.

10

»*Was* habe ich gehört?«

Es dauert nur wenige Minuten, dann steht Lisa im Türrahmen.

»Du machst die Recherche jetzt mit der Neuen?«

Ihre Stimme kräuselt sich, kratzt im schrillen Frequenzbereich, aber Heiter mutmaßt, dass sie nicht schreit oder mit Gegenständen schmeißt. Lisa agiert tatsächlich anders – sie schaut *neben* seine Aktentasche. *Unter* seine Schuhe. *Über* seine Ohren.

Es brodelt in ihr. Aber sie betrachtet Heiter einfach nicht mehr.

Sie sieht ihn nicht; spricht immer noch in freundlichem Ton, lächelt sogar und benimmt sich scheinbar wie immer, aber irgendetwas anderes beansprucht vollständig ihre Aufmerksamkeit.

»Ist das ein Problem für dich?«, fragt er leise. »Ich hatte das Gefühl, diese Recherche ist ohnehin nicht so ganz dein Ding …«

»Alles gut …«

Tiefe Stimmlage.

Ohne sich zu verabschieden, verlässt sie ihre Position.

»Ciao, Lisa …«

Du denkst vielleicht, es geht um einen Machtkampf. Heiter ätzt. Du denkst vielleicht, es gehe darum, die Stärkere zu sein. Heiter rülpst. Du weißt nicht, dass du schon verloren hast, wenn du dich nur mit mir in einen Machtkampf begibst.

»Ciao, ciao …«

Wichtiger für ihn ist, dass der Keylogger auf Sarahs Computer funktioniert. Heiter blättert in ihren letzten Einträgen, kopiert ihre Passwörter und Verläufe und findet nach einigen Minuten einen Eintrag, den sie in einem Psychologieforum gepostet hat. Anonym, versteht sich. Alle sind heutzutage anonym, denkt er amüsiert. Wie gut, dass ich diese Anonymität nicht ernst nehmen kann.

@ Sternenkind.

Ich kann dich sooo gut verstehen. Ich war auch zuerst ein Wunschkind. Aber als ich sechs Jahre war, sagte meine Mutter, ich bekomme noch ein Brüderchen. Von wegen – es waren Zwillinge … Von da an war ich kein Wunschkind mehr, sondern eine Außenseiterin. Meine beiden Brüder waren Schreikinder und sehr wehleidig. Sie haben wirklich pausenlos geschrien – und meine Eltern waren überfordert damit.

Für mich hat sich niemand mehr interessiert. Das geht im Grunde bis heute hin. Mittlerweile mache ich eine Ausbildung in den Medien. An sich gefällt mir die Arbeit gut, aber womit ich zu kämpfen habe, dass Journalisten immer wegen irgendjemand beleidigt sind. Pausenlos! Ich kann damit schlecht umgehen. Ich kann das nicht ertragen, wenn sich eine Kollegin demonstrativ umdreht,

wenn sie mich sieht. Dabei versuche ich immer, nett zu sein.
Ich fühle mich dann wieder als Außenseiterin. Das tut so weh! Ich agiere dann wie der berühmte Elefant im Porzellanladen. Aus Verzweiflung. Aber ich komme da auch nicht raus. Pausenlos übertrete ich eine unsichtbare Grenze. Egal wie ich mich kleide oder wie ich mich benehme. Wie oft habe ich das erlebt, dass eine Kollegin hinter meinem Rücken über mich tuschelt, und es stört sie nicht einmal, dass ich das noch mitbekomme – es zerreißt mich.

Heiter sitzt kerzengerade, hochkonzentriert (und diese Kombination erinnert ihn schlagartig an einen typischen Abend in seiner Kindheit, zu Hause, ebenfalls mit durchgedrücktem Rücken, mit aufgerissenen Augen, aber im Bettchen, in seinem Kinderzimmer, um das Eintreffen seines Vaters zu belauschen; die lautlose Begrüßung der Mutter; das Zuschlagen mehrerer Türen; hastige, gleichfalls gedämpfte Schritte).

Die Hunde.

Er erinnert sich plötzlich daran, dass Sarah auffällig freundlich mit Hunden umgeht. Deutlich netter als mit Menschen. Auch in einer anderen Stimmlage, geradezu übermütig.

Was ihn dagegen irritiert (während er zwischen seinen verschiedenen Überwachungsfenstern hin- und herschaut): Emma recherchiert über ihn. Sie schreibt einer ehemaligen Kollegin. *Ausgerechnet der blöden Schulze.* Und Emma ist geschickt: »Liebe Frau Schulze. Wir kennen uns nicht, aber ich habe ein Anliegen. Mein neuer Kollege, Sebastian Heiter, hat bald Geburtstag. Wir würden ihm gerne eine richtig tolle Überraschung machen – aber er gibt so wenig preis über sich. Fällt Ihnen was ein?«

Emma, Emma, denkt er und starrt an die Zimmerdecke.

Tatsächlich sprachlos.

Tatsächlich einen Moment irritiert.

Diese Form an Hinterhältigkeit hätte er ihr gar nicht zugetraut. Er muss schnell handeln. Und ihr solange ausweichen.

Waschen.

Sofort! Wenn ihn seine Gedanken übermannen, muss er augenblicklich seine Hände unter Wasser halten und sie gründlich einseifen. Er stürmt zur Toilette auf dem Gang und reibt minutenlang seine Handflächen unter dem kalten Strahl.

Ich bin ein Chirurg, murmelt er. Vor einer Operation.

Es geht um Leben oder Tod.

DAS WASSER

1

Lisa ist verliebt. Nein, sie will verliebt sein. Sie trifft einen Mann.

Er heißt David.

Ich bin Single, sagt sie zu sich selber, weil sie das merkwürdige Gefühl hat, fremdzugehen. Was mit Sebastian zusammenhängt, blöderweise, der ihr stärker im Kopf (im Herzen) herumspukt, als ihr lieb ist.

Sie versucht, ihm auszuweichen.

Deshalb trifft sie sich mit David.

»Hey«, sagt er und strahlt Lisa an. »Du siehst klasse aus!«

»Hey«, gibt sie zurück, »ein Sakko von Gucci.«

Gebläht von Feuilletonwissen und neuerworbener Überheblichkeit.

»Kann sein …«

David ist aus gutem Hause, wie es heißt. Wohlerzogen. Er hat die Tagesfreizeit, die Geduld eines baldigen Erben, ist also eher darauf trainiert, Demütigungen einzustecken als auszuteilen.

»Ich habe einen Tisch für uns reserviert.«

Lisa nickt.

Die Straßenlaternen an der Straßenkreuzung hängen wie überreife Tropenfrüchte über ihren Köpfen. Das Restaurant liegt nur wenige Meter entfernt.

»Ach, bei ›Bruno‹ …«, sagt sie beiläufig, als überlege sie dabei vor allem, ob sie in ihrem Flur das Licht angelassen habe.

»Nicht gut?«, fragt er.

David öffnet formvollendet die Eingangstür und geleitet sie zu einem freien Tisch im hinteren Teil des Restaurants, wartet dann, bis Lisa sich gesetzt hat, um den Stuhl nach vorne zu schieben.

»Die Kritiken im Netz waren alle positiv …«

Während er spricht, dreht er den Kopf langsam von einer Ecke des Tisches zur anderen, als halte er ein Referat in der Uni.

»Keine Ahnung, wie die das immer hinkriegen …«, sagt sie.

Er verzieht keine Miene.

»Läuft die Arbeit?« David möchte gerne zuhören, aufmerksam sein.

»Sorry, ich will abends nicht mehr über die Arbeit reden.«

Lisa will nicht über Sebastian nachdenken.

»Tut mir leid …«

»Es muss dir nicht leidtun, David.«

Er verzieht keine Miene.

Als der Kellner räuspernd näher tritt, um eine Bestellung aufzunehmen, hält sie eine Zigarette in die Höhe. Wie eine Trophäe.

Ein Ausrufezeichen.

»Ich weiß, verboten«, sagt sie und lacht dabei, prustet dann, hustet und verschluckt sich wie an Zigarettenrauch. »Ich kann mich einfach nicht daran gewöhnen …«

Als wäre das Nichtraucherschutzgesetz erst gestern erlassen worden.

David fährt fort mit seiner Bestellung (eingestreut ein Fachgespräch über einen spanischen Rotwein), während Lisa unverändert ihre Zigarette zwischen den Fingern dreht. Es ist eine handelsübliche Fluppe. Aber sie wiegt und wirbelt das weiße Teil, als wäre es etwas Besonderes, das es nur an diesem Ort zu sehen gäbe.

An diesem Abend.

»Kein Nachtisch?«

Lisa verneint.

»Schmeckt denn der Salat?«

Lisa nickt.

Also erzählt David von seinem Studium und seinen Plänen und seinen Hobbys und seiner ersten eigenen Wohnung, und vielleicht was mit Medien, und er ist so begeistert von seinen Visionen und Worten, dass er sich weit und immer weiter davontragen lässt. Und die restliche Soße auf seinem Vorspeisenteller mit einem Stück Weißbrot aufsaugt.

Er wischt tatsächlich den Teller sauber, denkt Lisa.

Ihr Blick wird glasig vor Interessenlosigkeit. Das ist so weit weg, denkt sie: *Studium.*

»Hörst du mir überhaupt zu?«

Lisa nickt.

David schwenkt eine verbliebene Weinpfütze im Glas vor den Kerzen auf dem Tisch hin und her. Angeblich sähe man darin etwas.

Lisa starrt auf ihre beiden Handflächen.

Plötzlich vibriert ihr Handy.

Es ist eine WhatsApp von Sebastian. Wie ein Weckruf, denkt sie unmittelbar, eine Erinnerung.

Als wisse er genau, was sie gerade tue.

»Langweilst du dich?«

Sie tippt augenblicklich. Obwohl David sie betrachtet und schweigt.

»Wie kommst du darauf?«

Sebastians Antwort: »Ich spüre alles, was du tust.« (Smiley)

Es klingt fast schon gefährlich.

Aber es ist auch faszinierend. Süß. Wenn ich bei ihm bin, denkt sie, ist er anders, grober.

»Alles okay?«, fragt David.

Lisa nickt. »Sorry …«, antwortet sie in einem Tonfall, der auf die Situation abgestimmt ist wie sonst nur die weißen Tischdecken und die weißen Servietten.

Als spüre Sebastian tatsächlich, dass ich mich mit einem anderen Mann treffe.

»Eine Nachricht aus der Redaktion, ich muss morgen früh eine Story machen. Sorry, ich muss los …«

»Kein Problem, Arbeit geht vor …« Er reckt die Hand in die Luft, als Aufforderung an den Kellner, aber er wirkt dabei wie ein Schüler, der seine Hausaufgaben vorlesen möchte.

»Fühl dich eingeladen«, brummt er.

Lisa lächelt. Zum ersten Mal.

Irgendetwas in diesem Restaurant, vielleicht ein Geruch, eine Stimmungslage, das gedämpfte Licht, das Kerzenflackern, erweckt in ihr eine Melange aus Kindheitserinnerung (Vergangenheit) und plumper Hoffnung (Zukunft). Etwas, was lange verschüttet und beinahe vergessen war.

David hakt sie unter.

Gemeinsam schlendern sie zu ihrem ursprünglichen Treffpunkt.

»Soll ich dich nach Hause fahren?«

Sie schlendern derart langsam und schlingernd, als suchten sie einen verloren gegangenen Schlüssel, irgendwo im Beet, neben dem Bürgersteig, und seien überzeugt davon, dass er hier irgendwo zu finden sein müsse.

»Das ist nett, danke. Aber ich möchte lieber zu Fuß nach Hause gehen. Dann bin ich müde, wenn ich ankomme, und kann direkt ins Bett fallen.«

David setzt einen halbherzigen Wangenkuss an, den Lisa in letzter Sekunde abweist.

»Bitte … nicht … Das ist …«

»Sorry«, sagt er hastig, »nichts überstürzen.«

Lisa nickt.

Aber es bezieht sich weniger auf Davids Satz, sondern auf eine Eingebung; das pochende Gefühl, Sebastian zu sehen.

Warum sehe ich ihn überall?

2

»Kein Problem«, sagt Sebastian.

Sarah ist erleichtert. Er ist wirklich sehr zuvorkommend. Auch wenn sie einen Rückzieher macht.

»Die Recherche verschiebt sich ohnehin noch einige Tage, aber möchtest du nicht in der Zwischenzeit einen Artikel für das Hausblog schreiben?«

Sebastian unterstützt sie bei jeder Gelegenheit. Dafür ist sie dankbar.

Manchmal kommt sie sich im Redaktionsalltag wie ein Eindringling in eine orthodoxe Klostergemeinschaft vor, wo sie weder Ablauf noch Symbolik zu deuten versteht. Und nur Sebastian greift ihr unter die Arme.

Emma dagegen weicht ihr aus. Nur ein einziges Mal hat sie sich kurz zu Sarah umgedreht, allerdings nur, um sie vor Sebastian zu warnen.

Der Typ sei merkwürdig, so Emma, aber Sarah kann das nicht bestätigen.

Kein einziges Mal hat Sebastian sie angebaggert oder eine blöde Äußerung von sich gegeben. Im Gegensatz zu Emma. Und der vermeintlich merkwürdige Typ unterstützt sie pausenlos mit Ideen und Projekten.

Im Gegensatz zu Emma.

»Ich bin der Einzige derzeit, der für das Hausblog schreibt«, sagt Sebastian. »Und es müssen unbedingt mehr Frauen einbezogen werden.«

Ich habe viel größere Probleme mit Emma und ihrer Launenhaftigkeit, denkt sie.

»Ich kenne doch noch gar nicht die Strukturen, ich bin doch erst wenige Wochen dabei.« Sarah betont einzelne Silben, als würde sie regelmäßig vor einer größeren Gruppe Märchenbücher vorlesen.

»Ich bin auch noch nicht so lange dabei, Sarah, aber wenn ich eines verstanden habe, dann, dass hier ein frischer Wind wehen muss. Deshalb bitte ich dich ja auch um deine Unterstützung. Du bist unvoreingenommen.«

Sie lächelt.

»Wir rocken den Laden, Sarah. Deshalb werde ich auch bei der Vorstandswahl der Genossenschaft kandidieren.«

»Meine Stimme hast du«, antwortet sie mit automatisiertem Optimismus.

»Danke, das weiß ich sehr zu schätzen. Übrigens mache ich bald einen Workshop zum Thema ›Sicherheit im Netz‹. Nur für junge Leute.

Falls du teilnehmen möchtest ...«

»Oh ja, das ist sehr interessant.«

Als sie das sagt, empfindet sie eine Form von Lebensbejahung, wie ein Patient unter Narkose in den letzten Augenblicken vor dem Blackout, während die wabernden Gedanken sich eigenständig verformen.

»Das wird auch locker«, sagt er, »Party, Party, Party!«

Dabei legt er seine rechte Hand auf ihren Kopf, als wäre sie eine Ausreißerin auf der Suche nach einer Schlafgelegenheit und er bedeute ihr mit dieser Geste, dass alle ihre Sorgen ein Ende gefunden hätten.

Und sie habe ein neues Zuhause.

3

Emma hört Stimmen. Was absurd ist, denkt sie.

Stimmen?

Was sie nicht wahrhaben will. Sie steht in ihrer Küche, am Herd, um ein Omelette zu backen, und liest abwechselnd in einem Kochbuch (ohne sich wirklich an deren Rezepturvorgabe zu halten), gleichzeitig ordnet sie vier Eier neben der Pfanne, auf einer Ablage. Berührt die Schalen.

Aber da sind Stimmen.

Einerseits ein Flüstern, von einem Mann. Dann ein weibliches Lachen.

Ihr wird kalt.

Sie schlägt das erste Ei auf und verharrt mit den Schalen in Brusthöhe, wie eingefroren, weil wieder dieses Flüstergeräusch zu hören ist. Und es ist eindeutig wahrnehmbar.

Keine Einbildung.

Sie zittert.

Gleichzeitig erinnert sie ihre eingefrorene Geste in ihrer konzentrierten Versunkenheit, mit den beiden Schalenhälften jeweils in einer Hand, halbhoch, an einen Priester, der an seinem Altar die Hostie konzelebriert. Allerdings ist ihr diese Fantasie unangenehm (ein Mann zu sein; das Sakrale; der hohe Raum einer Kirche; der Hall; all das verstärkt nur ihre phobische Grundtendenz).

Soll ich zu einer Psychologin gehen?

Sie versucht, das Flüstern psychologisch zu bewältigen (denn solange sie nur einen »Sprung in der Schüssel« hat, lässt sich das alles handhaben, hofft sie), analytisch, und blickt in den kleinen Spiegel (im roten Bilderrahmen) über dem Heißwasserboiler, um ihre Mimik zu überprüfen.

Kontrolle erlangen.

Ist es mir zu gut gegangen?

Das Lachen ist länger schon nicht mehr aufgetreten. Kurz glaubt sie sogar, es könnte vorbei sein. Vielleicht ist es auch eine Hallverstärkung aus den Heizungsrohren, aus den Nachbarwohnungen (ungeachtet der Frage, warum dieser Effekt erst heute auftritt, niemals davor), aber nach einigen Minuten wieder: *Lachen.*

Sie grinst ihr Spiegelbild an.

Es funktioniert nicht. (In ihren Augen glaubt sie blitzartig den Ausdruck einer erschöpften Triathletin zu sehen, die sich den Wellen eines Flusses ergibt; ausweglos.) Auf der Wangenhaut, während des Lächelns, spürt sie Energiepunkte, Düsternisflecken, die sich wie Bakterien ausbreiten. Und sich netzartig zusammenschließen.

Raus!

Fast schon panisch verlässt Emma die Küche und stellt sich an das Wohnzimmerfenster. Auch hier ist das Flüstern zu hören. Aber es ist nie genau zu lokalisieren, beinahe so wie feiner Nebel. Um sich abzulenken, gießt sie die Ananaspflanze und den Weihnachtsstern im Topf. Bislang hatte sie kaum darauf geachtet. Die Erde ist trocken. Anfänglich sammelt sich das Wasser auf der krustigen Erde, dann sickert es in einer derartigen Geschwindigkeit hinab, dass Emma zu fühlen glaubt, die Pflanzen schrien vor Durst. Ja, die Wurzeln freuen sich förmlich über das Nasse, und sie jubilieren. Sie recken ihre Blätter zum Dank nach oben.

Sie tanzen.

Manchmal ist das Flüstern da, denkt sie, manchmal nicht. Manchmal eher von links, von oben, manchmal von rechts. Eher beiläufig greift sie zur Rotweinflasche neben dem Weihnachtsstern. Passt jetzt. Aber der warme Restschluck schmeckt in seiner extremen Süßlichkeit wie Hustensaft (oder war es Lebertran?) aus der Kindergartenzeit.

Wirklich ein Psychologe?

Allein die Vorstellung, einem Fremden gegenüber auszupacken, über die Dinge zu sprechen, die in ihrem Inneren quersitzen, erfüllt sie mit Ekel. Schlimmer noch, als mit einem Wahn zu leben.

Vielleicht hört es auch von alleine auf.

Es muss!

Stille.

Plötzlich hört sie ein leises Jauchzen, Knurren, Ächzen. Emma erschrickt derart, dass sie einen Laut von sich gibt, der in seiner weinerlichen Elendigkeit an das Jaulen eines Hundes erinnert. Bei einem Köter, denkt sie, weiß man manchmal auch nicht, ob es Erschrecken oder Schmerz ist.

Dieses Knurren ist verächtlich.

Es sitzt ihr mittlerweile auf der Schulter, im Nacken, es kriecht ihr unter das Hemd, an der Wirbelsäule hinunter; feiner als Luft.

Sie muss mit jemandem sprechen. Auf der Stelle! Auf einem Notizzettel hat sie eine Telefonnummer mit rotem Stift umkringelt. »Kann ich mit Johannes Meier sprechen?«

Emma umklammert das Handy wie eine Waffe.

»Ja, er ist Redakteur bei Ihnen …«

Wo liegt eigentlich Düren?

»Hallo, Herr Meier? Mein Name ist Emma Blumfeld, ich bin Redakteurin in Berlin … genau, in der gleichen Redaktion, in der jetzt mein neuer Kollege Sebastian Heiter arbeitet … Ja, okay, wo soll ich anfangen? Richtig, manchmal wirkt er unnahbar … ich meine, gab es vielleicht so etwas wie einen ungeklärten Vorgang in der Zeit, wo Sebastian bei Ihnen beschäftigt war? Ach, das ist ja interessant … Meinen Sie, wir könnten wir uns vielleicht mal treffen?«

DAS ABENDROT

1

Heiter steht im Gebüsch, hinter einer Erle (oder einer Esche, oder einer Fichte; wer weiß das heutzutage noch genau), auf jeden Fall aber inmitten von weggeworfenen Papiertaschentüchern, die ungefähr darauf schließen lassen, aus welchem Grund sich andere Menschen hier normalerweise einfinden.

Heiter wiederum hat diese Stelle gewählt, weil er von hier aus den besten Blick auf Lisa hat. Auf ihren Tisch im »Müller's«, einem vegetarischen Restaurant, das Heiter niemals betreten würde. Lisa sitzt dort mit einer Pfeife, wie er recherchiert hat, alleine schon der Name, David Deuter, eine dieser Alliterationen, die sich nur besonders bescheuerte Eltern aussuchen und die gleich mal auf einen Volltrottel schließen lassen. In solchen Dingen ist Heiter schnell bei der Sache.

Und er ist unbarmherzig.

Eine Oberpfeife.

Kein Mann. Zu jung, zu unbedarft, zu unbedeutend.

Lisa hat ihre Wimpern verlängert. Das fällt ihm auf, durch das Fernglas. Einige Augenblicke lang ist er nur irritiert (gleichbedeutend mit hilflos; grausam), dann bemerkte er die Korrektur. Die Wimpern stehen jetzt deutlicher ab, denkt Heiter, und wirken irgendwie unecht, also viel zu echt.

Also: Dreidimensional.

Heiter atmet ein. Und aus.

In solchen Augenblicken fühlt er sich wie ein Jäger im Wald, der auf ein Signal wartet.

Es trifft allerdings nicht ein.

Sie lacht, denkt er, und registriert jede Unstimmigkeit in ihrer Mimik. Lisa lächelt gekünstelt, eher von oben herab, denkt er. Sie gibt sich gönnerisch. Sie hält ihr Weißweinglas anders als sonst, auch anders als in der Mittagspause, eher geziert, zwischen Daumen und Zeigefinger, den kleinen Finger abgespreizt.

Heiter setzt das Fernglas ab, hält es auf seiner Brust umklammert und vergewissert sich seiner eigenen unverändert aufgerissenen Augen. *Dieses Starren.* Immer schon, denkt er, hatte ich dieses Starren an mir. Mein ganzes Leben hindurch. Voller Verzweiflung. Wobei meine augenblickliche Verzweiflung immer wieder neu überlagert wird, von einem jeweils neuen Gespenst.

Heiter ärgert sich, dass er jetzt nicht auf Lisas Handy zugreifen kann. Sie hat es ausgeschaltet (was eine Abhöraktion nicht aufhalten würde), aber in ihrer Handtasche inmitten von derartig viel Krams abgepolstert, dass die wenigen Geräuschfetzen die Konversation nicht wiedergeben.

Manchmal fährt sie sich durch die Haare, fällt ihm auf. Im Normalfall wäre das wohl ein eindeutiges Zeichen, im Sinne einer sympathischen Übereinstimmung mit ihrem Gesprächspartner, aber Heiter interpretiert die Geste im Restaurant eher analytisch. Lisa hat ihre Haare gefärbt. Nicht viel, nicht grundlegend neu, vermutlich sollte es auch ganz anders aussehen, auf jeden Fall aber setzt sich die Schädelplatte nun dunkler (fast schon schwarz) gegen die helleren Seiten ab. Aus der Entfernung, aus der Dämmerung, wirkt diese Färbung beinahe so, als hätte Lisa sich ein dösendes Tier (eine Katze?) auf den Kopf gesetzt.

Vermutlich weiß sie selber, dass das nicht ganz gelungen ist, überlegt Heiter, und sie versucht daher, den Fehler haptisch zu überspielen.

Mit dem Fernglas sucht er wieder ihre Augen. Lisa sitzt seitlich, also kann er immer nur eine ihrer Pupillen anvisieren, in die Iris zielen – einmal aber dreht sie sich ruckartig nach links, über ihre Schulter hinweg, und starrt in die Dunkelheit im Park, also mitten in sein Fernglas hinein. Und lächelt!

Als ob sie ihn erkennt.

Heiter reißt das Fernglas hinunter und atmet tief aus.

Sie hat gelächelt.

Auf dem Baum neben seinem Posten eröffnen Dutzende Vögel ein aufgeregtes Schwatzen und Tratschen, wie sonst nur die rheinischen Tanten auf einem Familienfest.

Es beginnt zu regnen.

Heiter tastet nach dem kleinen Schirm in seiner Manteltasche, löst die Schutzhülle, spannt auf, betrachtet letztlich aber doch nur die runde Form, als ob sie ihn verhöhnt.

Lisa lächelt.

Heiter verlässt seinen Beobachtungsposten, stampft durch den stellenweise schmatzenden Matsch hin zum Parkplatz und schließt sein Auto auf. Wie ein exorzierter Dämon wabert die innen gespeicherte Hitze an seiner Wange vorbei.

Er begehrt Lisa! In diesem Moment ist es schrecklich.

Heiter startet den Motor und fährt doch nicht los. Immer wieder erinnert er sich an Lisas Blick.

Der Abendhimmel lässt sich mittlerweile kaum noch von einer Anhöhe am Horizont unterscheiden. Heiter registriert ein Lagerfeuer am Ufer eines abgelegenen Baches, das sich in der aufkommenden Schwärze überdeutlich ausstanzt. Der Rauch des Feuers zieht erst langsam aufrecht und kippt dann waagerecht über den Bach. Wie ein Dach. Inmitten der letzten Strahlen der untergehenden Sonne (und zwar tiefrot, wirklich sattrot), in Streifenform, geordnet, wirkt der Qualm wie eine bizarre Nachbarfarbe auf einer fantastischen Landesfahne.

Ich liebe dich.

Heiter lässt den Motor aufheulen und rast nach Hause.

Wenn er an einer Ampel anhalten muss, trommelt er mit den Fingern einen stupiden Rhythmus auf das Lenkrad.

Die Fahrt dauert scheinbar ewig.

Die Liebe wandelt sich daher schnell in Wut.

In seinem Zimmer öffnet er sein Laptop und dann als Erstes Lisas Mail-Account. David hat ihr tatsächlich schon eine Mail geschrieben. Nur wenige Minuten nach dem Abendessen.

»Es war ein wunderschöner Abend. Danke dir dafür. Und wenn es nach mir geht, wiederholen wir das Ganze direkt in den nächsten Tagen. David.«

Schrecklich.

Heiter korrigiert augenblicklich Davids Text: »Sorry, aber du bist mir zu kompliziert. Ich habe mich auf einen schönen Abend gefreut, und dann so was. Jede Wette, da kommt gleich wieder so eine doofe Antwort von dir, in der du alles richtigstellen musst – aber ich sage dir was: Ich will es gar nicht hören! David.«

Das ergibt zumindest einen Sinn. Weshalb sollte sich ein Mann ansonsten unmittelbar nach einem Essen melden?

Kurzes Nachdenken.

Zu viel Risiko.

Es ist einfacher, Davids Mail ersatzlos zu löschen.

2

»Ach, nein, wer kommt denn da angeschlendert? Sebastian Heiter!«

Kalt.

Lisa ist auf Krawall gebürstet. Offensichtlich war der Abend mit David nicht unbedingt erfüllend.

»Dir auch einen schönen Tag«, antwortet Heiter lächelnd und bleibt im Türrahmen stehen. Er ist freundlich, höflich, wie immer. In Wahrheit möchte er schreien.

Die Tonhöhe, die Art, wie Lisa seinen Namen seziert, akzentuiert: Vor- und Zuname, bewirken bei Heiter das Gefühl einer Wechseldusche. Irgendwie schafft es Lisa, bei der Artikulation unterschwellig Kindheitsszenen einzuweben, die ihn an Vorwürfe *seiner* Mutter erinnern, ihre abweisende Stimme, ihren grausamen Akzent, sogar ihre spießige Kleidung.

Wenigstens weicht Lisa nicht aus.

Sie hat schlechte Laune (ziemlich offensichtlich) – aber sie reagiert noch.

Lisa ist noch warm.

»Wir haben unser erstes Angebot«, sagt er. »Die Redaktion will zwar mehr Geld, aber sie sind bereit, auf eine kritische Berichterstattung zu verzichten.«

»Wolltest du die Story nicht mit Sarah machen?«, fragt sie sachlich.

Sie schauen einander wieder nicht an. Aber auch nicht in entgegengesetzte Richtungen. Beide scheinen vollständig darauf konzentriert, sich gegenseitig im Ungefähren niederzustarren.

Sie ist noch warm.

»Du bist eine fantastische Journalistin«, schmeichelt er.

»Und eine großartige Schreiberin. Und das braucht es für eine gute Story.«

»Das ist allerdings keine Antwort auf meine Frage …«

»Im Raum stehen zwei Wochen, das muss noch genauer besprochen werden. Aber der entscheidende Punkt ist doch, dass sie angebissen haben.«

Lisa reagiert nicht. Ihre Pupillen wirken wie schwarze Stecknadeln.

Spitz.

»Es ist schade, dass du mich so abblockst«, setzt er nach. »Ich würde es begrüßen, mehr Zeit mit dir zu verbringen. Wenn es nach mir ginge, würde ich dich sogar kaum noch aus den Augen lassen …«

Lächelnd. Scheinbar ironisch.

Wenn es nach mir ginge, denkt er ernsthaft, wirst du bald ein schlechtes Gewissen haben, wenn du nur schon Zeit mit deinen Eltern verbringst. Oder mit solchen Vollpfosten wie David Deuter.

»Ich weiß nicht …«, sagt sie leise.

»Was genau weißt du nicht?«

Bald schon werde ich dir meine Liebe in einer Dosis einimpfen, dass du nicht einmal mehr den Gedanken ertragen kannst, andere Menschen um dich herum zu sehen.

»Beruflich klappt das bei uns gut«, sagt sie. »Aber menschlich?«

»Gerade menschlich!«

»Und warum weichst du mir immer aus?«

Zum ersten Mal schaut sie Heiter an. Und blättert dabei (ohne hinunterzusehen) in einem Weltatlas. Auf ihrem Schoß liegt zusätzlich eine weitere Deutschlandkarte.

Heiter muss schlagartig an Napoleon denken. Lisa wirkt tatsächlich wie eine Soldatin, denkt er, bei der Vorbereitung zu einem Angriffskrieg.

»Ich stehe hier. Ich rede mit dir. Sieht das wie ein Ausweichen aus?«

»Darum geht es nicht. Aber für mich ist eine Sache das Allerwichtigste, und das ist Ehrlichkeit. Und ich habe das Gefühl, dass du nicht … ehrlich … zu mir bist.«

Aus ihrem Mund klingt dieses stupide Wort beinahe heilig. Dadurch, dass sie es mit einer Pause umgibt, wirkt es zusätzlich noch so, als hätte sie es, wie einen seltenen Diamanten, in eine glänzende Schatulle gebettet.

»*Du* bist nicht ehrlich zu *mir*, Lisa!«

»Wie bitte? Ich bin nicht ehrlich?«

Sie verteidigt sich mit einer merkwürdig gequetschten Stimme, wie einer dieser vermeintlich lustigen Bauchredner.

»Du flirtest mit anderen Männern.«

Pause.

»Ich weiß nicht, wovon du redest …«

Schwach.

»Du musst dich nicht verteidigen, Lisa, ich möchte nur darauf hinweisen, dass …«

Er verfällt in eine sakrale Tonlage, ein Silbennebel aus Bosheit, Sanftheit und Begehren (während er gleichzeitig konzentriert ihr Taumeln beobachtet).

»Ich weiß nicht, wohin dieses Gespräch führen soll, Sebastian.«

Der Vorname zum Schluss. Das ist nicht gut, denkt er.

Er berührt die Enden seines Hemdärmels, dann die Gürtelschnalle, zuletzt tastet er nach seinem Kugelschreiber in der Sakkoinnentasche. Das ist jetzt wichtig.

Heiter berührt den Stift wie ein Schamane in der Savanne einen okkulten Ahnenstab. Als könne er durch das Tasten und Drücken die richtige Eingebung herbeiführen.

»Lisa, du muss dich nicht verteidigen, wir alle haben …«

»Ich verteidige mich nicht!«

Sie keift.

Er schweigt.

»Boah, ich hasse diese Gespräche.« Flüstern, das als Zischen endet. Aggressiv. »Du drehst mir die Worte im Mund um.«

Heiter lächelt.

All das erinnert ihn an eine Schallplatte (in den guten alten Zeiten), die hängen geblieben ist. Und die man immer wieder abspielen möchte. Tag für Tag.

3

»Sebastian, hast du eine Minute?«

Berger lugt mit seinem Kopf ins Zimmer, und zwar nur mit dem Kopf hinein – also ist es ernst.

Heiter hält seinen Zeigefinger in die Luft und deutet zweimal an die Decke. Berger nickt. Ein Besuch bei Silke Meyer, der Chefredakteurin, steht an.

»Ärger?«

Berger schließt die Augen.

Also steigen sie schweigend, im Gänsemarsch, die Treppe hinauf.

Gemächlich. Die grellen Flurlampen erzeugen eine gegensätzliche, eher hysterische, überdrehte Atmosphäre in den Gängen.

»Moin, Silke …«

Die Chefredakteurin steht neben ihrem Schreibtisch, als

habe sie längere Zeit das Klopfen abgewartet, und lässt sich dann auf ihrem Bürostuhl nieder, wobei sie zweimal über die Rückseite ihres Jeansrocks wischt. Ihr Kurzhaarschnitt (schwarz) erinnert Heiter an einen altertümlichen Pilotenhelm.

»Nicht so gute Nachrichten …«, formuliert sie zur Begrüßung.

Heiter schweigt.

Irgendwie Achtziger, denkt er. Diese Frau trägt jeden Tag schwarze Kleidung. Heute trägt sie eine Lederjacke mit einem aufgesteckten bräunlichen (Kunst-)Pelz.

Niemals echtes Tier.

»Der Artikel über die Werbeabteilungen ist klasse«, sagt sie, »aber der Justiziar ist gegen die Veröffentlichung. Kategorisch.«

Die Chefredakteurin sieht gehetzt aus, gestresst, fast schon verzweifelt; also genauso wie immer. Morgens oder abends. Sie wirkt wie jemand, der sich (pausenlos; prinzipiell) abhetzt, um noch einen ICE am Hauptbahnhof zu erreichen, dazu mit ihrem Wagen durch die Innenstadt brettert, sich aber in ihrem Unterbewusstsein längst schon damit abgefunden hat, zu spät zu kommen. Und zwar pausenlos. Prinzipiell.

»Warum?«

Heiter schüttelt den Kopf.

»Er hält die Recherche für unzulässig.«

Silke gießt heißes Wasser in eine Tasse und tunkt den Teebeutel hinein (auf und nieder), als ob sie eine gefesselte Maus ersäufen wolle.

»In welcher Zeit lebt ihr? Das ist absurd!«

Heiter bellt geradezu. Es ist ihm gleichgültig, dass er noch in der Probezeit arbeitet. Er schlägt sich mehrmals an die Brust, wie ein Araber bei einer Beerdigung, und lässt seine Arme aus den Hemdärmeln nach vorne schießen.

»Sebastian … kannst du dich vielleicht mal wieder einkriegen?«

Dabei wischt sie mehrmals mit dem rechten Handballen über ihre Wange. Offensichtlich möchte Silke Heiter zu verstehen geben, dass er während seiner Attacke gespuckt habe.

»Ihr könnt euch doch von so einem Schlipsträger nicht erzählen lassen, welche Geschichten wir drucken!«

»Darum geht es nicht, Sebastian. Aber wenn wir Gesetze verletzen, dann …«

»Gesetze? Und was ist mit dem Marienhof-Urteil? Du weißt, wovon ich spreche. Als dieser Journalistikprofessor vor Gericht einen Sieg errungen hat, wegen verdeckter Recherchen im Zusammenhang mit Schleichwerbung – und in jener Zeit hat die *damalige* Chefredaktion entschieden, den dazugehörigen Text zu drucken.«

»Der Fall ist mir geläufig. Aber der Justitiziar sagt, beides ist nicht vergleichbar. Außerdem beschreibst du in deinem Text einige Dinge, die nichts mit der aktuellen Recherche zu tun haben.«

»Was soll das sein?«

»Du schreibst von Vorgängen in Koblenz, die schon vier Jahre her sind. Damals seien Beiträge auf Wunsch der Anzeigenabteilung verändert worden …«

»Ja, und?«

»Der Justiziar sagt, das kann man so nicht vermengen. Würdest du wenigstens diese Vorfälle in Koblenz rauslassen?«

»Wozu!«

»Du willst also nicht?«

»Leben wir wirklich in einem Flachpfeifenland, wo ein dahergelaufener Paragrafenspinner mir sagen darf, wie ich zu leben habe?«

»Es reicht jetzt, Sebastian.«

Silke reibt mit ihrem Zeigefinger quer am Kehlkopf entlang. Das bekannte »Messer«-Zeichen. *Schluss.*

Sie ist eine dieser Frauen, die eher mitteilsam und höflich wirken, aber bei einem Notfall, einer Massenpanik, plötzlich in der ersten Reihe auftauchen und Anweisungen geben.

»Es geht einfach nicht«, sagt Berger diplomatisch. Davor hat er die ganze Zeit geschwiegen.

Heiter blickt ausdruckslos nach vorne.

Krieg.

Eine eigenartige Empfindung übermannt ihn, in etwa so, als habe er mittags in der Kantine etwas Falsches, Verdorbenes gegessen. Ihm ist übel, aber in einer Weise, die sich nicht als Brechreiz, sondern eher als Taubheit äußert. Mit Hitzewallungen. Schweiß. In seinem Magen (und zwar tief innen) lösen sich Partikel aus der Scheidewand, die jeweils die gleichen Gefühle von Sinnlosigkeit ummanteln.

Es geht nicht anders. Krieg.

Einen Lidschlag lang (und ebenso wie ein helles Licht auf der Iris) sieht er sein Leben als eine einzige Belanglosigkeit aufscheinen, als eine Ansammlung an Lächerlichkeit, die man abstreifen muss wie eine Schlange bei der Häutung.

Um Erleichterung zu finden.

4

Emma platziert ihr Handy neben dem Vorspeisenteller. Sie will es als Diktiergerät benutzen.

Den ganzen Vormittag hat sie mit Umsteigen aus jeweils einem Regionalexpress in einen weiteren Bummelzug verbracht, um endlich diesen kleinen Ort zwischen Aachen und Düren zu erreichen. Hier wohnt Johannes Meier, ein ehemaliger Kollege von Sebastian.

»Was soll ich Ihnen denn erzählen?«, hatte er am Telefon gefragt. Eher maulig.

»Lassen Sie uns einfach treffen …«

Aus diesen zwei Sätzen bestand das gesamte Vorgespräch.

Emma nippt nun also an einem Mineralwasser und schaut aus dem Fenster des Restaurants. Die Speisekarte passt zum Gesamteindruck dieser Provinzlangeweile. Kein Mensch ist draußen unterwegs. Der Ort besteht offensichtlich nur aus Schwüle, Müll und Einsamkeit.

In den Nebenstraßen, hinter dem Restaurant, sammelt sich seit Tagen Regenwasser in mannsgroßen Pfützen. Optischer Höhepunkt ist ein rotsteiniger Erdhaufen in Front einer verlassenen Baustelle.

Und dann noch ein Mann, der sich verspätet, denkt sie, das ist kein gutes Omen.

Sie hasst es, alleine in einem fremden Lokal zu sitzen. Zudem in einer fremden Stadt, in einem weit entfernten Bundesland. Alles da draußen ist anders, fremdartig, selbst die Kleidung der wenigen Spaziergänger wirkt merkwürdig. Die Namen der wenigen Geschäfte klingen wie aus einem vergangenen Jahrhundert, die Straßen führen in unbekannte Viertel; selbst die Straßenschilder wirken ungewohnt. Es gibt nichts, an das sie sich halten kann, das ihr Vertrauen gibt, nichts, was sie antreibt oder vorwärts zwingt. Ein abgedunkeltes Vakuum.

»Emma Blumfeld? Ich bin Johannes Meier ...«

»Schön! Entschuldigung, ich habe Sie gar nicht kommen sehen ...«

Wirklich merkwürdig, denkt sie, es gibt hier doch nur fünf Tische, nur einen Ausgang, eine Theke, eine Fensterfront mit Gardinen. Wie konnte ich diesen Mann übersehen?

»Kein Problem ...«

Meier trägt unmodische Jeans, die an den Knien deutlich ausgebeult sind, stützt sich mit den Händen an der Tischplatte ab und schiebt seinen Körper dann wie eine vergessene Bürde auf den Platz gegenüber von Emma.

»Ich vermute, dass mein Anliegen ein wenig skurril klang ...«, sagt sie und lächelt unsicher.

Meier legt kopfschüttelnd seine flache Aktentasche (kaum Daumendick hoch) auf die Knie und faltet die Hände darauf wie ein Steuerprüfer.

»Sie möchten also mehr wissen über den skurrilen Herrn Heiter?«

Meier lächelt sich selber zu, pausenlos, und lässt dann mit einem lauten Klacken seine Aktenmappe aufschnappen. Es klingt fast wie eine Schreckschusspistole. Während er Emma unaufhörlich mustert, zieht er langsam ein einzelnes DIN-A4-Blatt heraus.

»Ich habe da mal was aufgeschrieben ...«

Emma nickt eifrig, um das Gespräch am Laufen zu halten. Um jetzt keinen Fehler zu machen.

»Mir ist nur nicht ganz klar, was Sie vorhaben, Frau Blumfeld – und was genau meine Rolle in diesem bizarren Spiel ist?«

»Ich verstehe nicht ganz, was Sie meinen? Welches Spiel?«

»Nun denn, was genau möchten Sie denn von mir wissen ... über Sebastian?«

Meier neigt sein Gesicht tief über den Teller, ohne dass es ihm peinlich wäre, und schaufelt mehrere triefende Salatblätter aus kürzestem Abstand in seinen Mund.

»Ich habe keine genauen Vorstellungen.«

Emma hat keine Vorspeise bestellt.

»Und deshalb kommen Sie aus Berlin angefahren?«

Er schiebt den mittlerweile eingetroffenen Teller mit der Hauptspeise (Wiener Schnitzel mit Fritten) mehrmals zur Seite, um einen perfekten Winkel zwischen Salat und Mundwerkzeug zu finden. Anschließend wechselt er zwischen den verschiedenen Speisen und kaut jeden Bissen mindestens 20-mal. Die Rotation wirkt abstoßend auf Emma. Offensichtlich zählt er noch dabei.

»Ich habe … gewisse Probleme mit Sebastian und …«

»Aah … gewisse Probleme …«

Ein Bündel aus Sonnenstrahlen verliert sich in dem Bächlein abseits der Restaurantterrasse und zaubert dabei eine leuchtende Strähne in das sumpfige Drumherum. Einige Meter davon entfernt lodert ein Lagerfeuer durch den hellen Fleck.

»Ich weiß, das klingt merkwürdig, aber …«

»Darf ich Ihnen eine ganz einfache Frage stellen, Frau Blumfeld? Wenn Sie Probleme mit Sebastian haben – wäre es nicht vielleicht besser, Sie reden einfach mit ihm?«

Schweigen.

»Werte Frau Blumfeld, ich will ehrlich sein. Gestern hat mich Sebastian angerufen, aus heiterem Himmel. Ich weiß nicht genau, was für Zeug Sie alle in Berlin rauchen, aber als Sebastian noch hier in Düren war, hat er kaum mit mir gesprochen. Jetzt ruft er mich plötzlich an und quatscht mich voll. Genau wie Sie. Und labert über seine neuen Kollegen … Und irgendwann erzählt er auch noch von einer gewissen Emma Blumfeld, die eine extrem neurotische, hysterische

Person mit der Neigung zu Wahnvorstellungen sein soll … Und die heute hier vor mir sitzt …«

Emma steht wie unter Schock. Sie starrt nach unten, auf ihre Schuhe, als hätte sie etwas Wichtiges fallen lassen.

Sie kann nicht sprechen.

»Deshalb habe ich Sie gefragt, was das für ein Spiel zwischen Ihnen beiden sein soll. Ich für meinen Fall möchte damit nichts zu tun haben …«

Plötzlich zerknüllt Meier das weiße Papier und steckt es in seine Hosentasche. Dann holt er einen druckfrischen Geldschein aus seiner Geldbörse und klappt ihn der Länge nach um, sodass er wie ein Schiff (oder wie ein Messer) aussieht.

»Keine Sorge, Sie müssen mich nicht einladen …«

Er postiert den steifen Schein an ihrem Wasserglas.

»Bitte entschuldigen Sie, Herr Meier, ich …«

Mehr geht nicht.

Emma registriert lediglich noch, wie Meier sich aus dem Restaurant entfernt. Sie verfolgt eher apathisch die Arbeitsweise ihrer Gedanken, die wie Spülmittel von einem Teller abperlen.

5

Krieg kennt keine Grenzen. Krieg ist gewaltig. Ungestüm.

Krieg ist Kraft.

Heiter glüht.

Keine Zeitung, kein Magazin will seine Recherchen über die Machenschaften hinter den Kulissen veröffentlichen. Dabei liegen die Tatsachen auf dem Tisch: Selbst die größten Verlagshäuser sind offensichtlich bereit, für Geld, für viel Geld, auf eine ausgewogene Berichterstattung zu verzichten.

Krieg ist befreiend. Bei aller Härte.

Krieg ist eine Fortsetzung der Politik mit anderen Mitteln.

Angeblich, heißt es, lehnen die Redaktionen Heiters Recherche ab, weil die Story mit unzulässigen Methoden zustande gekommen sei. In Wahrheit aber, weiß er, stecken sie alle unter einer Decke.

Es sind allesamt Verbrecher.

Heiter sitzt bewegungslos an seinem Schreibtisch und glotzt nach vorne. Die Tür zum Flur ist geöffnet, aber jeder Kollege, der sein erstarrtes Gesicht sieht, weicht ihm aus. Es dauert wohl nicht mehr lange und hinter der bewegungslosen Mimik bricht ein Vulkan aus. Das ist offensichtlich. Als würde Heiter seine gespeicherte Aggressivität und alle Wut gegen sich selbst richten und die Haut dabei aushärten.

»Dann mache ich das alleine. Im Internet. Auf einer Homepage!«

Krieg schaut nicht auf Einzelschicksale.

Deshalb wird Emma bei den ersten Opfern sein; sie hat ihn niederträchtig hintergangen. Heiter hat das Gespräch mit Johannes in Echtzeit verfolgt (und wäre Berlin nicht so weit entfernt gewesen, hätte er Emma wohl noch während des Essens liquidiert).

»Oder als Blog. Aber dann mit allen Tonmitschnitten, jedes einzelne Gespräch, mit vollem Namen. Alles!«

Krieg ist skrupellos.

Berger hat ihn noch warnen wollen.

»Warmduscher!«

So ein Alleingang, laut Berger, heimlich aufgenommen, sei riskant. Sagt Feigling Berger. Falls etwas schiefgehe, müsse Heiter die Kosten bei möglicherweise folgenden juristischen Auseinandersetzungen selber tragen.

»Feigling!«

Weil sie alle gemeinsam unter einer Decke stecken.

Krieg deckt Wahrheit auf.

Heimliche Aufnahmen in Redaktionen seien ein Unding, sagt Berger.

»Es geht los!«

6

»Einfach so«, sagt Heiter und öffnet die Schmuckschatulle. »Weil ich dich bewundere.«

Auf einem blauen Samtkissen liegt ein silberner Ring, mit Diamanten eingefasst.

Die Vernichtung ist eingeleitet.

»Du bist verrückt …«, antwortet Lisa und schüttelt den Kopf. »Das kann ich nicht annehmen.«

»Doch«, antwortet er und hebt sie in die Höhe.

»Du bist verrückt.«

Er stellt sie langsam und behutsam zurück auf den Boden, als sei sie ein zerbrechlicher Gegenstand.

»Das gehört dazu«, flüstert er, küsst sie auf die Stirn und

denkt daran, dass ihn diese Hoteleinladung eine ganze Woche gekostet hat. Geschenke, Nettigkeiten, pausenlose Aufmerksamkeit, permanent Interesse heucheln – und vor allem zwei umformulierte E-Mails, weil David, dieser Warmduscher, einfach nicht aufgeben wollte.

Wie kann man nur so tief sinken?

Wenn eine Frau wie Lisa ziemlich drastisch Nein sagt und sich anschließend überhaupt nicht mehr meldet!

»Das ist genau der Ring, den ich mir immer gewünscht habe … Wie konntest du das ahnen?«

Kunststück, du hast es zu Hause gegoogelt.

»Du bist mir halt sehr, sehr wichtig …«, sagt er.

Aufmerksamkeit, denkt er, das ist das A und O. Als sei sie das Zentrum der Welt. Gewissermaßen geht es eben auch genau darum: dieses Zentrum wieder zu besetzen.

»Ich habe gar nichts für dich …«

»Doch. Deine Seele …«

Er wiegt die Wörter, die Silben, er röntgt sie, bevor sie ihm weiter durch das Hirn schießen und bevor er sie ausspricht, herauslässt, und ihnen damit Realität gibt.

»Du kannst sie haben«, flüstert sie. »Meine Seele …«

Als probiere sie dieses altertümliche Wort erst einmal aus. Wie ein Abendkleid.

Heiter löscht das letzte verbliebene Licht neben dem Bett.

In der Dunkelheit kann er nicht wirklich erkennen, ob Lisa ihn ansieht, aber dafür kann er spüren, wie sie mit den Fingerspitzen sein Gesicht berührt, die Wangen hinunter, an den Schläfen entlang, bis zum Kinn. Bevor sie ihre Lippen auf die seinen drückt.

Er legt seine Hand auf ihren Brustkorb und verfolgt schweigend, wie ihr Busen sich bei jedem Atemzug leicht hebt und senkt. Und sich an seine Hand schmiegt.

»Ich weiß dein Geschenk zu schätzen«, sagt er und berührt ihre Nase mit seinem Zinken, wie ein Eskimo (im Klischee). »Weißt du, ich mache mir pausenlos Sorgen um dich …«

Er wartet. Horcht.

Risiko.

Einen Moment lang hat er das Gefühl, als vibriere die Dunkelheit. Der Atem. Als bewege sich sogar etwas darin, feiner als Elektronen.

»Ich ertrage es nicht, wenn du mich nicht zurückrufst, Lisa … oder wenn du ausgehst … bis morgens früh … alleine … Es ist nur, weil ich mir Sorgen mache. Um dich. Weil ich möchte, dass es dir gutgeht. Das ist mein einziges Streben.«

Und deshalb muss er nun anfangen, Entscheidungen für sie zu treffen (was er taktischerweise verschweigt), zum Beispiel, wie lange sie ausgehen darf. Und mit wem. Und wo.

Weil es das Beste für sie ist.

Eindeutig.

Deshalb muss sie zukünftig auch bei jeder Entscheidung um Erlaubnis fragen. Denn es geht darum, dass sie ihm zunehmend die Kontrolle übergibt.

»Wir sollten vielleicht langsam …«, stottert sie, »zurück in den Alltag …«

Lisa betätigt den Lichtschalter. Das grelle Neonlicht steht wie ein Brocken gefrorene Zeit zwischen ihnen.

»Natürlich«, sagt er.

Unsicher schaut Lisa auf ihre Hände, auf ihre Finger.

Im Licht.

»Ich habe eine kurze Lebenslinie«, flötet sie mit einer Mädchenstimme. »Verdammt.«

7

»Wer sind Sie?«

Erstaunlich.

Emma hebt immer noch ab. Heiter ist fasziniert.

Im Abstand von etwa 30 Minuten wählt er ihre Nummer (ohne Rufnummernanzeige), mittlerweile zum zehnten Mal, und sie meldet sich jedes einzelne Mal.

Tapfer. Zwar zunehmend hysterisch, verständlicherweise, aber ausdauernd.

Erstaunlich.

Eine neue Variante, denkt er, wäre es, nach dem zweiten Klingeln aufzulegen, ohne auf ihr Keifen zu warten.

Heiter wählt Emmas (mittlerweile vertraute) Nummer und stellt sich dabei vor, wie sie ihren Telefonapparat neben dem Sofa anstarrt, vermutlich unschlüssig, ob sie es diesmal einfach läuten lassen soll. Vielleicht steht sie auch längst vor dem Apparat und brüllt. Vielleicht rennt sie auch durch ihre spärlich möblierte Wohnung, von links nach rechts, wieder zurück (und er hört förmlich, wie ihre Weingläser im Regal bei jedem Schritt mitklirren) und hebt wieder ab.

Spricht aber nicht.

Lauscht.

Heiter erinnert sich an den letzten heimlichen Besuch in ihrer Wohnung und daran, wie er in ihrem Wohnzimmer eine Weinflasche vom Boden hob (um das Etikett zu betrachten), die sich erstaunlich kalt anfühlte. Und als er die Flasche zurück auf das Laminat stellte, stieß er mit der rechten Ferse ein Weinglas daneben um. Das entstandene Geräusch schien durch das ganze Haus zu hallen. Sekundenlang hockte er bewegungslos auf dem Teppich und erinnerte sich an das Klirren.

Nichts.

Heiter wartet einige Minuten (die ihm dadurch extrem verlangsamt vorkommen; bleiern) und wählt dann Emmas Nummer in einer konzentrierten Bedachtsamkeit, als wäre er ein Chirurg bei einer lebensbedrohlichen Operation.

Es klingelt.

Er horcht derart intensiv auf die Abfolge des Tutens, als analysiere er eine Oper für das Feuilleton. Derart intensiv, dass er tatsächlich in ihrer Wohnung zu stehen glaubt, neben dem Telefon, und das Klingeln abwartet.

Zehnmal.

20-mal.

Es regnet.

Aus dem Fenster (imaginiert auch aus Emmas Hofblick) sieht er, wie sich unten Regenschirme aufspannen und die Straßen zunehmend nass glänzen. Vereinzelt suchen Passanten (ohne Schirm) Schutz unter Geschäftsmarkisen und in Hauseingängen. Die Ansichtskartenständer vor dem Kiosk an der Kreuzung scheppern im Wind und drehen sich.

30-mal.

Es ist wieder Zeit für ein gepflegtes Flüstern, denkt er.

Die Miniaturboxen hat er hinter zwei Bodenleisten in einem Hohlraum angebracht. Die beste Wirksamkeit ist dann gegeben, wenn sich draußen der Straßenlärm legt. Wenn sie schlafen gehen möchte.

Du wirst nicht mehr schlafen, Emma.

Langsam lässt der Regenschauer nach, verliert sich nach einem letzten Aufbäumen, und eine seltsame Stille legt sich über den Abend.

Du wirst nie mehr schlafen. Keine einzige Nacht mehr.

8

»Aufgeregt?«, fragt Berger.

Heiter schüttelt den Kopf. Am liebsten würde er jetzt losschreien. Dieser absurde Schachzug des Schicksals macht ihn fassungslos.

Es passt allerdings, denkt er, dass sich Berger neuerdings freundlich heranwanzt. *So ist die Welt.* Du bekommst einen Preis, damit bist du begehrt, und alle sind schlagartig nett zu dir.

Und niemand äußert mehr Kritik.

»Journalist des Jahres«, sagt Berger und schlägt Heiter auf die Schulter. »Und dann auch noch für so einen trockenen Stoff. Für eine Recherche über ›Wasserverträge‹, ha …«

Ein merkwürdiges Gefühl. Einerseits würde Heiter gerne abheben, fliegen, weil es ihn vor Stolz zerreißt, möchte er es jedem Fremden, der ihm über den Weg läuft, ins Gesicht schreien, und sagt es auch tatsächlich jedem, der ihm begegnet, auch ungefragt – andererseits breitet sich eine fugenlose Kälte in ihm aus.

Wie in einem Eisfach.

Seine Auftraggeber haben ihm gestern in einer Sprachnotiz übermittelt, dass diese Auszeichnung zu einer veränderten Strategie führen müsse. Er, Heiter, solle jetzt an die Spitze durchmarschieren, weil sich dadurch bessere Möglichkeiten ergäben. Er solle stillhalten und auf weitere Instruktionen warten. »Das Spiel mitspielen«, so die Stimme, »bis weitere Anweisungen eintreffen.«

Aber Heiter möchte schreien!

»Gratuliere!«

Irgendjemand tätschelt ihm die Schulter, den Heiter bewusst noch nie gesehen hat. Es wird wohl nicht der einzige

Klopfer bleiben. Die gesammelte Medienmeute hat sich in dem Saal versammelt und ergeht sich in beleidigtem Gemurmel. Auf der Bühne stehen Instrumente ohne Musiker. Das gleichmäßig gedämpfte Stimmengewirr klingt wie das Rumoren eines zweisitzigen Motorflugzeugs.

»Super Recherche …«

Silbenfetzen ziehen an Heiter vorbei.

Berger grinst und grimassiert glücklich.

In Blickrichtung steht ein Doyen der Magazinwelt, ein Herausgeber, der seine Ehefrau immer wieder auf die Stirn küsst, als wäre sie seine Mutter.

»Darf ich einen Moment um Ihre Aufmerksamkeit bitten …«, beginnt ein bezahlter Moderator seine Tätigkeit auf der Bühne und klopft im weiteren Verlauf gegen sein Mikrofon, bis es durch die Boxen knallt.

»Wir ehren heute Abend verdiente Preisträger der Branche – und natürlich auch den ›Journalisten des Jahres‹ …« (Stimmlage aufwärts)

Der Applaus hält sich in Grenzen, weil die meisten Anwesenden ein Sektglas spazierentragen und aufgrund dieser Blockade nur mit den Fingerspitzen in die Innenseite der anderen Handfläche klopfen.

Heiter hört auch nicht zu.

All das ekelt ihn an. Er betrachtet die Ehefrau des Herausgebers, die als eine der wenigen Gäste im Saal kein Glas hält (aber auch nicht applaudiert), sogar demonstrativ keinen Alkohol trinkt, scheint es, und dafür auffällig gönnerisch, lächelnd, auffällig geduldig ihrem Mann zusieht, wie er ein weiteres Glas Sekt in sich hineinschüttet.

»Das gibt bestimmt eine Gehaltserhöhung …«, kreischt eine Frau im Vorübergehen, an deren Namen Heiter sich nicht erinnern kann (dunkel irgendwie, dass sie in der Berliner Dependance eines Nachrichtenmagazins anschafft), dann ansatzlos über weitere Anwesende hetzt und lästert, während sie gleichzeitig mit dem breitesten Lächeln, das überhaupt nur denkbar ist, also fast schon lasziv, einem weiter entfernt stehenden Chefredakteur zulächelt. Dabei zeigt sie alle Zähne, bis zum Zahnfleisch, und erinnert Heiter an einen Kampfhund. Viel würde nicht fehlen, denkt er, und sie beißt mir in die Oberschenkel.

»Geld ist nicht alles«, sagt Heiter und sucht eine dunkle Nische.

Von hier aus gesteht er eventuellen Gratulanten gerade mal eine scheibenwischerartige Handbewegung zu. Das muss reichen.

Ich muss hier raus!

Eine einzige Bombe, denkt er.

Aber die Anweisung seiner Auftraggeber war unmissverständlich. Er solle aufsteigen, »Karriere machen!«

Raus hier!

Um dabei lässig und nicht wie ein Flüchtender zu wirken, hangelt er sich von Gesprächstraube zu Gesprächstraube. Was er dabei im Einzelnen palavert und in die Mitte der Laberkreise einwirft, ist eher zweitrangig, gewissermaßen sogar bescheuert, aber niemand bittet ihn darum, einen Gedanken weiter auszuführen. Die meisten nicken abwesend. Schließlich ist Heiter ein Preisträger. Journalist des Jahres! Ein Ressortleiter räuspert sich allerdings, er wolle sich noch ein Bier holen (obwohl sein Glas zu zwei Dritteln gefüllt ist). Seine Begleiterin setzt sofort nach, sie müsse auf die Toilette. Heiter ist das alles gleichgültig. Er will nur raus und offenbart den nächsten 20 (unschuldigen, freundlichen, arglosen, zufälligen) Leuten exakt die gleichen belanglosen Phrasen. Es dauert insgesamt allerdings noch mehr als 20 Minuten, bis er alle Gesprächstrauben abgearbeitet hat, und zwischen seinen Phraseneinsätzen liegen mitunter Pausen.

»Haaaaalllöchen …«, sagt er zynisch.

Die Ausgangstür liegt greifbar nahe.

Die Begleiterin des Ressortleiters, die doch so unbedingt auf die Toilette musste, entdeckt Heiter, wie er scheinbar freudig näher kommt, und er registriert gehässig, wie sie daraufhin wild gestikulierend (und beinahe verzweifelt) auf einen Fremden einredet, nur weil er zufällig neben ihr steht.

Ich werde nie zu euch gehören!

DAS HIRN

1

Emma hat stark abgenommen. Das fällt mittlerweile jedem auf.

Sie lächelt auch kaum noch.

Aber sie weigert sich, auf Nachfragen einzugehen.

Sie schreit dann.

Wie soll sie auch verständlich machen, dass sie Stimmen in ihrer Wohnung hört, die sie nicht lokalisieren kann, allerdings nicht regelmäßig, und nur in ihrer Wohnung, was nicht zu einer Wahnvorstellung passen würde (wobei die sonstigen pausenlosen Telefonanrufe auch außerhalb der Wohnung stattfinden, mittlerweile zumindest) – andererseits gibt es weitere Zufälle, die sich ebenfalls nicht einordnen lassen.

Heute Morgen zum Beispiel lag ein Zeitungsartikel im Hausflur. Er handelte von Elektrosmog. Von Mikrostrahlen. Die meisten anderen Nachbarn registrieren derartigen Müll gar nicht mehr. Emma schon. In dem Artikel stand, es sei inzwischen möglich, mittels Radarwellen durch Wände zu schauen. Radar ist gepulste Mikrowellenstrahlung. Es gäbe sogar schon Mikrowellenwaffen.

Und gestern saß sie in einem Café, stand nur einmal kurz von ihrem Platz auf, und als sie von der Toilette wiederkam, hatte jemand eine Zeitschrift liegen lassen, mit der aufgeschlagenen Seite, dass mit gezielten Impuls-Mikrowellen Menschen getötet werden können, mit einem einzigen Strahl. Einer künstlich herbeigeführten Embolie.

Es ist ein merkwürdiger Zufall, denkt sie, dass ich nur noch auf diese Sachen stoße.

Vorgestern: ein Zeitungsartikel auf der Altpapiertonne. Vermutlich rausgefallen. Darin stand, durch Strahlenwirbel ließe sich selbst der Schädelknochen spalten. Und über die gezielte Besendung können Tumore, Schlaganfälle provoziert und ausgelöst, ja, die gesamte Hirnstruktur kann gezielt durcheinandergewirbelt werden.

»Es schmeckt mir zur Zeit nichts«, sagt sie zu einer besorgten Kollegin.

Elektrosmog.

Sie liest den Artikel ein zweites Mal.

Vielleicht ist es gar nicht so schlimm zu sterben.

Sie hat vor dem Tod mittlerweile eine Form von Ehrfurcht entwickelt, die an den Umgang mit einem Prinzen eines Königshauses erinnert. Eine altertümliche Form von Respekt.

Auch wenn dieser Adlige eher unpassend gekleidet ist.

2

Sarah unterstützt Sebastian bei den Wahlen zum Vorstand der Genossenschaft. Auch darin, dass er Hände schüttelt und lächelt und mit möglichst vielen Kollegen ein Gespräch beginnt. Und darin, im Konferenzsaal ein Mikrofon zu greifen und eine improvisierte Ansprache zu halten.

»Hallo, ich möchte mich kurz vorstellen bei denen, die mich noch nicht kennen. Es wird vermutlich schon noch einige geben, weil ich noch nicht so lange dabei bin. Mein Name ist Sebastian Heiter, ich habe den Hausblog gegründet, und das leider auch weitgehend allein mit Texten bestückt. Ich trete bei der Vorstandswahl der Genossenschaft mit dem Versprechen an, Haushaltsentscheidungen des Vorstands künftig allen Kollegen und Kolleginnen transparent zu machen und sie darüber abstimmen zu lassen. Denn mein Credo ist: Möglichst viel Offenheit!«

Der Applaus ist spärlich.

Seine einzige Gegenkandidatin arbeitet seit mehr als 20 Jahren im Sekretariat und erzählt bei ihrer Bewerbung spaßige Anekdoten. Auf Heiter wirkt sie wie eine Schlagersängerin, die an den Wochenenden in kleineren Lokalitäten auftritt, zwischen den Songs einlullende Floskeln vorträgt und das Programm derart häufig zum Besten gegeben hat, dass sie währenddessen über Einkaufslisten nachdenken kann.

Ihr Applaus ist allerdings nachhaltig.

Der Wahlleiter greift das Mikrofon und deutet auf einen Haufen Zettel neben der Eingangstür. »Darf ich dann die Kollegen und Kolleginnen bitte zur geheimen Abstimmung bitten?«

Heiter hat ihn einmal beinahe angerempelt. Eine Schlafmütze, wie er sich erinnert, der überall im Haus (an den unglaublichsten Stellen) einen sogenannten Powernap absolvierte. Und dessen Kinnstellung dabei, dessen vorstehende Zähne, ihn immer an einen Steinzeitmenschen erinnerte.

»Wie ist dein Eindruck?«, fragt Sebastian.

Sarah gefällt es offensichtlich, im Mittelpunkt der Aufmerksamkeit zu stehen; sie wendet sich zu Sebastian mit einer vorbildlich aristokratischen Gebärde um.

»Das klappt schon«, antwortet sie.

Sebastian glaubt förmlich zu sehen, wie Sarah eine imaginäre (weißbestickte) Schleppe über ihre Schulter wirft.

»Liebe Kollegen ... das Ergebnis ...«, verkündet der Wahlleiter nach mehreren weiteren Kommunikationsversuchen.

»Kurz und schmerzlos ...«

Sebastian erhält nur 16 Stimmen.

Seine Konkurrentin gewinnt mit großem Vorsprung.

Ein anwesender Fotograf schießt mehrere Bilder von der Gewinnerin und im Blitzlicht erscheint Sebastians Gesicht geisterhaft weiß. Seine Augen sind starr. Voller Panik.

Kurzzeitig ist danach alles dunkel.

Sarah sucht Sebastian in der Schwärze. Er sieht kraftlos aus, wie ausgezehrt.

»Wie war das? Es klappt schon?«

Plötzlich packt er sie am Kragen. Seine Lippen zittern.

»Ich kann doch nichts dafür! Sebastian!«

Bei aller Wut wirkt er auf sie wie ein Kind, das achtlos ein wunderschönes Jugendstilfenster in einem Museum zerbrochen hat, während die umstehenden Erwachsenen geschockt verharren.

»So war das auch nicht gemeint«, sagt er und lässt sie los.

»Nimm dir das doch nicht so zu Herzen.«

»Selbstverständlich nicht«, bellt er. »So eine Wahl ist schließlich zweitrangig. Nicht von Belang.«

Die Lüge steht in seinen Augen in einer Deutlichkeit wie sonst nur eine Leuchtreklame am Alexanderplatz.

»So eine Wahl interessiert mich überhaupt nicht ...«

Er dreht sich um und lässt Sarah stehen.

Das Eingeständnis einer Niederlage, eingetauscht gegen nackte Verachtung. Wie ein bissiger Schäferhund, denkt sie, der von einem kläffenden Dackel angeknurrt wird und sich ansatzlos umdreht, weil es unter seiner Würde wäre, ein solches Miniaturknäuel zu beißen.

Kurz überlegt Sarah, ihm etwas nachzurufen, aber sie entdeckt eine Träne in seinem linken Augenwinkel.

Sie glitzert wie ein Schmuckstein.

3

»Junge Frau …«

»Bitte?«

Wer redet denn heute noch so? Emma verzieht den Mundwinkel.

Selbst wenn die ältere Dame, die sich ihr in den Weg stellt und sie anspricht, zu den Zeugen Jehovas gehören sollte (also gewissermaßen einer Organisation, die in einer vergangenen Epoche steckengeblieben ist), so wirkt die Ansprache merkwürdig.

Also reagiert Emma nicht.

Es ist ohnehin mehr als dreist, sich einer Fußgängerin im morgendlichen Drängeln entgegenzustellen.

»Ich möchte Ihnen eine Botschaft überreichen …«, sagt die Frau.

Ein schmuckloser Zettel: »Pass auf dich auf.«

Mehr nicht.

Als Emma wieder aufblickt, um die potenzielle Seelenfängerin danach zu befragen, inwieweit diese kryptische Nachricht erneut auf einen drohenden Weltuntergang hinweist, ist die Frau verschwunden. Weit kann sie nicht sein. Anderseits ist es eine Fußgängerzone mit unzähligen Passanten, Kaufhäusern und Nebenstraßen. Im Eingangsbereich eines neu gebauten Shoppingcenters stehen Menschen mit prall gefüllten Plastiktüten. Sie blicken unschlüssig nach oben, wie ansonsten Reisende in einem trostlosen Bahnhofsgebäude, die die Abfahrtszeiten der eintreffenden Nahverkehrszüge studieren.

»Pass auf dich auf.«

Emma fühlt sich an einen Moment in ihrer Kindheit erinnert, merkwürdigerweise beim Tauziehen, als sich ihre Klasse mit einer Nachbarschule messen wollte und die gegnerischen Kinder plötzlich, ohne Ankündigung, das Seil fallen ließen.

Es gibt keinen Zufall, denkt sie.

Worauf soll ich aber dann aufpassen?

Merkwürdigerweise kommt ihr als Erstes Sebastian in den Sinn, aber sie weicht ihm während der Arbeit aus, sobald er nur in ihre Nähe kommt. Dessen merkwürdiges Telefonat mit dem Redakteur in Düren hat ihr den Rest gegeben. Ganz zu schweigen von seinem widerlichen Grinsen auf dem Flur. Oder in der Kantine. Wenn es möglich ist, wird sie nie mehr mit Sebastian sprechen.

Auch nicht bei der Arbeit. *Nie mehr!*

Ansonsten entwickelt sich ihr Leben in letzter Zeit eher merkwürdig, das ist richtig, denkt sie.

Hinter der Einkaufszeile erheben sich mehrere Hochhausfassaden aus den morgendlichen Nebelschwaden, unwirklich, wie ein Motiv auf unterbelichteten Negativen. Wie ein Friedhof, denkt sie, die ganze Atmosphäre, feucht und kalt. Einige Häuser weiter öffnet sich ein Baustellenkrater. Dort entstehen neue Konsumtempel. Aus den oberen Ruinenstockwerken hängen bunte Kabel und wimmern unwirklich im Wind. Aber das Beste ist, dass dort, vor einem der Baucontainer, eine Frau mit einem gigantischen Strohhut auf einem weißen Plastikstuhl sitzt. Sie hält eine gelbe Plastikblume in der rechten Hand und grinst, als ob sie nur darauf warte, dass eine junge Frau wie Emma vorbeischlendert, mit der sie Spaß haben könnte.

»Junge Frau …«, sagt die Dame mit dem riesigen Hut.

»Das ist jetzt nicht wahr«, antwortet Emma.

Sie kann nicht wissen, dass Heiter Menschen dafür bezahlt, dass sie Emma mitten auf der Straße ansprechen und ihr einen Zettel überreichen.

»Guten Morgen …«, sagt die Dame und drückt ihr einen solchen Brief in die Hand.

Scheinbar zufällig.

»Pass auf dich auf.«

DER STURM

1

Heiter beschattet Deuter.

David trifft sich nämlich unverändert mit Lisa. Schlimmer noch: Lisa spricht in einer Mail an eine Freundin davon, dass sie sich eine »bürgerliche Zukunft« mit David vorstellen könne. Er sei »treu und ehrlich«.

Brechreiz.

Treu und ehrlich, ätzt Heiter, dabei trifft sie sich unverändert mit ihm im Hotel. Das Schlimmste allerdings ist, dass seine Auftraggeber verlangen, er solle sich endlich mehr auf seine Karriere konzentrieren und diesen »Unsinn« mit Lisa aufgeben. Sonst würde es »radikale Konsequenzen« nach sich ziehen.

Niemals!

Er wird David eliminieren. Es muss nur heimlich geschehen, versteckt vor seinen Gewährsleuten.

Heiter öffnet ein Bier und liest Lisas letzten Beitrag in einem Forum. Vielleicht entdecke ich so einen Hinweis auf Davids Schwachpunkte, denkt er.

»Liebes Forum, es gibt da jemanden in meinem Leben, ich nenne ihn mal D.

Als ich die Beziehung mit ihm einging, waren da zwar nicht die Riesenschmetterlinge im Bauch, wie ich es bei anderen zuvor schon gespürt hatte. Ich mochte ihn sehr, ich fühlte mich auch zu ihm hingezogen. Ich habe mich auf die Beziehung eingelassen (ich hatte vorher noch nie eine wirklich lange Beziehung, habe oft daran gezweifelt, ob ich es überhaupt irgendwann mal auf die Reihe bekomme). D. war immer gut zu mir, er ist treu und ehrlich, ich kann mich auf ihn verlassen. Ich habe deshalb nur selten mal an der Beziehung gezweifelt.

Aber es gibt in meinem Büro einen anderen Kollegen, ich nenne ihn mal S.
S. ist leider unfassbar attraktiv. Wir hatten anfangs wenig miteinander zu tun. Doch dann kam ein gemeinsames Projekt und ich sah ihn öfter. Anfangs war da immer noch nichts, aber irgendwann hat es angefangen, in mir zu brodeln, wenn ich ihn sah. Aus dem beruflichen Alltag wurde bald ein vertrauterer Umgang und schließlich tauschten wir Handynummern und schrieben uns immer häufiger. Schnell wurde klar, dass wir uns nicht nur ›nett‹ finden. Ich hatte trotzdem eine Weile das Gefühl, er hält mich hin. Ich wusste nur nicht so recht, warum, denn das, was er mir schrieb, war mehr als eindeutig. Als ich ihn darauf ansprach, wurde er sehr verlegen. Er habe in seiner Vergangenheit schlimme Dinge erlebt. Habe ich verstanden und so akzeptiert.
Eine Woche später ist es dann aber passiert. Wir haben uns in einem Hotel getroffen … Und ich bereue es nicht ein bisschen. Ich weiß, ich sollte, aber es ist nicht so. Ich weiß nicht, wie es ihm geht, wir haben nicht darüber gesprochen. Und ich habe auch keine Ahnung, wie es weitergeht. Ich habe ihn anfangs als jemanden eingeschätzt, der nur Sex will. Mittlerweile bin ich mir da nicht mehr so sicher. Er macht Geschenke, redet von Gefühlen, und er war sehr

kuschelbedürftig nach unserer Nacht, wollte nicht, dass ich gehe. Keine Ahnung, ob er das nur so dahingesagt hat. Ich kann es gerade nicht einschätzen. Ich bin mir meiner Gefühle ihm gegenüber selbst gerade nicht so ganz sicher. Nach unserem gemeinsamen Abend im Hotel dachte ich, Gefühle wären kein Thema. Momentan bin ich mir aber nicht so sicher, da er mir schon fehlt und ich traurig werde bei dem Gedanken, ihn länger nicht zu sehen. War vielleicht schon mal jemand in einer ähnlichen Situation? Ich weiß gerade nicht so richtig, wie ich mit all dem umgehen soll. Auf der einen Seite bin ich mir sicher, D. und unser gemeinsames Leben nicht aufgeben zu wollen. Auf der anderen Seite bin ich verrückt nach S. (sei es auch nur sexuell) ... Puh, ganz schön lang geworden.«

Kuschelbedürfnis.

Was für ein bescheuertes Wort.

Schlimmer noch, denkt Heiter, geradezu widerlich ist ihr Bekenntnis zu David, »unser gemeinsames Leben nicht aufgeben zu wollen«. Geht es noch ekelhafter?

Heiter schließt die Augen.

Bislang ist er davon ausgegangen, dass David eine vielleicht gerade mal nebensächliche Statistenrolle spielen könnte, aber legt man den letzten Forenbeitrag zugrunde, dann geht es um eine sogenannte ernste Angelegenheit.

Und sie reduziert meine Liebe auf Sex.

Oh, eine Antwort ... »Blablabla, frag dich mal, ob es auch an der Beziehung zu D. liegen könnte, blablabla ...«

Lisa reagiert unmittelbar:

»Glaube ich nicht. Eher an mir und meinem Selbstbildnis. Zur Erklärung: Ich halte mich im Normalfall nicht für übermäßig attraktiv, eher Durchschnitt. Nicht hässlich,

aber eben auch nicht jemand, nach dem sich die Männer umdrehen. Ich habe dabei schon immer gern geflirtet. Als ich noch Single war, bin ich viel ausgegangen, habe viel mit Männern rumgeknutscht, die ich am selben Abend erst kennengelernt hatte. Aber in der Kiste bin ich mit keinem gelandet. Mir hat der ›Kick‹ gereicht. Als ich mit D. zusammengekommen bin, hat mir das irgendwie immer gefehlt, obwohl ich eigentlich nur Augen für ihn hätte haben müssen. Aber ich hab die Zeit vermisst, in der ich einfach losziehen und mir jemanden zum Knutschen suchen konnte.
Nun zu S., meinem Kollegen: Er entspricht eigentlich gar nicht meinem Beuteschema. Normalerweise vergucke ich mich eher in ›Jungs‹-Männer, die irgendwie eher niedlich sind als hübsch im klassischen Sinn. Mein Kollege ist definitiv keiner. Er ist eher ein ›Kerl‹ mit breiten Schultern und starken Armen und wunderschönen blauen Augen. Und ich hätte im Leben nicht gedacht, dass so einer sich für mich interessieren könnte, weil er eigentlich nicht ›in meiner Liga spielt‹. Oder ich nicht in seiner. Wahrscheinlich ist das auch der Grund, warum ich ihn unbedingt, ohne jegliche Rücksicht auf andere, haben wollte. Ich denke, ich wollte mir ein Stück weit selbst beweisen, dass ›ich es noch kann‹.
Wahrscheinlich brauche ich einfach die Bestätigung von Männern, selbst wenn ich in einer im Großen und Ganzen harmonischen Beziehung lebe. Zumindest erscheint mir das beim Drübernachdenken logischer, da ich nie wirklich unglücklich mit meiner Beziehung war.«

Beziehung?

Heiter rülpst.

Du wirst meine richtige Liebe noch kennenlernen.

2

»Gib es zu«, sagt Lisa.

»Was denn?«

Heiter steht am Fenster und betrachtet die gepflegte Rasenfläche vor dem Hotelfenster. Das satte Grün wirkt wie ein Golfplatz. Vier Bäume stehen in den Ecken wie Wachsoldaten beim Morgenappell.

»Gib zu, dass du geknickt warst, nachdem du nicht gewählt wurdest.«

»Nein.«

»Komm. Sarah hat es mir erzählt, und andere auch … Du kannst es doch zugeben, es ist doch nicht schlimm.«

»Ich war nicht geknickt.«

Heiter lächelt und verströmt seinen antrainierten Charme wie einen Reizgasstoß. Beiläufig, fast schon überheblich dosiert, als erwiese er den Menschen in seiner Umgebung einen großen Gefallen.

»Du kannst mir doch sagen, wenn dich etwas trifft …«

»Warum willst du immer nur von meinen Schwächen wissen?«

Er zieht ein T-Shirt über seinen muskulösen Oberkörper und betrachtet ihren nackten Unterleib. Nach dem Sex will Lisa immer *reden*. Heiter fühlt sich während dieser Verhöre wie in einer Art Taucherglocke, zweitausend Meter unter der Wasseroberfläche, alleine, tief und tiefer absinkend, bis ganz nach unten, auf den schwarzen, kalten Grund des Ozeans.

»Ich glaube, da steckt noch mehr dahinter …«

»Mehr was?«, fragt er und spürt Lisas konzentrierten Blick. Er fühlt sich wie der Moderator bei einer Oscar-Verleihung, die live in alle Erdteile übertragen wird.

»Mehr Verdrängtes …«

»Ich bin verrückt nach dir, reicht das an Verdrängtem? Du weißt, ich bin besessen von dir. Und nach dir. Und in dir …«

»Dann lass uns Nägel mit Köpfen machen …«

Fast schon erschrocken über ihre eigene Aussage, überdenkt Lisa ihren Satz denn auch wie einen verschachtelten Exkurs in einem philosophischen Traktat (den man deshalb zweimal, dreimal lesen muss und der trotzdem nicht verständlicher wird).

»Was genau meinst du damit?«, fragt er.

»Lass uns … *richtig* zusammen sein …«

Heiter lächelt.

Es gewährt ihm wertvolle Sekunden.

Lächeln.

Jede Minute, die er weiterhin mit Lisa verbringt, ist für seine Auftraggeber eine Provokation. Aber ihre spontane Offerte bringt sein Hirn zum Kochen. Hunderte Gedanken ploppen auf wie in einer Popcornmaschine. Ich werde mich bemühen, denkt er, exakt der sanfte, liebevolle Mann zu sein (den zumindest die Wohlmeinenden in mir sehen), in den du dich verliebt hast. Aber manchmal muss ich leider zu einem Monster mutieren, der dich schlechtmacht und der dir Schuldgefühle einredet und der dich von deinen Freunden und Freundinnen isoliert. Es tut mir leid (nein, stimmt nicht), aber die Spielregeln sind so. Es geht nicht anders. Ich werde dich impfen, dass ich auch dann und weiterhin dieser liebevolle Kerl sein könnte – wenn du nur etwas anders reden würdest.

Wenn du mich nur etwas mehr lieben würdest.

»Ganz bürgerlich?«, sagt er.

Ein wenig Ironie zum Einstieg.

Wenn du mich nur etwas besser behandeln würdest.

»Du weißt, was ich meine …«

»Also kein David mehr …«, sagt er mit tonloser Stimme. Wie ein Untersuchungshäftling, der trotz aller Unschuldsbeteuerungen abrupt ein Geständnis ablegt und sich daraufhin beim Reden zusieht, weil alles so unwirklich erscheint.

»Was soll das jetzt?«

Lisa schaut nach unten.

Sie merkt, dass sie weint.

Kein Tränenfluss, kein Pathos, kein Schluchzen. Mehr so ein trockenes Kratzen im Rachen; ein wenig Nässe auf den Wangen.

Heiter kennt diesen Ausdruck. Aus alten Filmen. Aber dort flennt eine Frau, weil ein Mann, ein Humphrey Bogart, lässig seine Liebe zu einer anderen bekundet.

Im Grunde ist das mein Todesurteil.

3

»Richtig, die Computertaste funktioniert nicht mehr.«

Peinlich, denkt sie.

Sarah klappt ihre schwarze Puderdose auf, schaut kurz hinein und lässt das Plastikteil dann lautstark zuschnappen, als wolle sie nur sichergehen, dass innen alles am richtigen Platz sei.

»Aha …«, antwortet der Kollege, der für die EDV zuständig ist, in einem leicht genervten Tonfall. »Die Taste funktioniert also nicht mehr …«

Seidel hat zugenommen, denkt sie.

Aber irgendwie nur am Bauch und an den Wangen, kein bisschen an den Armen, auch nicht an den knochigen Beinchen. Sein ohnehin schon kleiner Kopf wirkt jetzt noch stärker so, als wolle er vorne nicht zu viel anbieten, um sich gegen eine feindliche Umwelt zu schützen.

Vor Frauen wie Sarah beispielsweise, die ihn von seinem Schreibtisch wegscheuchen.

Weil eine Taste nicht funktioniert!

Eine Frau, die jede Nachfrage, jeden Plauderversuch, selbst Sarkasmus mit der gleichen strahlenden Mimik beantwortet und dadurch wie eingefroren wirkt.

»Oh …«, sagt Seidel plötzlich.

Bei seiner Analyse des Hardware-Problems, einer Umrundung des Arbeitsplatzes, hat er an der Rückseite des Computergehäuses einen Adapter entdeckt, der zwischen der USB-Buchse und dem Tastaturkabel steckt.

»Was ist das denn?«

Er ist Informatiker.

»Ich hab nichts verändert«, sagt Sarah und überkreuzt ihre Arme vor der Brust.

»Wow …« Auf seinem Gesicht wechseln sich Überraschung, Begeisterung und dann wieder Hilflosigkeit und Verlorenheit ab. Mitten seinem Bart wirkt Seidel älter, als er ist (irgendwas zwischen Mitte 20 und Ende 30). Es ist ein glattes Gesicht, das vom Wahnsinn des Weltengeschehens eher verschont wurde, aber in diesem Moment lässt sich die Physiognomie eines alten Mannes erahnen.

»Das ist was Größeres …«

Er bricht den fingergroßen Stick auf, recherchiert die Produktnummer im Internet und brummt: »Ein Keylogger.«

»Und was bedeutet das?«

»Nichts, nichts …«

Verschweigt dabei, dass es sich um ein Spähwerkzeug handelt, das alles aufzeichnet, was in eine Tastatur getippt wurde. Vor allem Passwörter.

»Wirklich nicht?«

»Nein, nein …«

Er bewegt sich mit einer ungelenken Steifheit aus dem Zimmer, die an ältere Damen vor einem Bridge-Turnier erinnert.

Und verschweigt, dass er nach der Mittagspause mit der Chefredaktion über sein Fundstück sprechen will.

4

»Er nimmt nicht mehr ab«, sagt Sarah zu Emma.

Seidel ist seit zwei Stunden verschwunden.

Unter normalen Umständen hätte Sarah sich daraufhin jetzt an Sebastian gewandt, aber der tigert nur noch hektisch durch die Gänge und wiegelt ab. Emma wiederum hat manchmal mit Seidel in der Kantine gegessen. Und sie mag zuhören.

»Und was genau hat Bolle gefunden?«

»Bolle?« Sarah zwirbelt zwei Löckchen auf ihrem Zeigefinger. »Ach, du meinst den Herrn Seidel … Keine Ahnung. Er hat irgendein Teil von meinem Computer abgezogen, und er sah dabei irgendwie verängstigt aus …«

»Und seitdem ist er verschwunden?«, fragt Emma leise, fast schon schnurrend.

Beide schauen zu Boden.

Sie waten durch das Gespräch wie durch Treibsand.

»Ich schreibe Sebastian eine Mail«, sagt Sarah nach einiger Zeit. »Der weiß bestimmt, was für ein technischer Kram das gewesen könnte.«

Emma sieht ihn genau in diesem Moment auf dem Flur. Nicht zum ersten Mal. Sebastian läuft schon seit mindestens einer Stunde immer wieder an diesem Zimmer vorbei.

»Weißt du was«, sagt Emma, »ich mach das.«

»Du? Aber du hast doch die Hasskappe auf, wenn du nur alleine den Namen ›Heiter‹ hörst!«

»Genau deshalb«, betont sie, als müsse sie einen letzten, entscheidenden Nagel in ein provisorisch-wackeliges Holzregal hämmern. »Vielleicht ist das eine Möglichkeit, wieder einen besseren Kontakt zu kriegen.«

5

»Was wollte denn der Techniker?«

Sebastian klopft nicht einmal.

»Hallo, Herr Kollege …«

Emma stanzt die einzelnen Worte in einer Feierlichkeit aus, als müsse sie einem Ausländer demonstrieren, wie man in Deutschland artikuliert. Irritierend ist allerdings, dass Sebastian ihre Begrüßung nicht kontert.

Er lächelt nur.

»Hallo, Frau Kollegin … Was wollte denn der Techniker?«

Sebastian redet hastig, drängt, in seiner charakteristisch-charismatischen Stimmlage, als beabsichtige er, Emma zu hypnotisieren.

»Warum so neugierig, Herr Kollege?«

Sie lächelt.

Allerdings vorsichtig. Mehr als zuvor empfindet sie Sebastians Art als unheimlich. Und als unangebracht. Irgendetwas stimmt nicht mit dem Mann. Also setzt sie ihre Worte in einer Bedächtigkeit, als müsse sie einen wertvollen Brillanten schleifen (während sie gleichzeitig von Diamantenstaub bedeckt wird).

»Emma, interessiert es dich nicht, was da los ist?«

»Doch, schon …«

Kunstpause.

»Vor allem …«, setzt sie nach, »warum du pausenlos um Sarahs Zimmer herumgelaufen bist.«

Er lächelt.

»Ich weiß gewisse Dinge, die andere Kollegen nicht wissen«, raunt er. »Ich könnte sie dir erzählen … Interessiert?«

Sein Lächeln macht ihr Angst, aber sie will ihn auffliegen lassen.

»Gerne …«

Sie fühlt allerdings ihre prinzipielle Zerbrechlichkeit. Immer wieder hat sie das Gefühl, ein waberndes, zitteriges Inneres überwachen zu müssen. An manchen Tagen reicht lautes Rufen auf der Straße (oder ein Gegenstand, der polternd zu Boden fällt), um ihren Herzschlag rasen zu lassen.

»Dann lass uns doch heute Abend zusammen was trinken, Emma. Nur wir beide. Einverstanden?«

»Gerne …«

Ihr läuft ein Schauer über die Haut.

Dann reichen sie einander die geschlossene Faust, zum Ghettogruß, und lächeln dabei, als wollten sie sich gegenseitig aus dem Fenster grinsen.

6

»Meine Rede, für einen Absacker findet sich immer Zeit …«

Aus der Melodieführung, wie Heiter vor allem das Wort »Absacker« ausspricht, zeigt sich jedem Umstehenden, dass er schon eine erkleckliche Zeit für die Vorauswahl genutzt hat.

Emma lächelt unsicher.

Sie war noch nie in diesem Pub. Es kommt ihr vor, als sei sie die einzige Frau. Die anderen Gäste, *Männer*, stehen und sitzen schweigend im Dunkeln um eine große Holztheke herum wie eine GSG 9-Einheit vor einem Spezialeinsatz. Kurz bevor sie den Befehl zum Absprung aus einem Hubschrauber erhalten.

»Was weißt du denn?«, fragt sie.

»Du kommst aber schnell zur Sache«, antwortet er und ordert zwei neue Bier, indem er mit dem Zeigefinger auf die Gläser deutet.

»Möchtest du erst wissen, wie mein Tag war? So ein richtiges Hausfrauengespräch? Und soll ich dich anschließend ausfragen, wie dein Tag war?«

Emma ist angespannt und nippt am Bierschaum, als probiere sie vorsichtig an einer illegalen Abführpampe aus dem Internet.

»Ich wünsche uns auf jeden Fall einen schönen Abend.«

»Deshalb bin ich aber nicht hier, Herr Kollege …«

»Willst du dich denn immer weiter mit mir streiten?«

»Sebastian! Du wolltest mir doch irgendwelche Interna erzählen! Über Seidel!«

»Wollte ich das?«

Emma glotzt nur. Fassungslos.

»Ich habe das Gefühl, du bist sehr feindselig mir gegenüber eingestellt«, sagt er.

»Ach, wie kommst du denn *darauf*?«

»Wie gesagt, nur so ein Gefühl …«

Sie nimmt einen tiefen Schluck und starrt in die Ferne.

»Sebastian, ich will die Wahrheit wissen.«

»Oh, oh, die Wahrheit … Meine Ex wollte auch immer ›die Wahrheit‹ von mir wissen, überall, und von allen Leuten, sogar von dem Kellner bei unserem Lieblingsitaliener …«

Er lacht schallend. Unangebracht.

Emma schweigt.

Daraufhin sitzen sie einander stumm gegenüber, wie Fremde im Wartesaal eines Arztes, und von Minute zu Minute stärker überfällt Emma das Gefühl, zu viel gegessen zu haben.

Sie möchte gehen.

Aber es funktioniert irgendwie nicht. Zentnerschwere Müdigkeit wälzt sich plötzlich auf sie.

Das Letzte, an das sie sich erinnert, sind quietschende Reifen. Und das hysterische Geschrei einer großen Menschenmenge, das immer stärker anzuschwellen scheint, wie eine Flutwelle, der Vorbote eines Tsunami, der sich hochpeitscht und über ihr zusammenschlägt. Bis ein furchtbarer Schmerz ihr vollends das Bewusstsein nimmt.

Und ich sehe tatsächlich das Licht.

7

»Das ist doch kein Zufall«, sagt Lisa.

Sie ist geschockt.

Sebastian schweigt und betrachtet die Deckenlampe. Jedes Detail in diesem Hotelzimmer ist modern und stylisch, gläsern oder Hochglanz, vornehmlich weiß, aber der Schirm der Lampe ist verschmutzt von Fliegenleichen (und sonstigen Insekten; Mücken) die ihre Körperchen einer imaginierten Sonne entgegenreckten, bevor sie als dunkle Flecken zerschellten.

»Erst Benny und dann Emma …«

»Wir wissen nicht, was dahintersteckt«, antwortet er.

Die Deckenlampe leuchtet nicht wirklich hell; sie wirft einen fahlen, fast schon lustlosen Schein auf das Doppelbett.

»Ich verstehe nicht, dass dich das so ruhig lässt.«

Lisa spürt vor allem, dass der Rotwein bei Sebastian zu wirken beginnt. Einerseits ist es weniger seine Bereitwilligkeit, belanglos zu labern, als vielmehr die rötliche Verfärbung seiner Augäpfel. Es sieht aus, als warteten die fein verästelten Äderchen nur darauf, beim nächsten Glas (wie Blüten) aufzubrechen. »Vielleicht geht es um die komplette Redaktion oder die ganze Zeitung. Vielleicht trifft es bald auch mich … Oder dich!«

»Da wird schon nichts passieren.«

Sebastian nickt mehrmals, nur so zur begleitenden Unterstützung, und reicht ihr ein Gummibärchen. Lisa packt zu, als würde sie eine Motte erdrücken.

»Ach, und woher willst du das wissen?«

»Komm her …«, säuselt er süßlich.

Er knetet ihr sanft die Schultern.

»Ich bin nicht in Stimmung«, knurrt sie. Sebastians Annäherungen wehen durch sie hindurch wie Herbstwind durch eine geöffnete Tür zum Garten.

Darauf versteinert sein Gesicht.

Er dreht sich um. *Denn du bist schuld.*

Es ist Lisas Aufgabe, ihn glücklich und zufrieden zu machen. Und wenn er sich in diesem Moment abgewiesen fühlt, dann ist sie dafür verantwortlich.

»Bist du jetzt etwa angepisst, weil ich nicht in Stimmung bin?«

»Nicht in diesem Ton!«, brüllt er. Auf seiner Stirn formt der Zorn ein Dreieck.

Sie starrt ihn an.

»Sorry …«, murmelt er.

Aber du bist schuld.

»Es liegt einfach daran, dass ich dich so sehr liebe.«

»Deshalb schreist du mich an?«

»Ich wünschte, du würdest mich nicht so in den Wahnsinn treiben …«

»Ich …?«

Lisa hat zunehmend das Gefühl, mit Worten bedacht zu werden, die während einer Konferenz vorgegeben wurden, zu der sie nicht eingeladen wurde.

»Komm her, Süße …«, sagt er in zuckrigem Tonfall.

Er ist erregt. In seinem Kopf ist ein erwartungsvolles Surren, wie die statische Ladung, die früher Fernsehschirme überzog, bevor das Programm startete. Vorsichtig, wie ein Koch, der einen kochend-heißen Spaghettitopf vom Herd nimmt, hebt er sie aus den Laken.

»Ich glaub das jetzt nicht!«

Lisa schlägt ihm gegen seine Arme und greift nach ihrer Unterwäsche. »Emma kämpft um ihr Leben und du denkst an Sex?«

Während sie sich wütend umdreht, um sich anzuziehen, hebt er hinter ihrem Rücken seine Hand.

Und verharrt. *Es ist noch zu früh.*

Bald schon, denkt er, wirst du verstehen, dass nur du mich so weit gebracht hast.

DAS HAUS

1

»Löschen, löschen … löschen …«

Heiter entdeckt, dass Emma kurz vor ihrem letzten Treffen mit Lisa kommuniziert hat. Allerdings über Facebook, was die beiden sonst nie gemacht haben. Deshalb ist dieser Austausch an ihm vorbeigegangen. Im Nachhinein zu löschen ist eher eine Übersprungshandlung. Das ist ihm schon klar.

Es war ein Fehler.

Falls Emma den Unfall überlebt, dann könnte es zu Nachfragen führen. Also darf es kein Später geben. Und Lisa muss eingelullt werden.

»Ausgerechnet Lisa …«

Er atmet tief ein und aus. Es gibt also eine Mitwisserin.

»Hallo, Baby!«

Er muss handeln. Schnell. Per WhatsApp.

»Lust auf eine Pizza heute Abend?«

Blaue Häkchen. Aber keine unmittelbare Antwort. Das ist nicht gut.

Es ist eine absolute Katastrophe! Wenn er es nicht mehr schaffen sollte, Lisa schnell auf Linie zu bringen, dann gibt es kein Zurück mehr. Seine Auftraggeber lassen sich nicht bequatschen. Dann muss auch Lisa eliminiert werden.

Heiter läuft unruhig in seinem Zimmer umher und betastet wahllos Gegenstände mit der Hand (und wirkt dadurch fast wie ein Falke, der die Struktur seines Nestbaus kontrolliert). Er erinnert sich daran, wie Lisa ihm zum Abschied meist das T-Shirt glattstreicht, obwohl es schon eng am Körper anliegt. Und wie sie ihm einzelne Haare aus der Stirn schiebt. Er erinnert sich daran, wie sie zu spurten beginnt, wenn sie ihn am Treffpunkt warten sieht, und dann bei der Begrüßung an ihm hochspringt wie ein Kleinkind.

Während er weiter unruhig umherirrt, schlappen seine Pantoffeln rhythmisch über den Holzfußboden. Er hasst es zu warten.

Aber sie antwortet: »Gerne.« Mit Kussmund.

Jetzt kann ich nicht mehr zurück.

2

»Kannst du mir helfen?«

Lisa telefoniert mit David, trinkt ihren vierten Kaffee hintereinander, und ihre Armreifen klirren, wenn sie die Tasse aufnimmt und wieder abstellt.

»Was ist denn los?«

David macht ihr keinerlei Vorwürfe, weil sie sich nicht mehr gemeldet hat. Das tut gut. Es erleichtert den Gesprächseinstieg. Der Kaffee rumort in ihrem Magen.

»Ich kann es nicht genau sagen …«

Während sie den inhalierten Rauch der Zigarette ausatmet, hat sie das Gefühl, als vibriere der Qualm, die Luft, oder als sei etwas darin verborgen, in der Atomstruktur. Vielleicht auch als Folge der Koffeinüberdosierung.

»Aber es kommt doch nicht einfach so?«, sagt er und räuspert sich.

Seine Besorgnis schmeichelt ihr. Und dass er ihr die Trennung nicht nachträgt. *Trennung?* Im Prinzip, verteidigt sie sich, waren wir nie zusammen. Es gab eine gewisse Anziehung.

»Ich weiß, David …« Es war nicht gut, dass ich mich nicht mehr bei ihm gemeldet habe, denkt sie. Er ist ein Guter. Er hilft ohne Vorbedingung. »Es ist eine blöde Situation, nur so ein Gefühl. In der Redaktion sind jetzt schon zwei Kollegen verunglückt, und ich glaube nicht, dass das ein Zufall ist.«

»Denkst du, dass … *du* …«

Lisa antwortet nicht. Sie atmet laut hörbar aus. In diesen Augenblicken fühlt sie sich wie in dünnem Glas gefangen; augenblicklich zerbrechlich. Und ihr Herz vibriert wie ein zitterndes, flüssiges Zentrum. Kurz überlegt sie, alles zu erzählen, alle Befürchtungen, alle Ängste auszupacken, aber dann kommt es ihr alles auch nur überspannt vor. Denn sie *ist* offensichtlich überspannt. Schon seit Tagen. Vermutlich schon seit Jahren.

»Ich habe einen Hinweis erhalten, also nicht darauf, dass *ich* gefährdet bin, aber … darauf, dass meine Kollegin Emma, also …«

Sebastian.

Es will ihr nicht in den Kopf, dass er wirklich mit Emmas Verschwinden zu tun haben könnte. Das kann einfach nicht wahr sein! Andererseits hat Emma sich mit ihm getroffen. *Warum?*

»Du klingst ängstlich …«

»Ich weiß nicht genau«, antwortet sie, »ich möchte nur sichergehen.« Ihre Stimme klirrt höher als sonst, erinnert an ein Glockenspiel über dem Türrahmen.

»Lisa, was ist denn los?«

Beinahe möchte sie weinen. *Atmen.* Altvertraut mittlerweile, dieser erste Impuls, alles hinzuschmeißen, zu flennen und fortzurennen – und dann, nach dem Atmen, einen Schritt nach vorne zu machen.

»Wie gesagt«, sagt sie, räuspert sich und wischt in den Augenwinkeln, »ich kann es nicht genau sagen, es ist vielleicht auch nur eine blöde Idee, aber ich will sichergehen …«

»Was soll ich denn tun?«

Seine Stimme ist plötzlich klar und bestimmt. Diese Entschlossenheit gibt ihr Kraft. Lisa überlegt und stößt dabei eine lang gezogene Rauchlinie aus. So fühlt sie sich wie ein feuerspeiender Drache in den Kinderserien ihrer Kindheit.

»Falls du erfährst, dass ich aus irgendwelchen Gründen morgen nicht zur Arbeit erscheine«, sagt sie gedehnt, weniger an David als an eine abrupte, sich überlappende Bilderserie von Freunden und Verwandten gerichtet, die ihr jeweils die Hand auf die Schulter legen, »dann ruf die Polizei.«

Schweigen.

»Lisa, du machst mir Angst. Kannst du mir nicht irgendwas sagen?«

Sie öffnet den Mund, überlegt, wenigstens eine Andeutung zu machen, aber dann erscheint ihr alles wiederum nur absurd. Und vor allem peinlich. Angst vor Sebastian zu haben, vor dem Mann, mit dem sie liiert ist, mit dem sie ihre intimsten Momente teilt. Aber kann man mit einem Mann zusammen sein, der einen ängstigt? *Wie soll das überhaupt weitergehen?*

Sie braucht Klarheit.

Ein einziges Gespräch.

»Es sind keine Beweise, David. Alles nur Vermutungen. Aber ich will jemanden auf frischer Tat überführen.«

»Soll ich dich beschatten?«

»Nein, ich dachte eher an diese kleinen Kameras und Mikrofone, die bei verdeckten Recherchen eingesetzt werden. Wir haben doch mal darüber gesprochen. Kannst du so was besorgen?«

»Ja, klar, bis wann denn?«

»Schnell!«

»*Wie* schnell?«

»Ich habe ein konspiratives Treffen in zwei Stunden …«

David pfeift und greift zu seinem Handy.

Lisa starrt nach vorne. Ziellos. Jede Sekunde gefriert scheinbar unter ihren Blicken. Sie glotzt ihn an, als müsse sie Davids Pfeifen und Überlegen für eine außerirdische Spezies in einen komplizierten Gedankencode übersetzen.

»Okay …«, antwortet er nach einer gefühlten Ewigkeit und klopft auf das Display. Die Online-Recherche war offensichtlich zielführend.

»Wir treffen uns am Alexanderplatz, in der Unterführung. Klappt das?«

»I do my very best …«

»Ich liebe dich!«

3

»Wie bitte …?« Heiter hört Lisas Verabschiedung zum dritten Mal ab.

»Ich liebe dich …«

Nicht ernst nehmen, denkt er, klar, das war so dahingeplaudert, im Eifer des Gefechtes, wie es heißt, versucht er sich zu beruhigen. Aber sie hat es gesagt. Eindeutig. Und David hat nicht reagiert. *Interessant.*

Sie hat *die* entscheidenden drei Worte gesagt. Eindeutig. Und nicht irgendwie dahergenuschelt, rumort es in ihm, sondern sie hat die Silben übertrieben und akzentuiert ausgesprochen, als müsse sie David überhaupt erst einmal beibringen, wie man eine solche Aussage trifft.

Ich muss es also doch zu Ende bringen.

Letztlich geht es nicht um ihre blöden Sätze, sondern um die Tatsache, dass sie etwas ausgeheckt hat, was ihn überführen soll. Das ist bedenklich. Und gefährlich! Und es bringt seinen sorgsam ausgeklügelten Plan in eine wackelige Schieflage.

So weit ist er noch nie gegangen.

Schaffe ich das?

Lisas Gedanke ist ansonsten nicht falsch, denkt er und beobachtet sein Gesicht im Spiegel während des Sinnierens immer wieder daraufhin, ob sich die Mimik verändert. Lisas Gedanke wird nämlich möglicherweise auch andere Kollegen infizieren: erst Benny, dann Emma, letztlich Lisa. Und vor allem Bolle, Seidel. *Nicht mehr aufgetaucht.* Heiter nickt. Die Nachricht seiner Gewährsleute war eindeutig. Ein einziger Satz: *»Das Osterei wird versteckt.«* Nur so hingehaucht in den Hörer. Das ist der Unterschied, denkt er. Effektiv, einfach, gnadenlos. Ich habe zu viele Skrupel. Vielleicht ist das auch der Grund, warum es bei diesem einzigen Satz geblieben ist. Keine weiteren Anweisungen, keine Hilfestellung. Heiter beobachtet sein Gesicht, als ob der Spiegel ein verdunkelter, übel riechender Schacht wäre, der bis in das Erdinnere reicht.

Ich habe das noch nie getan.

Töten.

Es geht nicht anders.

Erschießen vermutlich, weil es am einfachsten ist. Erstechen ist bestialisch, denkt er. Vermutlich würde sie schreien. Erschießen, mit Schalldämpfer, in einem abgelegenen Areal, ist machbar. Mit geschlossenen Augen. *Wir beide werden die Augen schließen.*

Es wird merkwürdig sein, Lisas warmen Körper leblos zu erleben. Kalt. Aber es geht nicht anders. Wir haben alle nur diesen einen schwachen Körper, denkt er, mit dieser bleichen, dünnen Haut, die sich über all die Organe, das Wasser, über die Säuren und Knochen legt. Während das Blut immer nur weiter und weiter im Kreis läuft, immer wieder nach oben und nach unten, vom Herzen angepeitscht.

Die meiste Zeit über ist uns das Herz nicht bewusst, denkt er. Und auch nicht das ganze Blut im Körper, wie es rauscht und zischt und blubbert. Erst dann, denkt er, wenn es *aus* ist.

Es muss sein.

»Ich liebe dich …«

Zum vierten Mal spielt er Lisas entscheidenden Satz ab. Und während er das Handy von sich weghält, fällt ihm auf, dass er in dem früheren Lieblingssessel seines Vaters sitzt. Es ist nicht das erste Mal (schließlich hat er das Möbelstück aus diesem Grund beim Umzug mitgenommen), aber heute wird der tragische Zusammenhang umso deutlicher. Er entscheidet über Lisa, während er in dem Sessel sitzt, in dem sein

Vater gestorben ist. Gewissermaßen schwebt dessen Geist über dem Utensil.

Ansonsten verändert diese makabere Dopplung nicht mal ansatzweise seine Entschlossenheit. Es geht nicht anders, sagt er. Dafür sind die Gedankensplitter aus seiner Kindheit auch zu unbedeutend. Es sind nicht mehr als Krümel, Kristalle, aus einem fernen Leben, ohne Schönheit, besondere Form oder Bedeutung.

»Baby!«, schreibt er eine WhatsAp an Lisa und braucht quälend viele Sekunden für die Fortsetzung. »Lass uns einen besonderen Abend verbringen. Ich freu mich. Bis gleich.« Plus Herzchen-Emoji in jeder Zeile.

4

»Du willst das wirklich durchziehen?«

David hilft Lisa in einem Seitentrakt des Untergeschosses am Alexanderplatz. In dieser abgelegenen Ecke schlendern nur noch wenige Passanten, zumeist tragen sie Fastfood-Tüten oder weiße Plastikbeutel, in denen sich asiatisches Essen befindet. Einige Geschäfte in diesem Bereich haben aufgegeben oder stehen kurz vor der Schließung. In einem hellerleuchteten Matratzengeschäft sitzt ein Verkäufer (ohne jeden Kunden) gelangweilt in einem Ozean aus Betten. Die weißen Bezüge umgeben ihn wie kräuselnde Wellen. Da stört es wohl nicht sonderlich, wenn vor dem Eingang ein Mann an der Kleidung einer Frau nestelt.

Es ist Lisa.

»Es geht nicht anders …«, sagt sie.

Sie ist entschlossen, ihre Beziehung mit Sebastian zu klären. Was geht in seinem Kopf vor? Er muss auspacken, über alles, über Emma, über Benny, und vor allem darüber, wie es mit ihnen beiden weitergehen soll.

»Mir ist nicht wohl dabei …«

Während David auf eine Antwort wartet, beginnt es draußen stark zu regnen. Sie stehen in unmittelbarer Nähe eines glasüberdachten Geschäftes und die Tropfen zerplatzen oben auf der schrägen Fläche. Die Atmosphäre erinnert Lisa an die regelmäßigen Besuche im Zoo, *früher*, in ihrer Kindheit, als sie sich mit ihren Eltern immer bei Regen in eines der Reptilienhäuser flüchtete. Während sie dort auf das Ende des Schauers warteten, amüsierte sie sich über die schwüle Wärme in dem abgetrennten Bereich. Auf dem Boden war stellenweise Erde aufgebracht und es gab gewaltige Pflanzen, erinnert sie sich, Kakteen, deren Blätter bei jedem Regentropfen zu zittern schienen, als ob sie sich vor Sehnsucht nach dem Nass verzehrten und sich ihm entgegenreckten. Die geschützte Stille in dem Reptilienhaus schien den Alltag, den Regen, die Welt *da draußen* nach innen zu bündeln, und die fremdartigen Gerüche innerhalb der Glaswände blieben ihr noch Stunden danach präsent.

»Ist das okay so?«, fragt David und meint damit, dass er sie während des Verkabelns überall berührt. Er ist nicht ihr Freund.

Er hätte es gern, dass es *nicht* okay wäre. Irgendeine Reaktion.

Lisa nickt. Es ist ihr nicht einmal sonderlich aufgefallen.

Manchmal roch es in dem Reptilienhaus wie eine Ansammlung von Anekdoten aus dem Mittelalter, erinnert sie sich.

»Wo bist du mit deinen Gedanken, Lisa?«

Um uns herum prasselte der Regen, erinnert sie sich, manchmal blitzte und donnerte es, aber ich fühlte mich in dieser überhitzten Glaswelt vollkommen geschützt. Wir haben gelacht. Die Scheiben waren beschlagen, und manchmal wateten wir sogar im Nebel, wenn wir wieder heraustraten. Innerhalb der Glaswände waren wir dagegen wie in einer Zeitkapsel eingeschlossen, abgetrennt von Zeit und Raum.

»Hallo? Dein Begleiter fragt. Der dunkelhaarige Kerl.«

»Sorry …«

David ist der einzige Mann, den sie kennt, der von sich selber in der dritten Person spricht, als »der Begleiter« oder »der Kerl«. Auch bei zufälligen Passanten auf der Straße. Er ist zudem der einzige Mann, der sich pausenlos für vermeintliche Fehler entschuldigt, die er vorgeblich gemacht habe, und der dann auch noch eine Erklärung hinterherschiebt. Die allerdings kaum jemand wissen will.

»Ich weiß, dass ich manchmal nicht so interessant bin …«

»David, bitte, hör auf. Ich muss mich konzentrieren.«

Auf Sebastian.

Es wird alles ändern, denkt sie.

»Ich möchte die letzten Meter alleine zu dem Treffen gehen. Falls du mich bis vor das Lokal begleitest, könnte das auffallen.«

»Wenn du meinst … aber pass auf dich auf.«

Er hakt sie unter. Es sieht eher ungelenk aus.

Beide fahren mit der Rolltreppe aufwärts, zurück in das alltägliche Treiben einer Millionenstadt. David beschleunigt oben seine Schritte, als sei das so abgesprochen, ohne weitere Verabschiedung, und dreht sich erst auf der gegenüberliegenden Straßenseite wieder um. Er steht da wie ein Spaziergänger am Rheinufer, denkt sie, der auf eine Fähre wartet.

David hebt sogar kurz die Hand, allerdings eher halbherzig, wie zum Test, als ob er nicht sicher sei, dass diese Geste angemessen sein könnte. Aus vielerlei Gründen.

Aber bevor er eine Antwort erhält, die ihm eine Erklärung bieten könnte, schiebt sich der Berufsverkehr brachial zwischen ihre gemeinsamen Blicke.

5

»Sweetheart!«

»Schatz …«

Keine Aufregung zeigen, denkt sie. Freudig strahlen, denkt sie, wie auch sonst immer, wenn sie Sebastian sieht. Ihren Freund. Ihren Liebhaber. Lebensgefährten.

Aber es funktioniert nicht richtig. Lisa zwingt sich zu einem betonharten Grinsen bis in die Haarspitzen hinein. Bis ihr diese Mimik absurd vorkommt. Schließlich will sie nicht auffallen, und dann passt es eher zu ihr, nachdenklich zu wirken. Also ehrlich. Und versteinert letztlich doch beim Grinsen.

»Alles in Ordnung, Sweetheart?«, fragt er und drückt ihr einen Kuss auf die Wange.

Sein Atem an ihrem Ohr fühlt sich an wie ein Hauch aus der Arktis.

»Selbstverständlich … Sollte denn etwas nicht in Ordnung sein?«

Zu viel.

Zu deutlich, denkt sie. Dabei wählt sie ihre Worte schon in einer auserlesenen Bedächtigkeit, als müsse sie die Silben erst noch an einem Schleifstein wetzen.

»Keine Ahnung«, sagt er und runzelt die Augenbrauen. »Es ist eine Menge passiert …«

Sie starrt Sebastian an, als suche sie hinter seinen Pupillen das Textprogramm, anhand derer er seine Gedanken ordnet. Sie stehen beide im Eingangsbereich eines Restaurants, in dem heute die Premiere eines alternativen Videos gefeiert wird. Um sie herum betreten pausenlos weitere Menschen das ohnehin schon überfüllte Lokal. Einige Alternativfrauen und Männer mit ihren überdimensionierten Rucksäcken tragen gigantische Schlüsselbundsammlungen wie Karabiner an den vorderen Trageriemen. Im Saal hatte man offensichtlich kein Mikrofon auftreiben können (vielleicht war es auch zu kompliziert, alles zu verkabeln und anzuschließen), auf jeden Fall schreit innen eine der Hauptdarstellerinnen launige Anekdoten von einer improvisierten Bühne herunter, bis das Gemurmel im Publikum langsam und stetig anschwillt und nach außen schwappt.

»Die Sache mit Emma geht mir immer noch nahe«, sagt Lisa leise.

»Mir auch, mir auch …«

Irgendwie hat sie nicht damit gerechnet, dass Sebastian selbst bei diesem Treffen derart lässig bleiben würde. Damit kommt sie nicht klar. Lisa wartet auf eine verräterische Silbe, auf einen gedanklichen Ausrutscher.

»Was ist denn los mit dir, Süße? Du bist so verkrampft?«

Sebastian macht einen behenden Schritt um sie herum und knetet von hinten sanft ihre Schultern und die Nackenpartie. Eine Marotte von ihm, weiß sie, prinzipiell seinen Gesprächspartner anzufassen. Sogar manchmal Männer.

»Ich bin nur vorsichtig …«

Zu viel.

Zu deutlich, denkt sie. Wie eine Kantinenköchin, die Schnittlauch hackt und Zwiebeln schneidet, aus Wörtern, aus *seinen* Wörtern, mit einer besonders scharfen Klinge, in einer irrsinnigen Geschwindigkeit alles zerkleinert und dann in einen großen Topf mit Wasser schmeißt. Den sie anschließend über viele Stunden köcheln lässt. Bis ein Sud entsteht.

Nach vielen, vielen Stunden.

»Süße, komm, lass uns erst mal was trinken. Auf uns!«

In dem Gewimmel holt er zwei Flaschen Bier aus seinem Rucksack (sonst trägt er nie einen, fällt ihr auf), was aber irgendwie passend wirkt. Die Idee gefällt ihr. Heute, zum ersten Mal. Normalerweise mag sie diese studentische Marotte nicht besonders, dieses Biertrinken auf der Straße, mit den Flaschen herumzuflanieren, aber heute Abend wirkt es irgendwie stimmig. Inzwischen gefällt ihr auch das Gewimmel, es gibt ihr Sicherheit. Hier kann mir nichts passieren, denkt sie. Überall Menschen. Und falls Sebastian ausfallend wird, wenn ich ihn gleich ausfrage, dann werden diese jungen Leute schon eingreifen.

»Prost!«

»Auf eine bessere Zukunft …«

Sie legt den Kopf weit zurück, um einen Schluck zu trinken. Was bedeutet dieser Trinkspruch? Fragend betrachtet sie die Flasche, auf der sich ihr verzerrtes, gedehntes Ebenbild widerspiegelt. Und sie beobachtet: eine abstrus vergrößerte Nase, aber auch Angst und Verzweiflung, Unglück und Gram.

»Auf unsere gemeinsame Zukunft«, setzt er hinterher.

Sebastian säuselt das derart penälerhaft, treudoof und unschuldig, dass sie augenblicklich grinsen muss. Er legt die Arme um seine Schultern, als wolle er sich selber umarmen. Irgendwie fühle ich mich merkwürdig, denkt sie. Der Lautstärkepegel aus dem Restaurant heraus schwillt unnatürlich an, während sämtliche Lampen und Lichter um sie herum zusätzliche Glanzreflexe abstrahlen, als würden sie von einer unsichtbaren, gleichzeitig durchdringenden Energiequelle umfasst. Auch die Gesichter der Passanten dehnen und verformen sich. Das grelle Gekicher einer jungen Frau verfängt sich als wiederkehrender Loop in Lisas Kopf.

»Alles in Ordnung?«

Ihr wird schwindelig. Sie spürt das Pochen ihres Herzens wie Hammerschläge, immer lauter, immer schneller, während sie sich gegen den Türrahmen lehnt und die Augen schließt, um sich zu beruhigen. Trotzdem fühlt sie, wie es kalt in ihr aufsteigt, an der Wirbelsäule entlang, und damit verbunden eine klare Präsenz von Gefahr, *jetzt*, was das Pochen in ihren Adern nur noch beschleunigt. Es ist der Tod, denkt sie. Ohne darüber beunruhigt zu sein. *So klar.* Fast schon neugierig.

»Ganz ruhig«, hört sie von weit her. Von sehr weit her, eher schon über den Wolken. *»Kein Problem«,* hört sie ihren Freund auf der Erde formulieren, offensichtlich zu einem Passanten. *»Sie hat wohl etwas Falsches gegessen.«*

Und dann zieht sie eine unbarmherzige Müdigkeit in ihren Schlund.

»Raus!«

Eine Stimme weht undeutlich an Lisas linkes Ohr, in den Tiefschlaf hinein, der einerseits befreiend, andererseits lähmend wirkt; es ist eine fremde Stimme. Tiefer als vertraut, eher metallisch, emotionslos. Und sie möchte sich rühren, bereitwillig dem Befehl folgen, die Augen öffnen, aber ihr Körper gehorcht nicht mehr.

»Raus!«

Vor den Augen nur Schwarz. Eine umwickelte Hand drückt sich ihr in die Seite und verändert dadurch ihre aufrechte Position. Als sei ihr Körper innen mit Sand gefüllt, rinnt und sickert die menschliche Hülle aus dem Beifahrersitz. Das Schalten, erinnert sie sich plötzlich. Eine Autofahrt. Im Schlaf. Ein fremdes Auto. Die Geräusche. Ein Mann schaltete ruckartig in die Gänge hinein, als habe er noch nie zuvor ein Auto gesteuert und vergewissere sich seiner Dreistheit nun immer wieder neu.

Die Hände.

Sie erinnert sich an das Ertasten, unter dem Pullover. Gezielt, ohne Erregung. Irgendwo. In der Dunkelheit. Sie weiß noch, dass die Hände sämtliche Kabel von der Haut gelöst haben. Und sie hört in ihrem Kopf die vertraute Melodienfolge des Handys beim Einschalten.

6

»Nichts Brauchbares«, murmelt er.

David hört die Wortfetzen auf seiner Mailbox zum sechsten Mal ab. Er pegelt die Lautstärke kurz lauter, dann wieder leiser, um dadurch in dem Rauschen vielleicht eine neue, verräterische Nuance zu orten. Aber es bleibt bei kryptischen Silben. Unverkennbar Lisa, und dann ein Mann, dessen Stimme undeutlich im Hintergrund zu hören ist.

Vor allem ruft sie nicht zurück.

Okay, eine WhatsApp von ihr ist eingegangen, aber der Inhalt passt vorne und hinten nicht: »Alles gut. Vergiss was, ich gesagt habe. Es war eine bescheuerte Aktion. Ich werde einige Tage ausspannen und mich dann melden. Such mich nicht. Alles ist gut. Lisa.«

Nie im Leben hat sie das geschrieben, denkt er.

Wenn er ihre Nummer wählt, dann meldet sich augenblicklich der Anrufbeantworter, und auf eine weitere WhatsApp von David kommt keine Antwort. Alles sehr besorgniserregend. Der einzige Hinweis ist die Nachricht auf der Mailbox. Vermutlich hat sie einen letzten Anruf absetzen wollen, möglicherweise hat sie auch nur orientierungslos, panisch auf das Gehäuse gedrückt und damit den letzten Anrufer angewählt. Aber was bringt dieses Überlegen? Was soll er jetzt tun? David sucht wahllos im Internet nach einer Idee, nach einer Strategie, außer der einen, offensichtlichen: zur Polizei zu gehen! Und das wäre genau die Vorgehensweise, die ihm überhaupt nicht behagt. Noch nicht. Zu viele Ungereimtheiten, zu viele Fragen, die sich einem Polizisten aufdrängen könnten – und die letztlich verhindern, dass Lisa gefunden wird.

»Alles nur Mist …«

Das Querlesen im Netz fällt ihm zunehmend schwer. Die Worte und Überschriften wackeln und vibrieren vor seinen Augen, als wollten sie ihn ärgern. Gleichzeitig surren und brummen die Fetzen aus der Sprachaufnahme in seinem Schädel, wie zudringliche Insekten. Emma wäre jetzt eine große Hilfe, fällt ihm ein, sie kennt Lisa in- und auswendig, alle ihre Gewohnheiten und Vorlieben. Aber Emma liegt immer noch im Koma, im Krankenhaus. Ich könnte Lisas Eltern einschalten, denkt er, andererseits fürchtet er sich vor der hysterischen Reaktion, die das nach sich ziehen wird. Und den unvermeidlichen Nachfragen.

Aber er will nicht aufgeben. Die Hoffnung stirbt zuletzt, fällt ihm wieder ein, gefolgt von kurzen Erinnerungssequenzen aus Nachrichtensendungen, wo Menschen noch gefunden wurden, obwohl die Einsatzkräfte jegliche Hoffnung aufgegeben hatten. *Lisa braucht mich.* Sie sitzt irgendwo in einem Keller und kann nur darauf vertrauen, dass ich nicht aufgebe. Die Hoffnung stirbt zuletzt. Er hat sogar das Gefühl, dieses abstrakte Wort, *Hoffnung*, aufleuchten lassen zu können wie ein Streichholz in einem Katastrophenfall. Und dass Lisa dieses Glimmen erblicken könne.

»Es gibt nur eine Möglichkeit …«

»Sebastian Heiter …«, sagt er der Frau am Empfang. »Er arbeitet oben in der Redaktion. Mein Name ist David Deuter … Ich möchte ihn gerne sprechen …«

Die Frau hinter dem Schreibtisch hat ihre Augenbrauen in zwei dünne Linien umgewandelt und auch die schmalen Lippen mit einem dunklen Strich umrandet. Es überrascht David, dass ihm diese Belanglosigkeiten auffallen, obwohl er am Limit ist, und auch, dass er sich Sebastians Nachnamen gemerkt hat. Gott sei Dank. Nur mit dem Vornamen hätte er hier ziemlich bescheuert gewirkt.

»Worum geht es?«, fragt die Frau beiläufig, den Hörer schon in der Hand.

»Das ist privat …«

Sebastian aufzusuchen, fällt David nicht leicht. Es ist der Mann, für den Lisa sich entschieden hat. Damit also genau gegen ihn. Aber Sebastian wird über mehr Informationen verfügen, bestimmt; er ist Lisas Freund. Er kennt sie. *Weiß er von unserer geheimen Aktion?*

»Einen Moment«, sagt die Frau, während sich die Miniaturausgabe eines Höflichkeitslächelns in ihren Mundwinkeln bemerkbar macht, und legt den Hörer behutsam zurück in die Anlage. »Herr Heiter kommt nach unten.«

»Vielen Dank für Ihre Mühe.«

David erinnert sich daran, wie oft Lisa von den Aufzügen erzählt hat. Sie liegen etwas abgelegen, uneinsehbar, und Lisa hat immer wieder davon gesprochen, spätabends nach unten fahren zu müssen, wo die veraltete Deckenbeleuchtung scheinbar ewig braucht, um anzugehen, zuerst nur flackernd, summend, und währenddessen dort schweigende, unbewegliche Gestalten auf einen weiteren Aufzug warten. Wie in einem Horrorfilm.

»Buon giorno …«

Heiter schlendert fröhlich vorwärts. Er ist aus Prinzip *gut gelaunt* und saugt Davids Blick mit einer Entschlossenheit auf, als hätte er auf genau diese Begegnung schon seit Stunden gewartet. *Lisa hat dich abserviert!* Wie kann man nur so treudoof sein? Er ist auch deshalb aus Prinzip *positiv*, weil er weiß, dass es die kleinen Varianten sind, die einen perfekten Plan zum Einstürzen bringen können.

Wer hätte geahnt, dass dieser Dummbatz nach Lisa sucht?

»Mein Name ist David Deuter …«

Fast wäre es Sebastian herausgerutscht, »ich weiß« zu sagen.

»Hallo …« Sein Lachen klingt kehlig, klebrig, als hätte er Hustensaft gegurgelt.

»Ich bin ein guter Freund von Lisa … Sie arbeitet hier.«

»Ich weiß«, antwortet Heiter. *Jetzt passt es.* »Mir ist nicht ganz klar, was Sie von mir wollen, aber Lisa ist ohnehin heute nicht da.«

»Das ist genau der Grund. Sie reagiert nicht auf meine Anrufe.«

»Frauen …«

Heiter gibt sich einen jovialen Ton, klopft David auf die Schulter, als seien sie zwei ältere Herren am Stammtisch, die sich Zoten erzählen. Er betrachtet David dabei mit einem breiten Grinsen, als teilten sie beide ein seltenes Geheimnis.

»Lisa hat sich von mir getrennt«, sagt Heiter, wobei er die einzelnen Worte klimpern lässt wie ein Tremolo an einem Kneipenklavier. »Anscheinend wusstest du das noch nicht. Es war sehr überraschend …« Heiter starrt David dabei tief in die Augen, als erhalte er eine Gratifikation dafür, länger den Blick halten zu können. »Es gibt da einen neuen Mann in ihrem Leben. Ich kenne ihn allerdings nicht. Offensichtlich ist sie schwer verliebt und macht neuerdings völlig bescheuerte Aktionen. Wenn du mich fragst, wirkt das alles schon ein bisserl krank. Ansonsten … war die Trennung nicht einfach für mich … Keine Erklärung. Sie spricht kein Wort mehr mit mir …«

Etwas zu dick aufgetragen. Vielleicht.

»Manchmal denke ich sogar, sie hasst mich …«

David schweigt.

»Hör dir nur alleine das mal an …« Heiter öffnet eine Datei in seinem Handy. Es ist eine Nachricht von Lisa, in dem sie ihm kurz und knapp die Trennung mitteilt. »Und danach noch eine SMS …«

»So förmlich«, antwortet David.

»Bitte?«

»Ich meine, das ist doch überhaupt nicht Lisas Stil. Sie würde eher zu viel reden und erklären. Und sie ist auch gar nicht der Typ, der so radikal einen Bruch vollzieht …«

»Vielleicht haben wir sie alle unterschätzt. Dieser neue Mann hat anscheinend die richtigen Knöpfe gedrückt.«

»Ich weiß nicht. Kann es nicht sein, dass jemand anders eine gefälschte Nachricht von ihrem Handy aus geschickt hat …«

Heiter schüttelt den Kopf. »Und dann? Wozu sollte ein fremder Mensch mir eine Trennung mitteilen? Nein, glaub mir, wenn es um die Liebe geht, sind viele Frauen oftmals … unergründlich …« Seine Stimme arbeitet wie eine Bohrmaschine; rasselnd und erbarmungslos gegen jedes Hindernis.

David wiederum hält die Arme vor seiner Brust überkreuzt, pendelt vor und zurück, als wolle er Energie aus sich herauspressen.

»Und sie ist wirklich nicht da?«, fragt er leise.

»Nein, sie hat sich krank gemeldet. Bis Ende der Woche.«

»Irgendeine Begründung?«

Heiter schüttelt wieder den Kopf.

»Ich geb dir einen guten Tipp: Schreib sie ab. Frauen wie Lisa sind vielschichtiger, als wir uns das auch nur annähernd vorstellen können. Sie hat sich nicht verändert. Genau im Gegenteil! Dieser neue Typ hat genau das in ihr hervorgebracht, was sie in Wirklichkeit ist und was sie vor uns allen geheim gehalten hat.«

7

Diese Fröhlichkeit.

David hört sich immer wieder Lisas übersteuerte Sprachnachricht an. Dauerschleife. Ohne Ergebnis. Dabei geht ihm gleichzeitig Sebastians Überdrehtheit nicht mehr aus dem Kopf. Dessen Zappeln, Grinsen, Kichern. Vielleicht will Sebastian seine Trauer überspielen, das ist möglich, andererseits aber auch nicht nachvollziehbar. Der gesamte Auftritt. Merkwürdig alles, bizarr. Beinahe wie ein Varieté-Zauberer auf einer Provinzbühne, mit Hut und Kaninchen, der immer neue bunte Tücher aus dem Ärmel zieht, immer mehr, in abenteuerlicher Geschwindigkeit. Ohne Ende. *Aber was bringt es, darüber nachzudenken?*

Es geht darum zu handeln.

Irgendwas.

Also fährt er zu Lisas Wohnung und parkt in einer Nebenstraße. Je näher David auf das Haus zukommt, desto langsamer wird sein Schlendern. Was ihm auffällt. Beinahe wie früher, denkt er lächelnd, nach der Grundschule, mit Eis in der Hand, ohne Zeitgefühl.

Eines der Nachbarhäuser stammt noch aus der Gründerzeit. Faszinierend. Ein Bau mit verschnörkelten Säulen und dutzenden Balkonen zur Straße hin. Zu dieser Uhrzeit liegen die wabenartigen Kästen im Schatten und wirken wie dunkle Höhleneingänge.

»Suchst du jemanden?«

Ein etwa Sechsjähriger starrt David vor Lisas Haustür an und versucht gleichzeitig, einen noch verpackten Eisriegel mit den Zähnen aufzureißen.

»Lass den Mann in Ruhe!«

Eine offensichtlich alkoholisierte Frau (vermutlich die Mutter) stakst auf hohen Schuhen, übertrieben deutlich, wie ein Kranich, an ihrem Sohn vorüber. Ohne hinzuschauen.

»Ich stehe nur so rum«, sagt David leise.

Der Junge schaut ihm lange nach.

David blickt auf den Briefkasten. Aus dem Schlitz quellen schon einzelne Prospekte heraus, anscheinend ist er bis obenhin gefüllt. Er drückt auf die Klingel – keine Reaktion. Mehrmals. Nichts.

Wo bist du?

Vor seinem inneren Auge erscheinen überlagerte Bildersprenksel aus Blut und Tritten, Schlägen, untermalt von Schreien und Kreischen. *Wie geht es dir?* Er schlendert zurück zum Auto (mittlerweile allerdings nicht mehr belustigt) und steuert zurück in Richtung Alexanderplatz. *Lebst du noch?*

Es gibt keinen tieferen Grund, warum er dort genau die Strecke wieder abläuft, an der er Lisa zuletzt gesehen und sie verabschiedet hat, außer dem inneren Drang, irgendetwas zu tun. *Ich suche dich.* Obwohl kaum Wolken am Himmel zu sehen sind, bläst ein starker Wind über den Platz, der nur durch einzelne, eng stehende Gebäude gestaucht und verstärkt wird.

Es kann nicht sein, denkt er. Lisa hat keine einzige Silbe über einen neuen Freund verloren. Warum sollte sie mich schonen? Und wenn Lisa wirklich krank sein sollte, dann würde sie sich nicht derart abkapseln. Sie würde sich über eine Nachfrage freuen. Es sei denn, sie hat eine depressive Phase. Aber dann ist es umso wichtiger, dass jemand reagiert!

Es stinkt.

Gerade nach einem Regenschauer, fällt ihm auf, müffelt es in dieser Ecke modrig. Eine Melange aus Urin, Dreck, Schimmel und Abfall. *Ich lasse dich nicht allein!* Um ihn herum bewegen sich wie in Zeitlupengeschwindigkeit mehrere Rentner, die schweigend alles anstarren, ob nun ein Klingelschild, eine Straßenlaterne, Unterwäsche im Schaufenster, den Hinweis auf eine Arztpraxis. Es macht auf David den Eindruck, als ob sie dabei nicht einmal mehr reflektieren, sondern ihre Augen lediglich irgendwohin richten, wie eine Kamera.

Aber bin ich denn so anders?

Es geht darum, etwas zu tun, bestätigt er sich, einfach zu suchen, auch wenn es nichts bringt. Aber einfach die Achseln zucken wie Sebastian, das geht nicht.

Einfach suchen.

Immer wieder steht ihm dieser Impuls vor Augen. Allerdings franst der Vorsatz zunehmend unscharf aus.

Einfach suchen.

Die Entschlossenheit bleibt.

Als hätte ihm jemand vor einigen Monaten ein wichtiges Geschenk überreicht.

DIE FABRIK

1

»Das tut weh!«

Ihr Gegenüber reagiert nicht. Unter der Sturmhaube bewegen sich seine Lippen zu einem Lächeln.

»Sei still, Mädchen!«

Seine Worte sind nicht menschlich. Er tippt einzelne Wörter in sein Handy, wo sie als Maschinenstimme umgewandelt und artikuliert werden.

Lisa schweigt auf ihrem Stuhl und verrutscht ihre (nur leicht verknoteten) Fesseln auf dem Rücken. Wo bin ich hier? Ist das noch Berlin? Ein vergammeltes altes Haus, so viel hat sie bislang entdeckt, in den wenigen Momenten, in denen ihre Augenbinde verrutscht ist. Eine aufgegebene Fabrikhalle möglicherweise. Irgendwo im Nirgendwo.

»Wenn ich mir sicher sein kann, dass du mich nicht verarschst, dann löse ich die Fesseln.«

»Oh, fast so etwas wie eine Entschuldigung. Darf ich dann vielleicht auch erfahren, wo ich hier bin?« Lisa ist selber verblüfft über ihren Mut. »Und wo ist eigentlich Sebastian?«

»Im Nebenraum«, antwortet die Maschinenstimme. »Ihr müsst beide eine Zeit lang hierbleiben.«

»Und warum?«

»Du bist viel zu neugierig. Hat dir das schon mal jemand gesagt?«

Lisa hört Schritte, die sich von ihrer Position entfernen. Es knarzt auf dem Boden bei jedem seiner Schritte. Dreck, Steine, Glassplitter. Eine Tür quietscht wie ein altes Fahrrad. Wenn Lisa die Augenlider mehrmals auf und ab bewegt, dann verschiebt sich damit auch der Stoff an der Nase. Und wenn sie dann den Kopf leicht nach hinten biegt, dann kann sie an der Nasenwurzel entlang einen Blick erhaschen.

Etwa zehn Meter entfernt hängt eine alte Tür schief in einer verrosteten Angel. Dort, in Brusthöhe, ein zersplittertes Fensterquadrat, mit Draht umspannt. Ansonsten schwirren in dem staubigen Raum überall Fliegen. Die klebrigen Fänger, die an mehreren Stellen von der Decke baumeln, wirken wie seitenverkehrte Slalomstangen. Merkwürdigerweise lieben die meisten Fliegen eine von diesen Spiralbändern und lassen sich darauf nieder. Ohne weitere Auswirkungen.

Im Dach fehlen mehrere Schindeln, sodass Lisa Fragmente des bewölkten Himmels sehen kann. Um die Löcher herum winden sich verrostete, stellenweise mit Schleim bezogene Stahlgitter. Einzelne Schrauben und Platten klappern im Wind. Auf dem Betonfußboden liegen die fehlenden, zerbrochenen Dachziegel. Zur Rückseite wurden mehrere Fenster durch Steinschlag zerbrochen; die Wurfgeschosse liegen unverändert in der Mitte des Raumes. Schwarze und rote Graffiti (eher hässlich, ungeübt; Worte, Fußball-Frotzeleien) umranken die rostige Tür. Und über allem ein latenter Geruch nach Urin, der sich einem bewussten Eindruck widersetzt und gleichzeitig unbarmherzig das Denken bestimmt.

Von der Deckenmitte hängen mehrere alte Industrieleuchten, von Spinnweben ummantelt. Dazwischen, darunter, hat sich Staub zu erstaunlichen Formationen getürmt. Lisa kann sich ungefähr vorstellen, welche Erosionen entstehen werden, wenn sie dagegenstoßen sollte.

Die gesamte Halle erscheint im Halbdunkel als Eldorado archetypischer Bedrohungen: Vorsprünge und Nischeneingänge, wo ein weiterer Unbekannter auflauern könnte; passend dazu unzählige Löcher im Boden, die sich auch in ein Kellergeschoss hinein öffnen könnten, in eine weitere Falle oder in ein dunkles Verlies. *Ohne Rettung.* Zumindest erscheint es nicht abwegig.

»Sebastian?«, flüstert sie.

Keine Antwort.

Es ist dunkel und still.

»Hey! Sebastian!« Etwas lauter.

»Meinst du wirklich, ich hätte dich nicht im Blick?« Die Maschinenstimme tönt aus einer Box. Nein, es sind sogar mehrere Boxen, die gleichzeitig aus allen Ecken schallen. »Es gibt vier Kameras in diesem Raum. Jede deiner Bewegungen wird kontrolliert.«

»Ich muss mal ...«, sagt sie leise. Irgendwo in die Dunkelheit hinein.

Sie fühlt sich wie in einem schlechten Traum. Irgendwo wandelnd, verloren, in einer Fantasiewelt, über einer Schlucht, zwischen Leben und Tod, ohne festen Boden unter den Füßen.

Es dauert eine Ewigkeit, bis sie eine Antwort erhält.

»Wie du wahrscheinlich schon gemerkt hast, sind deine Fesseln nur angedeutet ... Wenn du die Tür links von dir öffnest, ist dahinter eine Kloschüssel. Mehr gibt es nicht. Dort ist auch ein Waschbecken.« Die monotone Stimmfarbe des Computers knistert zum Satzende hin beinahe wie zerknülltes Papier. »Wenn du schlafen willst – es liegt eine Matratze am Ende des Raumes.«

»Richtig luxuriös hier.«

»Spar dir deine Bemerkungen.«

»Wie lange müssen wir hier bleiben?«

Ihre Kehle verengt sich. *Angst.* Davor, nicht genügend Luft zu bekommen. Sie fühlt sich, als ob sich eine Spange enger um ihren Kehlkopf legt und sie auspresst.

»So lange, bis sich gewisse Dinge geregelt haben. Es geht um eine größere Sache.«

»Hat Emma auch mit dieser größeren Sache zu tun?«

Schweigen.

Zwischen Fenster und Türe schwirren imaginäre Schattenwesen umher.

»In allen Ecken sind Kameras angebracht«, meldet sich die Maschinenstimme nach einer gefühlten Ewigkeit. »Ansonsten könnt ihr euch frei bewegen.«

Witzbold.

»Und wozu trage ich dann diese merkwürdigen Bänder an den Knöcheln?«

»Gute Frage … Ich muss dich leider stromschocken, wenn ich sehen sollte, dass du dummes Zeug machst. Bitte zwing mich nicht dazu, es ist mehr als bei einem Kuhzaun. Und du weißt, dass ich keinen Spaß mache.«

»Spaßig ist das hier schon lange nicht mehr.«

2

»Aaalso, damit ich das richtig verstehe, Herr Deuter: Ihre Freundin ist krankgeschrieben?«

Das Lächeln des Polizisten wirkt wie ein leeres, weißes Blatt auf einem Supermarktparkplatz.

Er steht hinter einem halbhohen Pult, in einem lichtdurchfluteten Raum, an dessen Ende drei Schreibtische stehen. Alle sind identisch ausgestattet: der gleiche Computer, farblich passende Tastaturen, jeweils zwei Bildschirme, ein grauer Oldschool-Telefonapparat. An allen freien Wandflächen hängen Stadtpläne und Notizzettel mit Telefonnummern. Teilweise handgeschrieben. Zwischen den Arbeitsbereichen stehen wiederum hüfthohe Schränke mit Aktenordnern.

»Das behauptet ihr Ex-Freund«, antwortet David, »dem ich nicht über den Weg traue.« Seine Stimme geht in ein ausgetrocknetes Flüstern über.

»Was allerdings für uns kein Grund ist einzugreifen.«

Die Stimme des Polizisten wandelt sich in ein unterschwelliges Knurren. Unbeeindruckt von diesem Dialog, rührt eine Kollegin im Hintergrund seit Davids Eintreten mit einem Löffel in ihrer Kaffeetasse.

»Aber Lisa, also Frau Bohnke, ist nicht zu Hause und ihr Briefkasten quillt über, und …«

»Herr Deuter …«

Anschließend legt der Polizist eine Pause ein und schließt die Augen. Als hätte er in dieser Andeutung schon mehr gesagt als nötig. Weiterführend presst er beide Hände zur Faust zusammen, dabei treten seine Knöchel deutlich hervor und wirken wie antikes Elfenbein.

Seine Kollegin unterbricht allerdings das Löffelrühren und klemmt sich den Hörer eines grauen Tischapparates zwischen Kopf und Schulter. Sie stellt ihre Tasse vorsichtig auf einem Regal ab und ballt dann die rechte Faust, während sie mit dem Zeigefinger der linken Hand eine Nummer wählt.

»Können Sie sich eigentlich vorstellen, Herr Deuter, wie viele Frauen, ja, wie sage ich das jetzt korrekt, ohne mich wieder in Teufels Küche …«

Seine Kollegin zittert leicht, während sie die Nummer zu Ende wählt, und als sie auf das Tuten achtet, beginnt auch die andere Hand zu vibrieren. Ihr Gesichtsausdruck ist dabei erstaunlicherweise unverändert. Sie wirkt hart und vom Leben enttäuscht. Aber mit dem Moment, in dem sich *irgendwo* ein Gegenüber meldet, wechselt radikal ihre Mimik. Sie gurrt wie ein verliebter Teenager und kichert albern. Alles um sie herum ist ihr plötzlich gleichgültig geworden.

»Bitte«, unterbricht David, »ich kenne Lisa, sie ist nicht irgendeine Ausreißerin oder so was!«

»Okay«, sagt der Polizist und seufzt deutlich vernehmbar. »Ich nehme das mal auf …«

Ansonsten murmelt er Unverständliches. Es klingt eher so, als würde er das kleine Einmaleins aufsagen. Er wühlt übertrieben demonstrativ in mehreren Formularen herum und murmelt unaufhörlich weiter. Vermutlich ist er inzwischen beim Großen Einmaleins gelandet.

»Sie nehmen das also jetzt auf«, wiederholt David, als traue er seinen Ohren nicht.

»Genau, ich nehme das jetzt auf«, bestätigt der Polizist und atmet deutlich ein und aus, so wie ein Schwimmer vor dem Tauchvorgang beim Wettkampf.

Seine Kollegin wiederum legt den Hörer fast schon zärtlich auf die Gabel und findet augenblicklich zurück in ihre ausgekühlte Gesichtsmaske.

»Danke«, antwortet David und wirkt abweisend dabei. Wie ein Streuner im Bahnhofsrestaurant, dem ein zufälliger Passant die passende Lösung für ein Kreuzworträtsel in einem Groschenroman zugeraunt hätte.

3

»Du bist der Einzige, der das nicht merkwürdig findet.«

Benny ist bleich, erschreckend weiß, wobei seine Wangen durch die Gefühlsaufwallung rot leuchten, als hätte er Rouge aufgetragen.

»Come on«, antwortet Heiter in seiner unnachahmlichen Positivität. Er lächelt, während er abwiegelt, und es ist offensichtlich, dass er spürt, wie er lächelt und einen Spruch in die Atmosphäre abgibt. »Du kennst Lisa, irgendwas mit Psyche … Sie braucht Abstand.«

»Mehr fällt dir dazu nicht ein?« Benny rutscht mit verzerrtem Gesicht langsam tiefer in seinem Stuhl nach hinten, als quälten ihn diverse rheumatische Zipperlein. »Bolle ist verschwunden, Emma liegt im Koma, es ist fraglich, ob sie überlebt …«

»Ja, das ist so eine Berufskrankheit bei uns Journalisten. Immer alles im großen Maßstab, und immer hängt alles mit allem zusammen, und möglichst die große Verschwörung …« Heiter öffnet beide Handflächen, als wolle er mit seinen Worten eine weltmeisterliche Jonglage starten.

»Und du bist dann der Berufszyniker.«

Erstaunlich zurückhaltend. Seine Worte rieseln eher wie Pollen im Frühsommer. »Das ist lange schon kein Zufall mehr. Darf ich dich an meinen Unfall erinnern! Mir ist wirklich nicht klar, wie du so ruhig bleiben kannst, wenn …«

Das Telefon schrillt. Beide zucken zusammen, als ob ein Geschoss durch ihre beiden Körper dringt.

Benny reagiert als Erster. Er steht überraschend flott auf, als brauche er für diesen Vorgang nur einen einzigen Wirbel, keine Muskeln, und hält dabei die ganze Zeit schon den Hörer in der Hand. Wenige Sekunden zuvor hing er noch apathisch wie ein Frührentner in seinem Stuhl, und jetzt wibbelt und wackelt er im Stehen wie ein Teenager, als habe er den Moment des Aufspringens auf der Zeitachse getilgt. Dabei spricht er kaum. Benny nickt nur und bestätigt seinen Gesprächspartner mit »Ja, ne«-Salven.

»Die Arbeit …«, sagt er anschließend leise, wie entschuldigend, und legt auf.

»Wie geht es dir überhaupt?«

Heiter säuselt wie die Idealbesetzung eines Hausarztes, der einem neuen Patienten mit unklarer Anamnese gegenübersitzt. »Du siehst erschöpft aus …«

»Sei mir nicht böse, aber ich kann nicht mehr so einfach plaudern. Vor allem nicht darüber, wie es mir geht.« Das ist vielen Kollegen nach seiner Rückkehr aufgefallen: Benny ist schweigsamer als früher. Vorsichtiger. »Ich habe eine Kur beantragt. Ich schaff das alles noch nicht, nach dem Unfall …« Er artikuliert sich in einem gestelzten, zerhackten Tonfall, der eigentümlich körperlos wirkt und vor allem darauf hinweist, dass er jeden Moment in Tränen ausbrechen wird.

»Kann ich verstehen, Benny … Wenn ich dir irgendwie helfen kann, dann …«

»Warum bist du eigentlich so bemüht um mich?«

Heiter antwortet nicht.

Benny wiederum glotzt nur nach vorne. Wie in einen langen, dunklen Tunnel hinein. Keiner spricht. Heiter hat kurzzeitig sogar die Vorstellung, dass sie beide noch über Stunden so verharren werden. Wie Models auf der Suche nach der optimalen Position.

»Sorry«, durchbricht Heiter den Bann. »Mir geht es nur ziemlich nahe, was dir passiert ist.«

Benny starrt unablässig weiter in seinen imaginären Tunnel hinein, nickt aber, zunehmend stärker, bis sich all das in ein Schluchzen wandelt. Er heult wie ein Schulkind, nicht wie ein Erwachsener, saugt stoßartig Luft ein und wimmert sie wieder raus. Ohne Pause. Immer weiter.

Heiter schaut zu Boden. Ihn beschleicht das unangenehme Gefühl, dass Benny gar nicht mehr damit aufhören kann. Dessen Schluchzen röhrt nämlich auch dann noch gleichmäßig, als er die Augen schließt und die Stirn auf beiden geöffneten Handflächen abstützt.

Einen Moment wirkt Benny so, als sei er nicht mehr in der Lage, seine Augen noch einmal zu öffnen. Verklebt von Tränen. Von Schmerz.

»Warum bist du eigentlich so ruhig, Sebastian?«

Plötzlich reißt Benny seine Augen auf, viel weiter als gewöhnlich, fast schon irre. Und das Bedrohliche ist, dass das Innere gespenstisch weiß strahlt, obwohl er geweint hat.

»Ich versuche, rational zu bleiben«, antwortet Heiter.

»Aah, so nennt man das heute: *rational …*«

4

»Es hat keinen Sinn zu schreien.«

»Danke für die Info. Das habe ich selber schon gemerkt.«

Lisa hat kaum geschlafen. Die Matratze ist zur Mitte hin durchgelegen. Egal wie sie sich auch dreht, ihr Körper rutscht immer nur zurück nach innen. *Keine Sekunde geschlafen.* Außerdem war es zu kalt. Die merkwürdige Decke, die ihr der Entführer zugestanden hatte, entpuppte sich als Bettbezug ohne Inhalt.

Sie erinnert sich an verschiedene Geräusche in der Nacht, darunter einen Lkw am Berg, irgendwo auf einer Landstraße, der beschleunigte, bremste, und daran, dass die sphärischen, hohen Tonfolgen beinahe wie feierlicher Sirenengesang klangen.

»Ich will gar nicht schreien«, sagt sie leise. »Ich will einfach nur hier raus …«

Zynischerweise hatte in den frühen Morgenstunden tatsächlich jemand geschrien, etwa einen Kilometer entfernt. Außerhalb des Industriegebietes. Lisa war sofort ans Fenster geeilt. Die meisten Menschen gehen sowieso vorbei, erinnert sie sich, außer es schreit irgendwo ein Baby. Das ist dann wie ein pawlowscher Reflex für die älteren Frauen. Die bleiben schlagartig wie angewurzelt stehen. In der Dachgeschosswohnung, *zu Hause*, wohnt ein pubertierendes Mädchen. Und immer, wenn sie von ihrer Freundin (ebenfalls pubertierend) besucht wird, dann öffnen sie gemeinsam ein Fenster und schreien wie irrsinnig nach unten. Manchmal auch: »Hilfe! Hilfe!« Sie finden das *total komisch*, vor allem, wenn sich Passanten unsicher umsehen.

»Alles hat seine Zeit«, antwortet die Maschinenstimme. Der Unbekannte lässt sich immer wieder aus etwa einem halben Meter Abstand gegen die Betonwand fallen, bremst sich nur mit den Händen ab. Es sieht aus wie Liegestütze im Stehen.

»Was für Zeit? Handelt es sich vielleicht um ein Missverständnis? Meine Eltern haben kein Geld. Eine Entführung ist …«

»Nein.«

Der Unbekannte öffnet ein Laptop und tippt in rasender Geschwindigkeit Buchstaben. Dann blickt er Lisa über den Bildschirm hinweg an, als ob er alles über sie wisse, und zwar wirklich *alles*. Geheimnisse, die nicht einmal die engsten Freundinnen ahnen. »Sie sind Lisa Bohnke, wohnhaft in …« Er rattert Daten und Fakten herunter, die selbst Lisa nicht präsent waren. »… in der Zeitung angestellt als Redakteurin im Ressort ›Leben‹, liiert mit Sebastian Heiter …«

»Wie geht es ihm?«

Ein Sakrileg, gewissermaßen, den Kidnapper zu unterbrechen.

»Wem?«

Er antwortet leise, langsam, aber mit genau dieser Schärfe unterlegt, die eher zu spüren denn zu hören ist.

»Sebastian.«

»Alles gut.«

»Alles gut …«, setzt sie ein leises Echo und denkt an die kläffende Töle in der Nacht zurück. Es ist unglaublich, über welche Entfernungen hinweg sich ein heiseres Bellen fortpflanzt. Genau wie das Kreischen einer U-Bahn im Gleisbett. Die Schwärze der Nacht wurde mit jedem Laut nur noch deutlicher. »Warum wir beide? Geht es um die Zeitung?«

Der Fremde leckt sich über die Lippen und schließt seine Augen. Öffnet sie wieder. Leckt sich erneut über die Lippen und schließt seine Augen.

»Alles hat seine Zeit …«

5

Langsam ist es Routine. David begrüßt Lisas Haus fast schon wie einen liebgewonnenen Bekannten. Zuerst der Morgenspaziergang zum Briefkasten, wo der Briefträger offensichtlich immer nur weiter aufschichtet, neue Schreiben kraftvoll hinterherdrückt; im Anschluss daran wählt er ihre Handynummer (mittlerweile springt sofort ihre Mailbox an) und zum Abschluss fährt er nach Kreuzberg und beschattet Sebastian, wenn er aus der Redaktion kommt.

Es ist allerdings keine romantische Routine. Spätestens mit der Fahrt nach Kreuzberg überwiegen Ängste und Sorgen. Lisas Verschwinden dauert schon zu lange an. Die Polizei hat sich – wie erwartet – nicht gemeldet, vermutlich nicht einmal eine Untersuchung eingeleitet. Schließlich ist Lisa »offiziell« noch krankgemeldet. Bis Ende der nächsten Woche.

Wenn sie denn wirklich in der Praxis gewesen ist.

Die Wahrheit lässt sich nicht so schnell ermitteln. Aus »Datenschutzgründen« hat die Sprechstundenhilfe seine Nachfrage gleich im Ansatz erstickt. Einem Fremden gegenüber werde sie keine Auskünfte über Patienten erteilen. Diese rigide Verweigerung ist verständlich, aber in seiner Situation, eher noch: in Lisas Situation, wenn denn seine Befürchtungen zutreffen, wirken solche Vorschriften wie Hohn. Möglicherweise ringt Lisa um ihr Leben.

Was soll er denn sonst noch anleiern? Vielleicht doch die Eltern benachrichtigen? Einen Privatdetektiv beauftragen?

Er schluckt.

Lisas Eltern anzurufen, ist keine Option. Alleine die Vorstellung, wie ihre Mutter zu weinen beginnt, ist für David unerträglich. Er *muss* Lisa finden! Beschleunigt den Schritt, schneller, rennt sogar, weil er sich bewegen muss, sobald die Gedankenszenarien zu apokalyptisch werden. Es macht ihm nichts aus, dass es regnet. Er läuft über Rasenfelder, an Hecken und Büschen entlang, Hügel hinauf und hinunter, und bald schon sind seine Sneaker im Fußbett vollständig durchnässt. Es schmatzt bei jedem Schritt.

Früher – also vor Lisas Verschwinden – hat es ihm Freude bereitet, Häuser wie Personen zu beobachten. »Altes Haus«, im wahrsten Sinne des Wortes. Es war spaßig, ein vertrautes Haus zu begrüßen, sich sogar kurz davor zu verneigen, in der spielerischen Hoffnung, eine Erwiderung zu erhalten (von den Tannen und Blumen im Vorgarten) und Änderungen in der Fassadenkosmetik zu begutachten. Ein albernes Spiel. *Früher.*

Er steht auf der anderen Straßenseite, von zwei Lieferwagen verdeckt, und beobachtet das Redaktionsgebäude. Früher hätte er sich über die verschiedenen Steingesichter in diesem Viertel amüsiert. Beginnend mit der Neubaufratze, links von der Zeitung: klassisches Mondgesicht auf der Vorderseite, eher harmlose Ausstrahlung, nett, Fensteraugen und Stupsnase. Grinsestrich als Mundersatz.

Die Redaktion sieht dagegen eher verwunschen aus. Verschnörkelte Jugendstilfassade, von steinernen Ranken umwunden, wie seitliche Löckchen, Schlünder mit Fliegengittern begrenzt, und löchrige Zahnreihen aus Balkonpflanzen.

Achtung!

Sebastian kommt früher als gestern aus dem Haus, und er tritt auch früher als seine Kollegen den Feierabend an. Er bewegt sich zudem schneller als gestern. Und absurder. Sebastian nimmt irgendeine beliebige U-Bahn, Zielrichtung ist ein Viertel, in dem er nicht wohnt, steigt dann aber nach zwei Stationen überraschend aus, sprintet nach oben, nimmt das nächstbeste Taxi und verschwindet.

Absurd? Eher professionell.

»Verdammt!« Ein zweites Taxi ist nicht aufzufinden.

Sebastian ist entwischt. *Und wo bin ich hier gelandet?*

Die Abenddämmerung kämpft sich vereinzelt zwischen den Regenwolken hindurch und verteilt dort jeweils einen goldenen Schleier über den Parkplätzen, Dönerbuden und Rasenflächen, wobei die harten Schatten mitunter bläulich auslaufen. Einzelne Betonquadrate wurden mit Blumen bepflanzt und strömen einen feuchten Erdgeruch aus, der sich mit dem Restdunst von Ammoniak, Erbrochenem, Zaziki und Fleischbrocken um die Vorherrschaft streitet.

Wie ein asiatischer Tourist (nur ohne Fotoapparat) steht David in dieser fremden Straße und muss erst einmal gründlich recherchieren, welcher Rückweg der ideale sein könnte. Er schlendert zurück in den U-Bahn-Schacht und nimmt eine hohe Sopranstimme als Hall wahr. *Wo bist du?* Mehrere Pendler warten schon am Gleis und registrieren gerührt, mit welcher Inbrunst eine junge Frau für ihr geliebtes Baby singt. Wie schön, denkt auch David und dreht sich zur Wand um, damit die anderen Menschen nicht seine feuchten Augen entdecken. *So harmonisch.*

Als die U-Bahn eintrifft, schlendert er gerührt an der Elfenstimme vorüber, um einen Blick zu erhaschen, und sieht extrem vergrößerte Pupillen, die sich rasend schnell hin- und herbewegen. Völlig durchgeknallt! Wahrscheinlich mit Drogen. Er schaut hinunter auf das arme Wesen in ihren Armen, das er bis vor wenigen Sekunden noch beneidet hatte, und weiß, dass es unverantwortlich ist zu fahren.

6

»Mach mir doch endlich die Fußfesseln ab … Bitte!«

»Das geht nicht«, sagt der Fremde.

»Warum nicht?«

Lisa zieht ängstlich, angespannt die Schultern ein, nimmt den Kopf nach unten, und wirkt in dieser verkrampften Haltung ein wenig so, als habe sie einen Buckel.

»Du könntest versuchen zu fliehen …«

»Wie lange muss ich denn hierbleiben?«

Der Unbekannte antwortet nicht.

Gibt es denn wirklich keinen Fluchtweg? Lisa überlegt, ob sie etwas übersehen hat. Unten, neben dem bunkerartigen Eingang, wurde irgendwann Holz gestapelt. Wozu? Heizen Kidnapper mit Holz? Andererseits trägt es mittlerweile die abgeranzte Patina des Vergessens. Und diverser Jahreszeiten. Berlin eben. Die wenigen Gebäude und Lager in dieser Gegend sehen allesamt aus, als seien schon etliche Wetterformen unterschiedlichster Ausprägung niedergegangen. Ein Farbanstrich könnte nicht schaden.

In der letzten Nacht ist Lisa tatsächlich eingenickt, zumindest erinnert sie sich daran, aufgeweckt worden zu sein – und wieder von lautem Rufen. Schreie, wie von einer Männergruppe, *»Zicke Zacke«* – oder war es doch ein Elektromotor gewesen? Eine Jalousie?

Etwa 500 Meter entfernt reckt sich ein Mehrfamilienhaus in die Höhe. Sozialer Wohnungsbau. Im obersten Stockwerk hat eine Familie die Gardinen eingespart, dafür aber einen wandfüllenden Flachbildschirm montiert. In der Nacht flackern dann bunte Botschaften bis in diese Fabriketage hinein.

»Wenn ich wenigstens wüsste, weshalb ich hier eingesperrt werde …«

Der Fremde schweigt weiterhin.

Aber er bewegt sich. Allerdings wie in Zeitlupe. Er durchquert den Raum, bis in eine gegenüberliegende Raumecke, in seinem Motorradanzug, behutsam, wie man sich ansonsten im Krankenhaus bewegt, umgeben von Schwerkranken. Kaum ist er dort angekommen, erschallt Musik aus den Lautsprechern. Johann Sebastian Bach, das wohltemperierte Klavier.

Lisa überlegt sofort, ob diese Musik irgendeine tiefere Bedeutung haben könnte. Gibt es jemanden, der diese Musik favorisiert? *Niemanden.* Wirklich nicht? Alles in diesem Umfeld muss eine Bedeutung haben. Jedes Detail könnte eine Lösung zur Flucht beinhalten.

»Schön«, sagt sie. »Bach …«

Sie starrt in die Richtung, aus der die Klaviertöne herüberwehen, und sucht die Lautsprecher. Aber dort stehen jeweils nur massive Wände. Wo sind diese verdammten Boxen installiert? Sie starrt weiterhin, als könne sie irgendwann den Pianisten dabei beobachten, in seiner tiefen Konzentration, *aus einer anderen Welt*, wie ihm der Schweiß von der Stirn rinnt.

»Können Sie verstehen, dass ich das wissen möchte?«

Lisa schaut auf die schwarzen Stiefel des Fremden. Das Leder ist von bleichen, spinnenartigen Rissen durchzogen. Er dreht sich und schaut umher, als hätte er etwas Wichtiges fallenlassen.

»Hör auf zu fragen!« Dabei dreht er beide Hände immer wieder nach innen und außen und sucht die Rillen ab.

»Gib mir wenigstens einen ungefähren Anhaltspunkt … damit ich mich auf das Schlimmste vorbereiten kann …«

Dieser Raum nimmt jede Hoffnung. Jede Energie.

»Einen Anhaltspunkt …« Er lächelt breit. »Wie wäre es mit: Grillfleisch …«

Wie einen Zungenbrecher wiederholt er das Wort, wieder und wieder. In unterschiedlicher Akzentuierung, verschiedenen Dialekten und Betonungen. »Ich grille das ganze Jahr über. Reicht das als Anhaltspunkt?« Gleichgültig, in welchem Teil der Welt er sich gerade aufhalte und in welchem Monat. Er habe auch schon in Kanada gegrillt, bei meterhohen Schneeverwehungen, im dicken Parka.

Und Lisa hört zu.

Weil sie um ihr Leben kämpft. *Grillfleisch.*

Der Fremde palavert also, dass er in Frankreich, Spanien oder Italien immer alles doppelt, also »deux«, bestelle, weil er sich nicht erinnern könne, ob es nun »un« oder »une« oder »uno« heißen müsse.

»Bescheuert, oder?«

Lisa lacht.

Weil sie die vage Hoffnung hat, dass der Fremde sie als *Fan*, der an seinen Lippen hängt, nicht töten kann. Sie denkt an das Leben da draußen, *so nah*, da draußen, die Freiheit, die Geräusche im Morgengrauen: Menschen, die sich auf ihren Alltag vorbereiten. *So nah.* Weckerklingeln, das sich in dieser Einöde über viele Hundert Meter ausbreitet, sogar eine Toilettenspülung, Schreie, Türenschlagen.

»Lass das!«, sagt die Maschinenstimme plötzlich. Hart. »Ich weiß genau, was du vorhast.«

»Oh, du kennst also meine Gedanken?«

»Jeden einzelnen von ihnen. Lass das!«

7

Ablenkung. Heiter sucht nach großen blauen Augen, die keine Spur von Mehrdeutigkeit zeigen. Keine Hinterhältigkeit. Kein Misstrauen. Er sucht Sarah. *Ablenkung.*

Die Polizei hat in den frühen Morgenstunden den Leichnam von Bolle im Volkspark Friedrichshain gefunden (nach dem Hinweis eines Spaziergängers). Selbstmord, so die offizielle Verlautbarung. Weil ein Abschiedsbrief neben dem aufgeknüpften Körper gefunden wurde. Eine grafologische Expertise kommt zu dem Ergebnis, dass die Handschrift in diesem Schreiben, trotz einigen kleineren Unregelmäßigkeiten, »mit hoher Wahrscheinlichkeit« vom Verstorbenen stamme. Dafür ausschlaggebend seien sowohl individuelle Schreibfehler, die der Verstorbene auch sonst in seinem Tagebuch verwendet habe, als auch die Wortwahl. Zudem habe sein familiäres Umfeld bestätigt, dass »Hartmut Seidel« in letzter Zeit depressiv gewirkt habe.

Für Heiter wirkt dieser Fund vor allem wie ein Hinweis: So geht das.

Ablenkung.

»Woran arbeitest du eigentlich?«, fragt Sarah ohne weitere Begrüßung.

»Wie? Ich verstehe die Frage nicht?«

»Fühl dich doch nicht gleich so angegriffen.«

In ihrer kleinen Kammer steht neuerdings ein Sofa. Auf dem Rand und den Seiten hat sie so ziemlich alle Kissen positioniert, die in Berlin noch aufzutreiben waren. Irgendwo in der Mitte der Armada kauert Sarah mit ihrem Laptop, die nackten Füße seitlich nach oben gezogen. Und weil die Kissen in allen nur denkbaren Farben bedruckt sind, wirkt sie mit ihrem weißen Hemd, in der Mitte platziert, wie eine Tulpe in einem südländischen Blumenmeer.

»Ich frage doch nur, weil du mich davor die ganze Zeit einbezogen hast.« Auf ihren Pupillen spiegelt sich ein Widerschein des grauen Himmels im Fenster. »Erst wolltest du unbedingt mit mir zusammen eine Recherche machen und dann kam nichts mehr. Ich bin deshalb nicht sauer, aber …«

»Was soll das?«, bellt er. Seine Stimme passt in dieser kalten Härte zu seinen zurückgegelten Haaren.

»Ich hab doch gesagt, du sollst dich nicht angegriffen fühlen …«

Sarah schaut ihn offen an. Fragend. Traurig.

Er kann diesen Blick kaum ertragen. *So klar.* Als könne sie seine Aura sehen. »Ich fühle mich nicht angegriffen!«

»Okay.«

Sie ist traurig. Deutlich. Steht auf, dreht ihm den Rücken zu und schaut aus dem Fenster. Währenddessen lösen sich die zerknautschen Kissen langsam aus der Ausgangsform. »Hättest du das eigentlich gedacht, mit dem Selbstmord von dem verschwundenen Internet-Mann? Mir geht das alles total nahe. Das ist ja alles passiert, nachdem ich …«

»Wieso gehen mir eigentlich alle Leute damit auf die Nerven? Woher soll ich wissen, was mit diesem Vollpfosten los war? Vermutlich hatte er einfach nur die Nase voll von diesem Saftladen!«

Er ist aufgebracht, zieht eine Zigarette aus einer Brusttasche und hält sie in seiner geschlossenen Faust wie ein lästiges Insekt, dem er den Garaus machen wird.

So geht das.

»Seit wann rauchst du denn?« Sarah studiert intensiv den Vorgang, wie er die Zigarette entzündet und den Rauch inhaliert. »Alles in Ordnung bei dir …?« Irgendetwas leuchtet durch ihr besorgtes Gesicht hindurch wie eine Sternschnuppe am Abendhimmel.

Heiter holt tief Luft, als wolle er *jetzt, endlich*, grundlegend aufräumen und endlich darüber auspacken, was ihn tief innen bewegt, aber dann hustet er nur bronchial vor sich hin, wie einer dieser Rentner am Morgen, die einsam, verloren vor sich hin monologisieren.

Anschließend schnippt er die Zigarette aus dem geöffneten Fenster, hinunter in das Straßengewirr.

Er stellt sich neben Sarah und schaut dem Flugverlauf hinterher, als ließe sich daraus ein Orakel erstellen. Der Stummel landet funkensprühend auf dem Pflaster.

Aber wie?

Dann schüttelt Heiter den Kopf und verlässt das Zimmer.

8

David schaut aus dem Fenster des Kiosks. Von hier aus hat er den Eingang der Redaktion im Blick. Diesmal wird es klappen! Sein Plan sieht vor, dichter an Sebastian zu kleben, um auf jede Finte vorbereitet zu sein.

»Suchen Sie wieder eine bestimmte Zeitschrift?«

Der dicke Glatzkopf hockt hinter dem Verkaufstresen und betrachtet David belustigt. Sein Kopf wirkt wie ein glänzender Luftballon. Er trägt Vintage-Kleidung, die vermutlich noch Original aus den 70er-Jahren stammt: einen orangenen Rollkragenpullover, Jeans mit breitem Schlag und eine fette, alberne Kette, die eher an ein Fahrradschloss erinnert.

»Haben Sie vielleicht ›Idea‹? Das ist so eine Design-Zeitschrift.«

»Ausverkauft.«

Wie jeden Tag.

Langsam geht ihm dieser Dialog auf die Nerven. Jedes Mal, wenn er nach einer anspruchsvolleren Zeitschrift fragt (von der der Glatzkopf vermutlich nicht einmal gehört hat), dann wiederholt der seinen Marketingspruch.

Achtung!

»Ich kann das für Sie besorgen ... Hey!«

David rennt aus dem Laden heraus und bewegt sich tief gebückt, geschützt durch parkende Autos, parallel neben Sebastian, wie er telefoniert. An der nächsten Kreuzung gleitet David aus seinem Versteck hinter ein Liebespaar. Es fällt ihm nicht leicht, den Blick von den beiden zu lösen. Weniger weil es ergreifend oder erregend wäre, sondern weil sie so unbeholfen agieren. Sie sind Ende 40, knutschen aber gierig und unbeholfen, sabbernd, als seien es ihre ersten Küsse. Auf offener Straße. Es sieht schlimm aus, denkt er, als wollten sie »Liebespaar« zelebrieren, »endlich auch dabei« sein.

Aber das Wichtigste ist, dass er Sebastian dadurch beschatten kann, obwohl der wieder rennt.

Diesmal kann David mithalten. Er springt in das letzte parkende Taxi und sagt atemlos: »Fahren Sie diesem Wagen hinterher!«

»Dem Taxi?«

»Ja!« Zunehmend ruhiger dann: »Es ist mein Arbeitskollege, aber ich habe vergessen, wo unser Meeting ist. Ja, es ist ein bisschen absurd, aber ... genau, einfach hinter dem Taxi her. Ich versuche ihn mal zu erreichen ...«

David wählt in Wahrheit Lisas Nummer. Wie immer nur der Anrufbeantworter.

Wo bist du?

»Er geht nicht dran, der Idiot, fährt vor mir her … Die rote Ampel! Sie haben ihn verloren! Nein, ich kann ihn nicht erreichen!«

»'tschuldigung, Meister. Ich dachte, das war ein Witz. Ich kann doch hier nicht wie ein Irrer durch die Straßen jagen!«

»Dann lassen Sie mich an der nächsten Kreuzung raus …«

Es ist zum Mäusemelken. David ist enttäuscht. Sein Plan war (in der Theorie) perfekt: Heimlich Sebastian zu beschatten, um auf diesem Weg irgendeine Information über Lisas Verschwinden zu erhalten. Andererseits: Was hätte es gebracht, Sebastian dabei zu verfolgen, wie er einen Spanisch-Kurs besucht? Oder Probenarbeit in einer Laientheatergruppe.

Wer sagt denn, dass Sebastian direkt zu Lisa fährt?

Er wankt die Stufen hinunter in eine U-Bahn-Station, die er noch nie vorher betreten hat. Erschöpfte Pendler. Viele haben die Augen geschlossen. Schlafen. Plötzlich kommt ihm die Eingebung, dass all diese Menschen nicht dösen, sondern sie beten, meditieren. Und was es für eine unglaubliche Szene wäre, wenn alle diese Passanten gleichzeitig ihre Augen öffneten, sich bekreuzigten und einander zulächelten. Was für ein Moment!

Es geschieht allerdings nicht.

9

»Ich kann nicht mehr …«

Lisa fühlt sich, als sei sie mittlerweile selber eine alte Matratze, mit ausgeleiertem Innenkern. Es ist ihr unbegreiflich, wie sie eine weitere Nacht auf dem Boden ertragen konnte. Entweder ist sie in die Mitte gerutscht, scheuerte damit auf dem Betongrund herum, oder sie musste sich immer wieder hoch an den Rand wälzen, wo die Gefahr bestand, von der Matratze abzurutschen. Zudem meldet sich pausenlos der Hunger. Es gibt nur altes Brot zu essen. Der Durst. Leitungswasser. *Die Angst.*

Die Ungewissheit.

»Was meinen Sie damit?«, fragt die Maschinenstimme.

»Ich kann einfach nicht mehr …«

Es meldet sich die Verzweiflung. Die Traurigkeit darüber, sich Wünsche nicht mehr erfüllen zu können. Ungelebte Sehnsüchte. *Liebe.*

Der Unbekannte zuckt nur die Achseln. »Da müssen wir jetzt durch.«

»Müssen wir das?«

Sie zuckt spöttisch mit der Oberlippe.

»Wir haben keine Wahl.«

»Wieso ›wir‹? Du bist derjenige, der mich gefangenhält!«

Lisa wirkt wie ein Insekt, das eine Aufgabe zu erledigen hat, genetisch getrieben, und daher immer wieder neu eine Kugel rollt, einen Faden spinnt, nach links und dann nach rechts fliegt; ohne nachzudenken. Ihre Angst schwindet dabei von Satz zu Satz.

»Ich bin nur ein kleines Rädchen in einem großen Getriebe«, knattert die Maschinenstimme.

»Was für ein Blödsinn …«

Der Fremde schweigt.

Lisas Lippen arbeiten pausenlos weiter, wellen sich in alle Richtungen. »Stehst du denn wenigstens in direkter Kommunikation mit deinen Auftraggebern?«

»Wozu die Ironie?«

Ein Lebenszeichen.

»Dann ohne: Kriegst du Anweisungen?«

»Glaub mir, ich wollte das so nicht. Ich war dagegen, dass alles diese Entwicklung nimmt. Aber manchmal kriegen Entwicklungen eine Eigendynamik, die sich nicht mehr stoppen lässt.«

»Und du hast keine Möglichkeit, hier auszusteigen?«

»Nein.«

»Wenn du also den Befehl bekommst, aus dem Fenster zu springen, dann springst du raus?«

»Ich diskutiere nicht mit dir …«

»… und wenn du den Befehl bekommst, mich zu töten, dann wirst du mich töten?«

Schweigen.

Ihre Lippen zittern. Ihr Lächeln erhält dadurch einen fahrigen Eindruck, der zwischen Aggressivität und Unsicherheit wechselt.

»Lisa …« Es ist das erste Mal, dass der Fremde ihren Vornamen benutzt. »Ich hoffe, dass dieser Albtraum bald ein Ende findet …«

»Das kann alles Mögliche bedeuten …«

Das Lippenzittern arbeitet sich bis in den Kiefer hoch.

»Mein Traum war immer ein Fest«, sagt plötzlich die Maschinenstimme, »ein Fest, zu dem viele Freunde kommen. Wir essen miteinander, reden miteinander und haben eine wunderschöne Zeit … Es hat nie funktioniert. Die Leute kommen, schweigen, essen was und hauen wieder ab … Bei den lächerlichsten Familienfesten funktioniert das ansonsten, weil es einen gemeinsamen Bezugspunkt gibt … aber wir haben doch alle keine intakten Familien mehr.«

Wo bin ich?

Lisa leckt sich über die zitternden Lippen und schließt (öffnet) ihre Augen mehrmals staccatohaft. Aber sie ist vorsichtig. Diesmal. Sie möchte wieder zustimmen, nicken, aber sie fürchtet sich vor einem erneuten Wutausbruch. Andererseits, denkt sie, könnte es sein, dass der Entführer sich öffnet.

»Mir ist übel …«, sagt sie, »die Hitze …«

Nachts ist es kalt, aber tagsüber heizt sich der Raum überraschend stark auf. Die Luft steht dann wie eine Mauer. Der Fremde hat zwar einen Ventilator angeschleppt, aber das blecherne Teil rührt lediglich Luftschichten von vorne nach hinten, beinahe so, als ob es die Verbrauchsluft noch einmal anwärmt. In dem wiederkehrenden Schwall kann sie ihren Körpergeruch dechiffrieren, vermengt mit Lederduft und Seifenresten.

»Musst du kotzen?«, fragt der Fremde.

»Sag dieses Wort nicht. Ich mag das nicht …«

»Also: Musst du dich übergeben?«

»Wenn mir übel wird, dann falle ich in Ohnmacht, und diese Kombination macht mir Angst … Abgesehen davon, dass es andere ängstigt …«

»Kein Problem«, erwidert der Fremde, »ich habe einen Erste-Hilfe-Kurs gemacht.«

Ein Lebenszeichen.

»Gut zu wissen. Mein Entführer hat einen Erste-Hilfe-Kurs gemacht. Ich fühle mich gleich viel sicherer.«

»Ich mag deine Ironie. Aber sie wird dich auch nicht hier rausführen …«

»Die Angst kommt wahrscheinlich daher, dass ich aus einer Pfingstler-Freikirchenfamilie komme und pausenlos die zehn

Gebote lernen musste. Immer wieder aufsagen und mich danach halten. Und das achte Gebot war: Du sollst nicht erbrechen …«

Einen Moment lang herrscht Stille.

Dann lacht plötzlich das Gegenüber. Prustend. Ohne den Stimmverzerrer.

Und genauso schnell reißt er sich wieder zusammen.

»Ich hab mich als kleiner Junge auch vor einer Tante gefürchtet«, sagt die metallene Stimme. »Die war auch in irgendeiner Sekte. Und wenn sie sonntags zu uns nach Hause kam, dann fing sie pausenlos an, Gott darum zu bitten, in jedem Stück Brot zugegen zu sein, in wirklich jedem, ob nun Schwarzbrot oder Kuchenteig oder Frikadelle … Um dann wiederum unentwegt zu danken …«

Das ist doch krank, denkt Lisa, all diese absurden Gespräche. Sie fühlt vermehrt Übelkeit in sich hochsteigen und überlegt hektisch, welche Folgen ein Virus in diesem Loch haben wird. Katastrophe, denkt sie. Wenn ich mit Fieber erkranke, lassen die mich hier verrecken. Also muss ich irgendwie einen Draht zu diesem Typen aufbauen.

Sein Lachen lieben.

»Warst du schon mal in Paris?«, fragt sie süßlich.

»Was? Paris? Was soll das?«

»Keine Ahnung. Ich könnte auch fragen, ob du schon mal in New York gewesen bist. Ich möchte nur über etwas anderes nachdenken als über dieses Gefängnis hier …«

»Nein. Ich war noch nicht in Paris.«

»Paris ist ein eigener Kosmos«, labert sie. Irgendwas erzählen. Um die Angst zu vertreiben, zu besiegen. Um irgendwas zu tun. »In Paris war ich mal in einem Hotelzimmer, an einem kleinen Teich gelegen, sehr idyllisch. Absolut romantisch. Aber nachts war das Zimmer plötzlich voller Mücken. Ich war total zerstochen, am ganzen Körper … Und nur Paris lässt dich trotzdem glücklich schlafen …«

Mehr noch, erinnert sie sich, das Hotelzimmer war zur Straße hin von einer prachtvollen verschnörkelten Fassade umgeben, ein Traum – aber die Zimmer waren in einem Neubau, hinten im Garten. Dort war auch der Frühstücksraum, der Empfang. Im Prinzip rannte man nur durch die wunderschöne Fassade, um in ein völlig anderes, langweiliges Hotel zu gelangen. Und in dem Garten war ein großer Teich, und ein großer Teich zieht Insekten an. Mücken. Viele Mücken. Tausende Viecher. Im Zimmer stand eine Dose mit Insektenspray, an so einen Blödsinn erinnert sie sich jetzt. An Tausende Details. Es war noch hell. Ich wusste nicht, was passieren würde, wenn die Dämmerung einsetzt. Die Mücken hatten dieses Zimmer nämlich okkupiert, und sie hockten überall, heimlich, und irgendwann saßen sie offensichtlich auch auf meinem nackten Hintern. Ich hatte es nicht gemerkt, aber nach dem Sex spürte ich die juckende rote Stelle. Das heißt, während der Vereinigung hatte sich diese Mücke auf meinen Po gesetzt und mich gewissermaßen penetriert.

Sie lächelt.

Verzweifelt.

Sie lächelt.

»Was soll das?«, fragt die Stimme bedrohlich.

»Das habe ich doch gesagt«, giftet sie zurück. »Ich will an etwas anderes denken als an dieses beschissene Loch hier, und da gab es wunderschöne Episoden. Es gab Liebe!«

Sie nimmt kleine Schlucke aus einem Glas, hastig, gierig, und selbst dann noch, als sich kein einziger Tropfen mehr in dem Glas befindet.

»Du bekommst neue Anweisungen und du wirst diese befolgen.«

»In Paris war ich in einem wunderschönen Hotelzimmer …«, wiederholt sie penetrant und sucht nach einer Reaktion in ihrem ledernen Gegenüber. Wie ein Raubtier im Dickicht belauert sie den Richtungsverlauf seiner Pupillen, um daraus den Vorsatz seines Bewusstseins zu entlarven. »... mit wunderschönen Bäumen und Sträuchern vor dem Balkon. Auf diesen kleinen Park waren die Anwohner auch furchtbar stolz. Es stellte sich allerdings heraus, dass dieses Gestrüpp voller Ratten war. Unterhalb der vermeintlichen Natur lebten mehr Ratten als Grashalme. Daraufhin mussten alle Bäume und Sträucher gekappt werden. Alles lag plötzlich brach. Und Paris sah in dieser Gegend ziemlich dürftig aus. Und durch diese Aktion wurden Tausende Flöhe in die Luft gejagt, die die Leute im Erdgeschoss anfielen ... Wir mussten sogar das Hotel verlassen ...«

»Sei still!«, schmettert die Maschine in hartem Tonfall.

»Was soll das alles hier, David?«

Plötzlich steht der Fremde still. Er hat sein Gesicht mit einer Maske verhangen, die nur seine Augen hervortreten lassen, und trotzdem hat Lisa das deutliche Gefühl, dass aus seiner Mimik jeglicher Ausdruck verschwunden ist. Und seine Augen wackeln gehetzt.

»Was ... hast du gesagt?«

Er vergisst beim ersten Wort sogar die Umwandlung in die Maschinenstimme.

»Ich wusste es einfach. Die ganze Zeit. Dein Lachen ...«

»Warum hast du nicht einfach die Klappe gehalten ...«

Er blickt starr vor sich auf den Boden, als müsse er seine tiefsten Gedanken erst in eine exotische Sprache übersetzen, die er lange nicht mehr praktiziert hatte. »Du hättest es uns allen einfacher gemacht ...«

Unverändert starr. Wie ein Löwe im Zoo, in der Mittagshitze, der plötzlich eine Ahnung davon bekommt, dass dieses Gefängnis ein fremdbestimmtes Schicksal ist. Und dass es da draußen noch eine andere Welt gibt. Allerdings unerreichbar.

»Sorry ...«

Ihre Stirn, ihre Backen, Wangen, das ganze Gesicht glänzt verschwitzt.

»Ich muss das jetzt leider zu Ende bringen«, sagt der Fremde und die Maschinenstimme klingt schläfrig.

Er zieht eine Pistole aus der Brusttasche und betrachtet die Spiegelung seiner Gestalt auf dem dunkel glänzenden Lauf. Als er die Waffe langsam, fast schon behutsam, spannt, gibt sie ein kurzes Knacken von sich. Mehr braucht es nicht. Ein trockenes Knacken.

Und ein einziger Gedanke zerstört ein Leben.

»Bitte ...«, murmelt sie, während die Übelkeit sich aus dem Magen aufwärts als Schummrigkeit fortpflanzt. Sie sieht sich von Wolken umgeben, von Wellen, und fühlt sich emporgehoben, bis sie von oben auf die Wellenwand blickt, wie aus einem Flugzeug heraus. Der unbewegliche Ozean, von wandernden kleinen Lichtpunkten. Totes Gewässer. Die Wellen steigen und heben sie sanft in die Höhe. Die Gezeiten ergießen sich über ihren Körper und benetzen ihre Seele.

Liebe.

DAS MORGENGRAUEN

1

»Schnell! Hier! Einen Arzt!«

Aufgeregte Stimmen verdoppeln und brechen sich in einem hysterischen Hallteppich. Stiefel patschen durch vereinzelte Pfützen und hinterlassen Abdrücke im Staub, in einem sich ausdünnenden Feuchtigkeitsfilm.

»Schnell!«

Ein vermummter SEK-Beamter hält mit seiner Gewehrspitze einen versifften Vorhang nach oben. Der alte Stoff ist zu quadratischen Formen verschlissen, die an eine mittelalterliche Weltkarte erinnern.

»Unglaublich!«, schreit der Polizist. »Sie haben wirklich recht gehabt.«

David schaut ungerührt.

Aus dem Boden ragen breite Kabel, die im Schatten wie Schlangen wirken. Das Gewirr von der Decke herab ähnelt Spinnen. *Hier hast du geschlafen.*

»Wie geht es ihr?«, fragt er den Notarzt.

Hinter ihm sind zwei Polizisten damit beschäftigt, eingesteckte Pappen von den Gitterfenstern zu lösen. Mit jedem Meter erfüllt ein neuer Streifen Licht den Raum. Es bricht sich hell, gleißend, dadurch hart und irgendwie auch trostlos seinen Weg.

»Sie ist sehr, sehr schwach, aber sie atmet. Sie lebt …« Der Arzt hat ein Vibrato in der Stimme wie ein Opernsänger. Das gibt es meist nur bei älteren Männern. Eine melancholische Freundlichkeit, fast schon Zartheit, bricht sich in der Klarheit seiner Aussage.

»Nur noch wenige Stunden, maximal ein Tag, dann wäre sie gestorben. Die Typen haben sie hier feige zurückgelassen. Glücklicherweise stand sie nur unter Betäubungsmitteln. Sie ist schwach, unterkühlt, dehydriert, aber ansonsten gesund.«

Lisa liegt ausgestreckt auf dem Rücken. Unbeweglich. Im Dreck. Ihre Hose ist an den Knien eingerissen, aber nicht aus modischen Gründen. Das T-Shirt ist fleckig und stinkt. David legt seine heiße, trockene Hand auf ihre kalte Stirn. Um ihren möglicherweise leblosen Körper herum schimmern die roten und blauen Lichter der Einsatzfahrzeuge wie ein Heiligenschein aus Herzblut.

»Die Typen?«, fragt er. »Gibt es irgendwelche Anhaltspunkte auf mehrere Täter?«

»Nein. Entschuldigung, eine dumme Aussage. Ich bin davon ausgegangen, dass so eine Aktion nicht von einer einzelnen Person durchgezogen werden konnte.

Was hier im Einzelnen passiert ist, werden die Ermittlungen ergeben.«

»Wir warten auf die Aussage«, ergänzt ein zweiter Polizist. »Hoffentlich kann sie bald über das Geschehene hier sprechen.«

Falls sie überlebt.

Zunehmend verteilt sich Tageslicht um die Gruppe herum, wie durch ein Leck in einem großen Fass. David lehnt sich über Lisas regungslosen Körper. Er weint. In diesem Moment verlaufen Träume, Gedanken, Wünsche, alles Streben, Darben, wie ein Bachlauf abwärts, über Kiesel und Wiesen.

»Bitte nicht, Lisa. Du musst überleben.«

Seine Stimme bricht, als sei sie nach stundenlangem Schreien heiser geworden. Er streichelt ihre Wange und sucht irgendeine Regung. Als er einen ihrer Arme hält, hängt die bleiche Haut schlaff herunter wie Hühnerfleisch. »Du musst einfach überleben! Bitte! Emma hat es schon nicht geschafft, du musst einfach …«

Ein dritter Polizist spießt mit seiner Gewehrspitze in einem verdreckten Waschbecken mit benutztem Geschirr herum. Irgendwie sehen die fleckigen Teller und Tassen so aus, als seien sie schon derartig eklig geliefert worden. Über ihm verteilt eine flackernde Lampe einen nebligen Schein, weil das Glas von Dutzenden Fliegenkörpern bedeckt ist.

»Ich brauche dich, Lisa! Bitte!«

Plötzlich reißt sie ihre Augen auf.

Ohne Wimpernschlag.

Ihr Blick gleitet über David hinweg wie der Lichtstrahl eines Leuchtturms, breit und gleichmäßig, einmal im Raum herum, ohne Regung. Fast schon gleichgültig fällt ihr Schein auf die Decke und die Fensterfront. Ein zweites Mal im Kreis.

Dann fällt sie zurück in eine tiefe Ohnmacht.

2

»Wie geht es Ihnen?«

Ein erstaunlich junger Polizist hält seine Dienstmütze in der rechten Hand, als wolle er kondolieren.

Lisa richtet sich in ihrem Krankenhausbett auf und zuckt die Achseln. In ihrem weißen T-Shirt, umrandet vom weißen Bettbezug, in einem weißen Zimmer, bleich, wirkt sie wie durchsichtiges Seidenpapier.

»Es geht so …«

Ihre Silben rieseln wie Schneeflocken.

»Kann ich mir vorstellen. Alleine in so einem Haus eingesperrt zu sein …«

Das Weiß im Zimmer wird beim Blick aus dem Fenster durch eine saftige grüne Wiese, einen bräunlich schimmernden Teich und vier rötliche Bäume gebrochen.

»Ich war ja nicht alleine …«

Der Polizist öffnet einen Notizblock. »Können Sie sich denn mittlerweile an etwas erinnern?« Er lutscht pausenlos Hustenbonbons, manchmal sogar zwei zusammen. Vermutlich hat er Angst vor Mundgeruch. »Wie sah der Mann aus? Welchen Dialekt hat er gesprochen? Hatte er Besonderheiten?«

Lisa schließt die Augen. Vornehmlich, um sich zu erinnern. Aber in ihrem Kopf ist es wirr, wie nach einem Fiebertraum, der den Körper zwar während der stärksten Phase zerstört und auflöst, aber dessen apokalyptische Farbenkraft schon kurz nach Abklingen in diffuse Einzelbilder zerfällt. Vereinzelt drängen sich noch anonyme Gesichter und unbekannte Häuser in einer fremden Stadt nach vorne. Verworrene Verfolgungsjagden durch Schluchten und Gassen, mit eigentümlichen Hinweisen und Aufgaben, wo jeder Schritt zu wieder neuen Aufgaben führt, die sich wie in einem Entscheidungsbaum erneut auffasern. *Das Klicken einer Pistole.*

»Wie ich schon sagte«, stammelt sie, »der Mann trug eine schwarze Motorraduniform …«

Ihr Kopf fühlt sich an, als sei er innen mit Watte ausgepolstert. *Das Klicken einer Pistole.* Zum Frühstück, erinnert sie sich, habe ich heute Morgen mehr gegessen als sonst zu Hause. Aber weil ich so bedächtig und verlangsamt gespeist habe, dachte meine Zimmergenossin, ich hätte die Nahrung verweigert. »Ach ja, und wenn er mit mir gesprochen hat, dann musste er vorher seine Sätze in ein Handy tippen, und eine Computerstimme hat den Text ausgesprochen.«

»Also kein Dialekt. Logisch.«

Lisa nickt.

Die Mittagssonne tastet sich an den Seiten der Jalousie hindurch und steht wie ein Fabelwesen neben ihrem Bett. Einen Augenblick lang hofft sie sogar, es könne die Schlingpflanzen ihrer Tagträume zerschlagen.

»Ja, das haben Sie bereits zu Protokoll gegeben«, sagt der Polizist. »Ich dachte, weil Sie gerade davon sprachen, nicht alleine gewesen zu sein … Ist Ihnen vielleicht noch irgendjemand aufgefallen? Und wenn es nur ein vermeintlich unbedeutendes Detail wäre. Auch das könnte uns helfen.«

Lisa schüttelt den Kopf. In ihrem bleichen Gesicht zeigen sich erste Falten, die aus Verzweiflung und Angst entstanden sind. *Ein zweiter Mann?* Sie starrt nacheinander in alle Ecken des Raumes. Dort sammeln sich Gedankensplitter wie Staubmäuse.

»Oder haben Sie eine Idee, wer Ihr Entführer gewesen sein könnte? Kam Ihnen vielleicht etwas bekannt vor?«

»Hat Emma eigentlich noch mal ihr Bewusstsein erlangt, bevor sie gestorben ist?«

Mit einem lauten Knall lässt sie ihre Gabel auf den Porzellanteller fallen.

Der Beamte schüttelt den Kopf. Dabei schaut er sie derart intensiv an, als hätte er auf eine solche Antwort seit dem Sonnenaufgang gewartet.

»Woher wissen Sie das?«

»Ich habe es geträumt … Also ist es wahr …«

Der Polizist schaut zu Boden.

Lisa schneidet eine Apfelsine auf dem Teller. Während sie die Frucht wie in Zeitlupengeschwindigkeit schält, verspeist sie die Stücke anschließend derart schnell, mit gesenktem Blick, als wäre sie längst daran gewöhnt, alleine zu essen.

»Ich habe das immer noch nicht begriffen … Emma und tot, das passt einfach nicht zusammen. Sie schien irgendwie unsterblich.«

Lisa haucht ihre Worte, als ob sie vor jeder einzelnen Silbe einen irrsinnigen Respekt hätte.

Jetzt nickt der Polizist.

Vom Flur her tönt das Klappern von Blechtöpfen. Es klingt beinahe systematisch, wie ein Spiel. Als ob eine Pflegekraft mit einem weiteren Topf auf andere Gefäße zielt.

»Falls Ihnen doch noch etwas einfällt, Frau Bohnke, das kommt immer wieder vor, auch nach Tagen, selbst nach Wochen, plötzlich eine Eingebung … Dann melden Sie sich bitte bei uns auf der Wache …«

Sie nickt.

»Wenn ich nach einer Antwort suche, bei einem Problem oder so … Wissen Sie, was ich dann tue?«

Er betrachtet Lisa mit einem verstörten Seitenblick.

»Dann öffne ich wahllos ein Buch«, fährt sie fort und schaut aus dem Fenster, »tippe mit dem Zeigefinger auf irgendeinen Satz und richte dann meine Entscheidung nach diesem einen Satz aus …«

Der Polizist räuspert sich.

Mehrmals. Auch Lisa räuspert sich.

Ruhe.

Als fürchteten sie gegenseitig, aneinander zu ersticken.

»Wie gesagt, Frau Bohnke, falls Ihnen noch etwas einfällt …«

Lisa erhebt sich aus ihrem Bett und deutet mit dem Kopf in Richtung Badezimmer. Das Gespräch ist für sie beendet. Auf dem Weg dorthin bemüht sie sich darum, *bedeutungsvoll* und *formvollendet* zu schreiten. Einen Fuß vor den anderen. Ohne zu stolpern.

Sie lässt die Tür offen stehen und dreht den Wasserhahn auf. Dann sammelt sie einen Bach in den verbundenen hohlen Händen und spritzt ihn ebenso bedeutungsvoll und formvollendet ins Gesicht. Zum Schluss tupft sie die Stirn mit einem Zipfel eines Handtuchs trocken, wie ansonsten nur die Mundwinkel nach einer Hauptmahlzeit.

»Emma ist mir im Traum erschienen, ehrlich …«

Der Polizist dreht sich auf dem Flur noch einmal kurz um, beschleunigt dann aber doch seinen Abschied.

Lisa senkt ihren Kopf zum Becken hin und gießt in einer Behutsamkeit Wasser über die Haarsträhnen, als müsse sie ein Beet pflegen. Unaufhörlich. Dabei steht ihr pausenlos eine Eingebung vor Augen, wonach dieses Rinnsal aus ihrem Inneren hervorströme. Warm und weich. Es ist Seelenflüssigkeit, aus meinem tiefsten Inneren, flüstert es. *Und es ist Liebe.*

Und es ergießt sich zurück in den Abfluss des Lebens.

3

»Du bist eine starke Frau.«

Benny nickt bei jedem seiner Worte.

Lisa reagiert trotzdem nicht. Sie schaut starr nach vorne, als beaufsichtige sie die Abläufe vorne in der Trauerhalle. Es ist überraschend warm und feucht in dem voll besetzten Raum, und es riecht irgendwie nach Fell und Schweiß. Draußen scheint es im Gegensatz dazu geradezu kalt zu sein.

»Wirklich«, setzt Benny nach, »ich bewundere das. Du scheinst viel besser mit dem ganzen Scheiß klarzukommen als ich …«

Lisa blickt unverändert nach vorne. Sie lauscht vermeintlich auf die Worte der Trauerbegleiterin; dabei strömen die Silben an ihr vorbei wie Sommerwind am Strand.

»Lasst uns gemeinsam schweigend an Emma denken …«

Aus einem tragbaren CD-Player dringt sphärische Orgelmusik, die von Harfen und Panflöten unterstützt wird. Obwohl es nur getragene Akkorde sind, dringt der Hall derart tief in Lisas Bewusstsein, dass die Noten wie Abschriften ihrer wahren Gedanken wirken, die ihr dadurch zum ersten Mal annähernd geordnet vorkommen.

»Scheiße …«, flüstert Benny neben ihr.

Lisa denkt an die Tage im Krankenhaus zurück. Obwohl geschwächt, von Medikamenten benebelt, hatte sie in dieser Zeit einen eigentümlichen Frieden verspürt. Vermutlich genau wegen dieser Mischung aus Schwäche und Opiaten. *Wie am Strand.* Im Urlaub. Eine berauschende Melange aus Körperlosigkeit und Ruhe.

Mehrmals hatte auch ihr Gehör ausgesetzt. Aber selbst das war eher faszinierend. Ihr Bewusstsein hatte sich wie vom Körper gelöst und irgendwie von oben, abgespalten, nach innen gewandt, um dort auf bizarre Welten zu stoßen.

»Ob Emma gerade bei uns ist?«, fragt sie leise.

Mehrere vorlaute Motten schwirren um zwei hohe Lampen vor den Dachfenstern. Emma glaubte an Wiedergeburt, erinnert sie sich. Wir haben uns geschworen, dass wir uns gegenseitig besuchen werden. Falls die eine vor der anderen stirbt. »Es würde zu ihr passen, dass sie da oben durch das Fenster schaut und uns auslacht …«

Benny wischt in seinen Augenwinkeln.

»Emma hat sich manchmal abends in Schale geschmissen, ohne auszugehen. Wusstest du das?«

Benny schüttelt den Kopf.

»Weil sie alleine in ihrer Wohnung saß. Fast so, als ob sie noch ins Theater gehen würde. Und ihre Begründung war, dass man nie wissen könne, ob man nicht in dieser Nacht stürbe. Und dann würde man später von fremden Menschen, vielleicht den Nachbarn, gefunden …«

»Sie wollte immer auf alles vorbereitet sein …«, antwortet Benny leise, fast schon seufzend, als müsse er vor einem unsichtbaren Tribunal aus Vorfahren und ungeborenen Enkeln Rechenschaft ablegen.

»Wo ist eigentlich Sebastian?«

Benny erstarrt.

»Ernsthaft jetzt? Du fragst nach diesem Kerl?«

Lisa zuckt mit den Achseln.

»Frau Kollegin, es ist eindeutig, dass die Sticks von ihm platziert wurden. Das lässt sich in der Analyse beweisen. Und wir würden ihn liebend gern dazu befragen – aber dein lieber Herr Heiter ist ja abgetaucht!«

Er öffnet eine Packung Taschentücher und zerreißt bei dem Versuch, eins zu entnehmen, den kompletten Inhalt in Fetzen.

Sie nickt überdreht.

»Könnte es nicht sein«, fragt er lauernd, »dass Sebastian auch irgendwie mit der Sache in der Fabrik zu tun hat?«

»Nein.«

»So sicher? Hast du denn eine Ahnung, wer das sonst in der Fabrik gewesen sein könnte?«

»Nein. Das fragt mich die Polizei auch immer …«

»Zu Recht! Hast du wirklich keine Ahnung? Wo ist dein Bauchgefühl? Wenn das irgendwelche Nazis waren, dann …«

Sie schüttelt den Kopf.

»Ich weiß nicht, wer das war … Und es interessiert mich auch alles nicht mehr.«

»Du willst nicht wissen, wer dich entführt hat?«

»Ändert das noch etwas?«

»Aber du musst doch wollen, dass der Täter zur Verantwortung gezogen wird!«

»Ich habe keine Kraft mehr …«

»Lisa, wenn das irgendeine Organisation war, dann sind wir alle in Gefahr! Du warst früher anders. Es kann dir doch nicht egal sein, was hier abgeht. Du kannst doch nicht einfach … Scheiße!«

In dem Moment, wo sich die Trauergemeinschaft langsam auflöst, um gemeinsam zum Urnengrab zu gehen, beginnt draußen ein Wolkenbruch. Der Regen peitscht auf den Asphalt. Vereinzelt spurten die Trauergäste von Unterstand zu Unterstand oder auch von Schirm zu Schirm. Aber alle sind in Bewegung – bis auf Benny.

Er wartet auf eine Antwort von Lisa.

Allerdings reagiert sie nicht.

Daraufhin bewegt er sich mit hängenden Schultern in den Regen.

Er wird niemals rennen. So ist Benny. Nirgendwo. Nur, weil es regnet. Nur weil alle rennen.

Niemals.

Lisa bleibt als Einzige im Eingang der Trauerhalle stehen. Sie kann nicht zum Grab gehen. Dorthin, wo Emma in die Erde gelassen wird. *Unmöglich.*

Nicht nur, weil sie den Gedanken nicht erträgt, dass es tatsächlich wahr ist, Emma für immer verloren zu haben, sondern auch, weil sie befürchtet, am Grab zusammenzubrechen.

Ich kann das nicht.

Sie presst sich mit dem Rücken gegen die steinerne Mauer und schließt die Augen. Bis sie ein vertrautes Geräusch hört. Ein Miauen. Eine Katze.

»Emma …«

Unter den Stühlen wackelt ein Hinterteil: aufgeregt, rhythmisch; die Mieze ist von einem Vorfall fasziniert. Lisa schleicht vorsichtig näher und folgt der fliehenden Emma bis in einen weiteren Raum hinein, in dem einige wenige Bilder hängen, zudem Stühle und auseinandergeschraubte Tische gestapelt wurden. Dort hat die Katze einen gelblichgrauen Vogel erspäht. Oben auf dem Holzstapel, zwischen Kabeln und Steckdosen, pickt das kleine Wesen vermeintlich fröhlich und unbedarft vor sich hin. Das geht nicht, denkt Lisa. Sie muss den Vogel vor Emma retten! Suchend blickt sie sich um, bis sie ein altes Handtuch entdeckt. Ganz langsam zieht sie es zu sich und wirft es danach umso ruckartiger über den naiven Vogel. Die Katze schaut erstaunt, als Lisa äußerst bestimmt um die Wölbung in der Wolle greift. Es brummt und rumort in dem Handtuch wie bei einem elektrischen Spielzeug.

Aber was soll sie jetzt mit dem armen Wesen anfangen?

Sie schleicht vorsichtig aus dem Nebenraum und stolpert in der Trauerhalle beinahe über zwei Frauen, die jetzt in der Dunkelheit und annähernd lautlos Kruzifixe abstauben.

»Guten Tag«, stottert sie.

Die Frauen tragen schwarze Kleider und schwarze Kopfhauben. Alles an ihnen sieht gleich aus.

Lisa dagegen trägt ein brummendes Spültuch spazieren.

»Sie sind Schwestern, nicht wahr?«, schwadroniert sie, um von ihrem vibrierenden Handtuch abzulenken.

»Ja«, antwortet die erste.

»Das sagt jeder«, antwortet die zweite.

»Das sieht man auch sofort«, ergänzt Lisa.

Wohin mit dem Vogel?

»Aber wir haben zwei unterschiedliche Mütter«, sagt nunmehr die erste.

»Oh …«, antwortet Lisa.

Das Leben ist merkwürdig, denkt sie. Manchmal fühle ich mich so alt, viel zu alt, und kraftlos, dann wieder jung, wie ein Mädchen, das im Hof spielt und auf ein Springseil zuläuft, das von ihren Freundinnen in Schwung gehalten wird. Und wenn ich dabei diesen *einen Moment* verpasse, in dem das Einspringen möglich ist, diesen *einen Moment*, dann geht alles den Bach runter.

Wirklich alles.

4

»Sind die Kollegen vollständig?«, fragt die Chefredakteurin mit ihrer geschulten Vortragsstimme.

Der Konferenzsaal ist bis auf den letzten Platz gefüllt.

Vorne die Ressortleiter, an der Wand entlang stehen die Kollegen und Kolleginnen, dicht an dicht. Die Männer fast vollständig in Schwarz und Grau gekleidet; weißes Hemd, dunkle Schuhe. Die Frauen erfreuen durch mitunter farbige Einsprenksel. Benny echauffiert sich über eine entfernt stehende Person und eine damit verbundene Begebenheit, indem er rhythmisch mit dem Hinterkopf nach hinten ausschlägt. Seine Zuhörerin niest lautstark und ihr Nasenpiercing schießt mehrere Meter weit. Während sie daraufhin auf dem Boden kriecht und ihr Schmuckstück sucht, schauen die meisten anderen Redakteure teilnahmslos zu.

Lisa hockt neben der Tür, in der letzten Reihe, auf dem Boden. Es führt dazu, dass einzelne Nachzügler, die mit hochgerecktem Kopf im Saal nach einem freien Platz Ausschau halten, unten gegen ihren Körper treten.

»Kein Problem …«

Zum fünften Mal.

Auf dem Tisch vor der Chefredakteurin liegt der Keylogger, also das Teil, das für das Chaos verantwortlich ist. Es sieht beinahe erschreckend klein aus. »Ich bemerke eine gewisse Fassungslosigkeit«, beginnt sie ihr Statement, »verständlicherweise. Sebastian Heiter ist nicht anwesend – und für diejenigen, die gewisse Gerüchte in die Welt setzen: Nein, wir haben keinen Kontakt zu ihm. Wir wissen nicht, was in ihm vorgeht.«

Fassungslosigkeit kann sich tatsächlich materialisieren: Sie setzt sich auf die Stoffbezüge der Stühle, auf die Gläser der Brillen, auf die Milchtrübung in den Kaffeetassen, und wenn ein Außenstehender unter die Reihung der Tische schauen würde, dann würde sie dort gesammelt hocken, wie ein Kobold zu Kindertagen.

»Sebastian hat keinen Brief hinterlassen, keine Mails. In seinem Schreibtisch haben wir Rechercheunterlagen gefunden, einen Beutel Traubenzucker und eine Verfassungsschutz-Broschüre mit dem Titel: ›Spionage. Sind auch Sie gefährdet?‹«

Allgemeines Prusten.

Sarah ist umringt von Praktikantinnen und Volontären, die wie Klettfrüchte an ihr hängen bleiben und von beiden Seiten in ihre Ohren flüstern. Sie selber thront hoheitsvoll, dabei in ihre nordische Attraktivität gehüllt wie in einen Malerkittel, den sie in der morgendlichen Hektik nicht mehr austauschen konnte.

»Ich weiß, es klingt absurd«, nimmt Meyer, die Chefin, den Faden auf, »aber wir sind gezwungen, einige Vorsichtsmaßnahmen zu ergreifen. Ich bitte alle Kollegen dringend, sämtliche Passwörter zu ändern. Auch für die privaten Accounts, egal wo, selbst bei Twitter oder Facebook. Was hier geschehen ist, hat das Zeug, das Vertrauen innerhalb der Kollegen und außerhalb in die Arbeit unserer Zeitung zu zerstören.«

Fast alle Zuhörer haben ihre Köpfe gesenkt und schreiben mit. Das ist unsere Methode, mit dem Leben klarzukommen, denkt Lisa amüsiert. Wir notieren pausenlos das Wichtigste und machen dann eine Recherche. Wir lesen über ein Problem und informieren uns. *Wir reden.*

»Und das ist alles?«, bellt Benny in die Runde. »Wie sehen die weiteren Konsequenzen aus?«

Die Chefredakteurin schaut zu Berger, ihrem Stellvertreter. Er nickt nur.

»Glücklicherweise passiert das nicht jeden Tag, dass eine Zeitung von innen heraus ausgespäht wird.« Offensichtlich sucht sie nach einer Fortsetzung. »Trotzdem müssen wir jetzt behutsam vorgehen. Es geht um viel, vor allem um die Wahrung des Redaktionsgeheimnisses. Für jemanden, der sich vertraulich an eine Zeitung wendet, kann es unangenehm bis gefährlich werden, wenn seine Daten in falsche Hände geraten. Eine Zeitung läuft Gefahr, ihre Informanten zu verlieren, wenn sie sie nicht schützen kann. Ein Spähangriff in einer Redaktion zielt auf den Kern der Pressefreiheit.

Aber es muss auch klar sein: Der Vorfall kann die Karriere des Kollegen zerstören. Wir müssen erst Klarheit haben, ob und weshalb …«

»Ob?«, brüllt Benny. »Und weshalb? Was soll diese Nachsicht? Nur weil Sebastian einen Preis erhalten hat? Es ist doch alles klar!«

»Benny …«, versucht sie abzuwiegeln.

»Benny *was*?«

Seine Augen treten nach vorne aus den Höhlen, seine Adern am Hals sind angeschwollen.

»Was ist denn dran an den Gerüchten um die Eingangstür?«

Getuschel in der Belegschaft. Nicht jeder weiß über die Hintergründe Bescheid und informiert sich bei den Nebenleuten.

Lisa wiederum malt Bäume und Sonnen, Wellen und Strand. Ohne aufzublicken.

»Wir wissen noch nichts Genaues«, sagt der Geschäftsführer aus der zweiten Reihe an der Wand. Er ist der Einzige, der eine Krawatte trägt, sogar mit einer silbernen Anstecknadel. Das Teil aus Stoff ist rot gepunktet. Er spricht mit verschränkten Armen in Richtung Teppich, ohne einen einzigen Mitarbeiter anzusehen. »Tatsache ist: In der Nacht ist die Eingangstür des Redaktionsgebäudes aufgebrochen worden. Die dahinterliegende Glastür dagegen ist heil geblieben. Tatsache ist: Diese Tür lässt sich mit einem Code öffnen, der den meisten Mitarbeitern bekannt ist …«

»Also war es Sebastian! Das ist doch sonnenklar!«

»Bitte, Kollegen, ich verstehe Ihre Empörung. Aber wir müssen erst einmal alle Fakten sichten. Denn bewiesen ist es nicht, dass Sebastian der Einbrecher war …«

»Wer denn sonst, verdammt noch mal!«

»Bitte ... Wir haben noch eine Menge Arbeit zu tun heute ...«

Rumoren.

Sarah tritt als eine der Ersten nach vorne und dreht sich um ihre Achse. Ihre Entourage folgt auf dem Fuß. Auch die anderen Mitarbeiter bewegen sich in Richtung Ausgang.

Benny wiederum wartet. Wie immer. Er wuchtet seinen Körper wie eine irrtümlich angenommene Erbschaft nach vorne.

Lisa hockt unverändert am Boden, wie eine Obdachlose, die hinter einem Pappschild auf Spenden hofft.

»Alles in Ordnung?« Benny betrachtet ihre Kritzeleien, die Sonnen und Vögel, und schüttelt sich, als sei ihm kalt. Wenn es stimmt, was er vermutet, dann offenbaren diese kindischen Kringel einen Blick mitten hinein in ihre Seele. Und offensichtlich ist ansonsten nicht mehr viel vorhanden, außer Seele und Gefühl. Und Sehnsucht. Aber keinerlei Logik.

Lisa wiederum deutet auf einen Kollegen, der den Raum verlässt. »Hattest du Beef mit dem?«

»Ich hab ihm mal 50 Euro geliehen. Das ist ein Jahr her. Er hat das Geld nie zurückgezahlt. Jetzt haut er ab, sobald er mich sieht.«

»Mist. Beim Geld endet die Freundschaft.«

»Nee, eigentlich ist das okay. Er ging mir fürchterlich auf die Nerven, aber er kam unentwegt, um mir sein Zeug zu erzählen. Jetzt haut er ab, sobald er mich sieht. Ich muss mir also sein Gequatsche nicht mehr anhören.«

»Erkauftes Schweigen ...«

»Wenn du so willst ...«

»Und sonst? Hammer, was hier abgeht!«

Er rutscht neben ihr an der Wand entlang auf den Boden und setzt sich in den Schneidersitz.

»Mir ist eben aufgefallen«, antwortet Lisa, »dass alle Schriftsteller, die ich in den letzten Monaten gelesen habe, schon tot sind. Das war keine Absicht, ich habe sie nicht nach diesem Kriterium ausgesucht. Es ist einfach nur merkwürdig, dass es sich um Tote handelt. Die jetzt alle in meinem Kopf leben.«

»Okay …?« Stimmlage aufwärts. »Ich meine: hier und heute!« Benny tippt mit dem Zeigefinger mehrmals gegen ihre Stirn. »Bist du immer noch davon überzeugt, dass dein Sebastian nichts damit zu tun hat?«

»Es ist nicht *mein* Sebastian. Wenn überhaupt, ist es meine Emma. Ist dir mal aufgefallen, dass niemand mehr über sie spricht?«

Benny schaut auf seine Fingernägel, ob sich darunter Dreck gesammelt hat.

»Warum legst du eigentlich immer die rechte Hand auf deine Handtasche?«, fragt er.

»Weil ich meine Gedanken kontrollieren will.«

»Und warum legst du deine Hand dann manchmal wieder kurz weg?«

»Auch deswegen.« Sie lächelt sphärisch, als würde sie geradewegs in eine fünfte Dimension hineinchanneln.

»Ich will eine Verknüpfung in meinem Unterbewusstsein erstellen, auch während so einer Unterhaltung. Sie lautet: Handtasche und Hand. Immer als Einheit. Selbst wenn ich döse, muss die Hand, irgendwann, von einem tief verankerten Impuls getrieben, zu der Tasche finden und sie dadurch vor Dieben schützen …«

»Lisa, ganz ehrlich: Geht es dir wirklich gut?«

Sie lächelt.

5

»Du hast mir das Leben gerettet.«

Lisa hält ihr Weinglas nach oben und studiert die Schwebeteile im Gegenlicht.

David schüttelt abwehrend den Kopf und schneidet Putenfleisch auf einem Brettchen in kleine Stücke. Ansonsten hat er mehrere Schälchen und Töpfe positioniert, um Gemüse, Zwiebeln und Ananas dort hineinzuverteilen. Die Herdplatten sind mitten in die Tischplatte montiert.

»Auch wenn du das nicht hören willst, David: danke …«

Und in diesem Moment, in diesem Pathos, fühlt sie sich wohl und geborgen. Es ist schön, hier zu sein.

»Lass gut sein, Lisa.«

Er dimmt das Licht, dreht dafür den Lautstärkeregler für die Musik lauter, und schlagartig verteilen sich eigentümlich verzerrte Schattenwesen zwischen den Regalen und Stehlampen. Selbst der Mond beteiligt sich. Das volle, helle Licht kriecht auf der Fensterbank herum, als traue es sich nicht weiter. »Gibt es eigentlich was Neues?«, fragt David und schnippelt Kartoffeln in Würfel.

Lisa durchläuft ein Zucken, als reibe er ihren Nacken mit einem Eiswürfel ein. »Etwas Neues?«

Mit theatralisch geweiteten Augen, in gespieltem Erstaunen, beide Handflächen auf den Wangen, schaut sie ihn an. »Etwas Neues darüber, ob Emma sich im Grab bewegt haben könnte? Oder etwas Neues darüber, wie es sich anfühlt, eine lebende Tote zu sein? Weil ich eigentlich tot sein müsste …?«

Sie klimpert mit den Augenlidern und ritzt den Zynismus in ihre Mundwinkel.

David schneidet schweigend Zwiebeln klein.

Und Zucchini.

Nachdem er Nudeln in heißes Wasser versenkt hat, räuspert er sich. »Ich wollte dich nicht verletzen …«

»Keine Sorge«, sagt sie hastig und trinkt ihr Weinglas auf einen Schluck leer, »so schnell verletzt mich niemand mehr …«

Aus ihr heraus tönen Selbsthass und Verwirrung, Vorwurf und Verachtung, ungeschickt hinter hektischer Überdrehtheit versteckt.

David räuspert sich ein zweites Mal. »Hast du irgendeine Idee, wer das gewesen sein könnte? Ich meine, was ist eigentlich mit Sebastian? Könnte es nicht sein, dass …«

Lisa reißt ihren Kopf nach hinten und atmet lautstark ein. Stoßartig.

»Sorry …« David blickt konzentriert auf das Verlaufen der Butter in der Pfanne.

Lisa wiederum dreht ihr Weinglas zwischen Daumen und Zeigefinger im Kreis herum. Ohne Pause. Sie betrachtet seine Bücherwand. Und irgendwie wird ihr übel dabei. Eine Ansammlung wabernder und wackelnder Buchstaben, die sich wie Parasiten aus dem Schicksal der Menschen nähren.

Es ist unsere Methode, mit dem Leben klarzukommen.

Sie steht auf und wandert an der Bücherwand entlang, indem sie mit dem Zeigefinger über die Buchrücken wandert. Zwischen einzelnen Büchern hat David eine Lücke mit Deko-Artikeln gefüllt, offensichtlich, um für Auflockerung zu sorgen. Lisa nimmt nacheinander einen solchen hölzernen Fisch, dann einen rotbemalten Clown mit Spitzhut und ein Blechauto in die Hand, als prüfe sie jeweils ihr Gewicht, und legt all diese Gegenstände danach exakt an den Platz, wo sie vorher gestanden haben. Ohne auch nur die Andeutung eines Geräusches zu machen.

»Eine Zeit lang habe ich jemand ganz anderen im Verdacht gehabt …«

»Wen denn?« David ist offensichtlich erleichtert über ihre Fortsetzung.

»Jemanden, der mir ziemlich nahesteht … und der gleichzeitig auch meilenweit von mir entfernt ist …«

David unterbricht das Schneiden und Ordnen und starrt sie an.

»Wen?« Seine Stimmlage beißt.

»Nur so eine Idee …«

»Wen?«

»Es würde dich überraschen …«

»Mein Gott, jetzt sag schon …«

Plötzlich wird sein Kopf von Dampf eingehüllt. In der Pfanne verbrutzelt Fleisch.

Lisa blickt ihn lange an, wie er hektisch versucht, das Anbraten zu verhindern, und streicht dabei den Stiel ihres Weinglases hinauf und hinunter. Dann wendet sie den Blick abrupt zur Wohnungstür. »Du wohnst doch jetzt schon zwei Wochen in der neuen Wohnung. Wie ist es hier? Schon eingelebt? Wie sind die anderen Mieter?«

»Keine Ahnung«, antwortet er kalt. Enttäuscht. »In den oberen Stockwerken sind irgendwie alles Schichtarbeiter aus einer Fabrik. Ich seh und hör nichts von denen. Anscheinend müssen die immer genau dann arbeiten, wenn ich ausgehe oder wenn ich schlafe oder am Wochenende. Die haben auch alle ständig ihre Klingel abgestellt. Als ob ich hier alleine wohne …«

»Aha …«, antwortet sie tonlos.

»Und unten stehen jeden Morgen zwei junge Kerle vor einem Nachbarfenster im Erdgeschoss, und dann brabbeln sie in einem fort Fragen an die Holzjalousie. Es sind Zivildienstleistende. Dahinter sitzt ein alter Mann und erteilt Anweisungen für den täglichen Einkauf …«

»Aha …«

Es geht nicht mehr.

Sie betrachtet David dabei, wie er in der Pfanne die Haut von ungeschälten Tomaten abzieht, in länglichen Streifen. Dabei kommt ihr immer wieder Emma in den Sinn. Emma war schon in der Grundschule anders, erinnert sie sich. Andere Schulkinder haben gedankenlos Regenwürmer zerhackt, aber Emma war tagelang geschockt. Als die größeren Kinder weggegangen sind, ist sie mit einem Karton zu der Stelle gelaufen, wo die Regenwürmer waren, und hat die zerfetzten Reste eingepackt, um sie gesund zu pflegen.

Es geht nicht mehr.

Den ganzen Tag in der Redaktion gesessen, ewig, außerhalb von wirklichen Menschen, vom Leben, und jetzt braucht sie Bewegung. Unbedingt!

Lisa blickt David nicht einmal mehr an, als sie flüstert. Ihr Kopf hängt nach vorne, als sei er tonnenschwer.

»Es tut mir leid, David. Es geht nicht. Mir ist nicht gut, ich werde jetzt fahren. Sorry …«

6

»Die gegen mich erhobenen Vorwürfe bestreite ich. Bitte gib diese Stellungnahme den Journalisten wieder, die bei dir anfragen.«

»Und das ist alles?«, fragt Benny. »Mehr hat dieser Arsch nicht zu sagen?«

»Was ist denn los?«

Lisa hält einen Pappbecher mit Kaffee aus dem Kiosk in der Hand (ignoriert den vorwurfsvollen Blick aller, wirklicher *aller* Anwesenden) und nimmt ihre Sonnenbrille aus der Stirn. »Ich war noch beim Arzt …«

Sie trägt ein gelbes Sommerkleid mit einer Taillenschleife. So etwas hat sie noch nie getragen.

»Sebastian hat eine Mail an die Chefredaktion geschrieben«, antwortet Benny.

Lisa schluckt und setzt sich. Scheinbar gefasst.

Aber sie ist rot im Gesicht und schwitzt.

»Und?«, flötet sie.

»Nichts *und*«, knurrt Benny zurück, »lies selber … Ein Witz das Ganze. Vor allem der Schluss: ›Sorgen sind unnötig. Bin gerade unterwegs, um ein paar Tage durchzuatmen und etwas Abstand zu gewinnen. Mehr kann ich gerade nicht sagen …‹«

»So ist das Leben«, sagt Lisa, aber ihr hört niemand mehr zu. Offensichtlich umgehen die anderen ihren Gemütszustand. Ihre Augen sind wie ein Baggersee im Winter; eingetrübt, voller Nebel. Unheimlich.

»Mir bereitet es Sorgen«, sagt Sarah und stellt sich hin, »dass ein Kollege die Integrität der gesamten Redaktion aufs Spiel setzt.«

Anschließend setzt sie sich wieder und wartet auf eine Reaktion. Lisa kratzt sich in den Ohren und verzieht die Mundwinkel nach oben, als bereiteten ihr gewisse Formulierungen Schmerzen.

»Wir müssen Strafantrag stellen.« Benny unterstreicht jedes seiner Worte, indem er mit dem Zeigefinger der rechten Hand auf den Tisch punktet. »Am Freitag berät die Redaktionskonferenz darüber, und wenn die zu einer anderen Entscheidung kommen sollten, dann ist es das für mich hier gewesen.«

»Was meinst du damit?«, fragt Sarah. In ihren geschwungenen Mundwinkeln sammeln sich Lippenstiftkrümel und Speichelfäden. Ihre Ohrringe bestehen aus zwei großen Kreisen, die bei jeder Drehung glitzern.

Wie Köder, denkt Lisa.

»Genau das, was ich gesagt habe. An diesem Punkt ist für mich eine Grenze erreicht, über die nicht mehr diskutiert wird.«

»Aber die Polizei wird dann hier jeden Stein umdrehen …«, räuspert sich Lisa und streicht sich mit beiden Händen an der Stirn entlang, die Haare hinunter, bis zur Schulter. Eine Bewegung, die so wirkt, als würde sie nass aus einem Swimmingpool steigen. »Sie erhalten Zugriff auf alle Server, auf alle Redaktionsinterna … Ein Traum für jede Ermittlungsbehörde …«

»Und stattdessen?« Benny trägt einen groben Wollpullover und zieht die Ärmel immer tiefer hinunter, bis weit über die Fingerspitzen.

»Vielleicht sollten wir einfach das tun, was wir am besten können, also die Sache mit journalistischen Mitteln aufklären …«

Lisa nickt mehrmals bei ihren eigenen Worten, wobei die Wirkung dadurch eingetrübt wird, dass ihr Kopf scheinbar viel zu schwer wirkt. Wie eine Bleikugel. Auf ihrem bleichen, schmalen Hals.

»Das ist mir zu Larifari«, entgegnet Benny. »Unser Geschäftsführer liegt allerdings genau auf deiner Linie. Der hat eben im Hausblog geschrieben, dass sich unsere Zeitung zu Personalangelegenheiten prinzipiell nicht äußere.«

»Sebastian wurde doch zu einem Gespräch mit der Chefredaktion und der Geschäftsführung eingeladen …« Sarah steht wieder auf und hält ein Din-A4-Blatt in der Hand. »Lassen wir ihn doch übermorgen erklären, wie er die Sache sieht. Und dann können wir immer noch entscheiden.«

Während ihrer Ansprache wedelt sie das Papier vor ihrer Brust, schmeißt ihre Haare zurück und beugt sich danach leicht nach vorne. Wie ein Raubtier, durchzuckt Lisa ein Gedanke. Eben dieser *eine letzte Moment*, bevor es den Körper des Leoparden durchzuckt und er sein Opfer mit ausgefahrenen Krallen packt.

Sie schließt die Augen.

Die vielen Worte klappern in ihrem Schädel herum wie Murmeln in einer Holzkiste.

7

»Oh, ein neuer Stalker …«

Lisa zündet sich eine Zigarette an und bläst David den Rauch ins Gesicht. Der Vorgang erinnert sie an Tiersendungen in ihrer Kindheit, als Tintenfische unter Wasser Sekret verspritzten.

»Sehr witzig, Lisa.« Er bleibt im Nebel stehen und verzieht keine Miene. »Warum reagierst du nur so spärlich auf meine Nachrichten?«

Lisa schaut zu Boden. Nur noch.

»Ich brauche Zeit, David, ich muss mit der Sache erst klarkommen.«

»Das verstehe ich doch, aber warum verschließt du dich mir?«

»Ich verschließe mich derzeit jedem.«

»Und jetzt?«

»Was, jetzt?«

Zum ersten Mal sieht sie ihn an. Mit einem Blick, den er offensichtlich am liebsten konservieren, eintüten, vielleicht auch in einer Flasche verschließen möchte (wie ansonsten diese Miniaturschiffe), um ihn von heute an täglich zu betrachten.

»Was ist mit ... ich meine, hat es einen Sinn, dass ich dir Nachrichten schreibe?«

»David, was willst du von mir hören?«

»Keine Ahnung ...«

Er kommt sich vor wie ein Fahrrad, das man am Wochenende, nach einer durchzechten Nacht, an irgendeine Laterne in irgendeinem Viertel angekettet hat und an dessen Standort man sich am Montag *beim besten Willen* nicht mehr erinnern kann.

»Mehr kann ich auch derzeit nicht sagen.«

Lisa hält einen provisorischen Aschenbecher aus einem halbierten Pappuntersetzer vor ihrer Brust und rührt mit der Zigarette auf dem weißen Boden herum. *Es ist die Angst.* Aber sie kann es nicht aussprechen. Eine generalisierte Angst, die sich in ihrem Leben breitgemacht hat und die weder einen bestimmten Ort noch eine auslösende Uhrzeit benötigt. *Sie ist einfach da.* Und während sie ihren Alltag meistert und schreibt und liest und nachdenkt, fühlt sie sich gefangen wie ein Dschinn, ein Flaschengeist, in einem gläsernen Gefängnis. Ohne Ausweg.

»Wenigstens einen Kaffee?« David lässt nicht locker.

Lisa schaut nach oben, in die Wolken, als wolle sie sagen: Siehst du denn nicht, dass es regnet? Aber dann nickt sie minimalistisch.

Hintereinander huschen sie von Unterstand zu Unterstand, von Markise zu Markise, und verharren jeweils unter einem Vordach, bis sich ein geeigneter Moment für einen weiteren Zwischenspurt ergibt. Manchmal stehen sie an sitzende Raucher gepresst, Oberschenkel an Schulter, die auch bei diesem Wetter draußen hocken bleiben und gleichfalls den Tropfen ausweichen.

»Nehmen wir das«, sagt David und öffnet vor Lisa elegant die Tür in ein feucht-warmes Café-Biotop.

Sie nickt und lauscht auf das gleichmäßige Zischen der vorbeirollenden Autos in den Pfützen.

»Ok, auch auf die Gefahr hin, dass ich nerve …« David bestellt pantomimisch bei einer Kellnerin zwei Milchkaffee und skandiert parallel dazu ein Plädoyer. »Was ist passiert? Was hat Sebastian ausgesagt?«

»Woher weißt du, dass …«

»Ein bisschen stand in der Zeitung, ein bisschen habe ich rausgehört …«

Lisa zieht ihre halbhohen Schuhe aus. In ihrem Fußbett steht Wasser und gluckst bei jedem Schritt.

»Er ist nicht gekommen …«

»Wie?«

»Er hat eine E-Mail geschickt mit der Ankündigung, nicht zu erscheinen, und außerdem, dass er gegen eine mögliche Kündigung nicht arbeitsrechtlich vorgehen wolle.«

»Wie ehrenhaft …« Ironische Ausrufezeichen überall: in den Mundwinkeln, den gehobenen Augenbrauen, den flatternden Zeigefingern.

Lisa zuckt nur mit den Achseln. »Außerdem würde er wohl gerne auch eine offizielle Erklärung abgeben, aber weil Vorwürfe gegen ihn im Raum stehen, die strafrechtlich relevant sind, zieht er es vor, erst einmal zu schweigen …«

»Erst einmal?«

Lisa rührt in ihrem Milchkaffee und leckt dann sorgfältig den Löffel ab. »Benny hat sich durchgesetzt. Oder vielleicht ist es auch einfach die Haltung der Mehrheit – auf jeden Fall wird Strafanzeige gestellt werden.«

»Aber das ist doch auch richtig!«

Lisa setzt die Lippen an das schaumige Getränk und bemüht sich, nicht zu schlürfen.

»Ich versteh dich nicht, Lisa … Du wirkst eher so, als wärst du gegen eine Strafverfolgung! Du kümmerst dich auch nicht groß darum, wer dich entführt hat …«

»Und was soll ich tun, deiner Meinung nach?« Sie schleckt ihre Worte wie den Milchschaum ab. Ihre Augen sind groß und leer.

»Ich weiß auch nicht, Lisa, aber du musst doch etwas tun!«

»Etwas tun …«, wiederholt sie leise, wie ein Echo. *Es ist die Angst.* Aber sie kann es nicht aussprechen. Die Trennung hat ihr sämtliche Energie geraubt, und dabei sogar die Botenstoffe aus den Neuronen und Synapsen gezogen; *das komplette Wesen.* Ihr Lachen. Ihre Sehnsüchte. Sie fühlt sich morgens, nach dem Aufwachen, derart leer, als hätte ein nächtlicher Dämon ihre Schädelplatte geöffnet und das Gehirn ausgelöffelt.

»Es gibt keinerlei Hinweise, wer meine Entführung initiiert haben könnte. Keinerlei Spuren. Es ist fast so, als hätte ich mir alles ausgedacht … Ich kann dich ansonsten aber trösten, David, das LKA in Berlin hat sich aktiv gemeldet, weil die Sache mit dem Keylogger in der Redaktion publik geworden ist. Und weil bislang noch keine Strafanzeige festgestellt werden konnte, haben sie ihre Zuständigkeit angemeldet.«

»Mich musst du nicht trösten …«

»Mittlerweile kenne ich sogar Paragrafen …« Sie gluckst belustigt. »Strafantrag gegen Sebastian und gegen Unbekannt wegen des Verdachts der Verletzung der Vertraulichkeit des Wortes, Paragraf 201 StGB, des Ausspähens von Daten, Paragraf 202a StGB, des Abfangens von Daten, Paragraf 202b

StGB, des Vorbereitens des Ausspähens und Abfangens von Daten, Paragraf 202c StGB und sämtlicher weiterer möglicher Delikte …«

»Das ist nicht lustig, Lisa.«

»Ich weiß, Papa«, flötet sie mit Kleinmädchenstimme.

David streckt die Hand aus, um sie an der Schulter, vielleicht auch am Gesicht zu berühren, liebevoll, aber er verharrt mitten in der Bewegung. Als wäre ihm plötzlich klar, dass er verbrennen würde. *Augenblicklich.* Bei nur der minimalsten Berührung.

Also schwebt seine Hand in der Luft, wie von einem Windzug bewegt, und senkt sich in Zeitlupengeschwindigkeit zurück in den Schoß.

8

»Der hat sich irgendwo ins Ausland abgesetzt.« Benny lässt nicht locker. Silke Meyer, die Chefredakteurin, hat ihn schon abgemahnt; er vernachlässige seine reguläre Arbeit bei seiner obsessiven Recherche nach »Heiter« (nicht mehr Sebastian wie noch vor wenigen Wochen). Aber Benny lässt sich nichts mehr sagen. Er sucht weltweit mit einem Programm nach Physiognomien, die an Sebastian erinnern, indem er verfügbare Fotos einspeist. Und er sucht weltweit nach dessen Namen. Er schleicht um dessen Wohnung herum, läuft abends durch dessen Kiez.

Dabei hat die Polizei schon jeden Stein umgedreht.

Beamte des Landeskriminalamts, Abteilung 245 (Cybercrime im engeren Sinne), haben an der Tür seiner Wohngemeinschaft geklingelt. Sie zeigten einen Durchsuchungsbefehl und schauten sich in seinem Zimmer um. Laut Durchschlag des Polizeiprotokolls führte die Durchsuchung nicht zur »Auffindung von Beweismitteln«. Heiter selber war nicht anwesend.

»Wenn du einmal anfängst zu wühlen«, sagt Benny zu Sarah, »dann findest du immer neue Tunnel …«

Heiter hat an der Frankfurter Journalistenschule, an der er ausgebildet wurde, bis in die Gegenwart hinein, also bis zu seinem Verschwinden, die Mailverteiler für die jeweils aktuellen Klassen administriert. »Wer macht so was?«, fragt Benny.

Sarah schaut ihn fragend an.

»Verstehst du nicht?«, sagt Benny und öffnet beide Hände. »Er ist längst nicht mehr auf der Schule, aber unverändert bearbeitet und verwaltet er die Mails der neuen Schüler. Die er persönlich gar nicht mehr kennt!« Auch die Domain, über die die Mails laufen, ist unverändert auf seinen Namen registriert. Ohne große Mühe kann er alle Mails mitlesen.

»Wie können wir als Zeitung nach außen die Sicherheit vermitteln, dass Informationen gut aufgehoben sind?« Sarah hebt ihre Stimme, als würde sie ein Referat in einer Oberstufe halten.

Lisa putzt ihre Nase. Lautstark.

Jeder hier in diesem Raum, denkt sie, kann in diesem Moment Sarahs Gedanken rattern hören. Wie ein Uhrwerk. Kleine Rädchen, die sich mit größeren Rädchen verbinden, und die dabei von Kurbelwellen in Schwung gehalten werden, und all das angetrieben von einer Feder: der Suche nach einem Vorteil.

»Natürlich behaupten wir, wie alle, dass wir Mails verschlüsseln«, meldet sich erneut Benny. »Als ob die Leute hier auch nur annähernd technisches Verständnis dafür hätten …«

Er prustet.

»Keine Redaktion kriegt das hundertprozentig hin«, sagt Lisa. Sie wirft ihm einen verschwörerischen »Ich hab von Anfang an gesagt, wer das ist«-Blick zu. Sie weiß dabei selber, dass ihre Reaktion unangemessen ist, aber sie hat vor einer Stunde, auf der Toilette, unfreiwillig ein Gespräch zweier Kolleginnen belauscht: *»Wie kann es sein, dass es bei dieser merkwürdigen Entführung nicht mal Fingerabdrücke gibt? Vielleicht war das nur ein perverses Spiel. Die war immer schon ein bisschen crazy. Und angeblich hatte die auch was mit dem Heiter?«*

»Nein!«

»Doch. Und jetzt kannst du zwei und zwei zusammenzählen.«

»Die Bohnke … Ich fand die immer schon merkwürdig …«

Dieser Dialog rattert pausenlos in ihrem Kopf, lässt sich nicht mehr stoppen. Am liebsten würde sie solche Gedanken, mehr noch: das Erlebte, mit der Flamme eines Schweißbrenners abtrennen und verglühen lassen. Restlos verkokeln, am besten noch ohne Asche. Damit diese Worte und Bilder nie wieder zusammenwachsen können.

»Vor allem hilft Verschlüsselung nicht gegen einen Keylogger«, stimmt Benny zu. »Das Teil greift Daten schon ab, solange sie noch im Klartext vorliegen.«

Lisa nickt. Aber sie meint nicht Benny. Es ist vielmehr eine prinzipielle Zustimmung zu der Aussichtslosigkeit ihrer Situation. *Es geht nicht mehr.* Natürlich könnte sie wieder zu dieser Ärztin oder jener Therapeutin gehen und dort ihr Problem schildern. Aber damit jongliere ich wieder nur mit Worten, denkt sie, mit Begriffen, mit Definitionen, die in sich eine vermeintliche Klarheit und Aussagekraft haben, wie zum Beispiel: der Tisch. Das Bein. Ein Haus. Aber sobald ich auch nur versuche, über meine Ängste und Gefühle zu sprechen, dann wechseln die harten Begriffe augenblicklich ihre Konsistenz und ihre atomare Struktur. Wie in der Quantenmechanik. *Gefühlsquanten.* Weder Licht noch Welle, weder Angst noch Sorge, das eine, nicht das andere; fünfdimensional. Die Angst übermannt mich wie ein Orkan. Es beginnt meist im Bauch, hinter dem Bauchnabel, und wandert dann in alle vier Richtungen gleichzeitig aufwärts, am Herzen vorbei, und abwärts, in die Blase hinein, wie ein einziger großer Tumor aus Metall, der sich explosionsartig vergrößert.

Es geht nicht mehr.

9

»Ich bin so froh, Lisa, dass du auf meine Einladung zum Essen reagiert hast!« David trägt eine Kochschürze mit witzigen Sprüchen über kochende Kerle. Er hat rosige Wangen.

Aus der Küche hinter ihm wehen angenehme Gerüche.

»Komm rein …« Galant öffnet er ihr die Tür und verbeugt sich wie das Klischee eines eleganten Kellners. Jede einzelne Geste wirft kleine Saugnäpfe in ihre Richtung.

Aber Lisa bleibt im Hausflur stehen. Wie ein Abfluss in der Badewanne, während das Wasser um sie herum in kreisenden Bewegungen abfließt.

»Nein, David … Sei mir nicht böse, ich wollte es dir persönlich sagen. Es ist zwar bescheuert, weil du dir solche Mühe gegeben hast, aber … Ich gehe weg aus Berlin.«

»Was? Wann?«

Hinter ihm schmettert die Küchentür gegen die Dielenwand und schießt einen Stoß kalter Luft nach vorne.

»Bald. Sehr bald«, sagt sie heiser. »Morgen schon.«

»Aber wohin? Was machst du? Und …«

»David, bitte, sei mir nicht böse. Ich wollte dich noch einmal sehen und … dich ein letztes Mal umarmen. Du bist ein toller Mensch, und ich wünsche dir aus tiefstem Herzen, dass du eine Frau findest, die dich glücklich macht … Ich kann es nicht … Adieu …«

»Echt jetzt?«

Sein Tonfall ist plötzlich hart. »Das war's jetzt? Du kommst hier angeschneit, machst einen auf Dramaqueen – und dann bist du weg?«

Seine quengelige, dafür jetzt erstaunlich laute Stimme scheint nicht aus seiner hageren Gestalt zu kommen.

»Bitte, David, lass es gut sein …«

Sie öffnet beide Arme, um eine Umarmung vorzubereiten.

Er holt zuerst Luft, um all das zu verstehen, zu verarbeiten, wie es heißt, was ihm durch den Kopf geht, aber Lisa hat sich zwischenzeitlich schon wieder umgedreht und rennt die Treppen hinunter.

David überlegt weitere Sekunden, hoppelt unschlüssig auf beiden Beinen hin und her (mit seinen Gedanken bei den Töpfen auf dem Herd), reißt dann abrupt seine Schürze ab, greift die Schlüssel und rennt hinter Lisa her. Aber draußen sieht er nur noch die Bremslichter eines Taxis.

Die Schürze in der rechten Hand.

Er wringt und drückt das Teil, als würde er Lisa gerade darin einwickeln. Wie man es bei jemandem macht, der in

Flammen steht: über den Kopf stülpen, auf den Boden werfen, drehen und drücken, bis das Feuer gelöscht ist.

Um sie zu retten.

DER SONNENUNTERGANG

1

»Wer war Sebastian Heiter?«

Das Bürozimmer von Benny gleicht einer Kommandozentrale. Er läuft vor einer Pinnwand im Kreis, an die er Fotos und Notizzettel geheftet hat wie ein Privatdetektiv.

»Von Sebastian fehlt jede Spur. Als hätte er nie gelebt. Sein Facebook-Profil ist gelöscht, das Handy ist ausgestellt, das WG-Zimmer wurde sauber verlassen.«

Von Lisa spricht niemand.

Sie hat schriftlich gekündigt (nachdem sie am Abend davor heimlich ihren Schreibtisch mit persönlichen Sachen ausgeräumt hat), ohne sich noch bei Kollegen zu verabschieden, was zu bösen Kommentaren geführt hat. Sie gilt seitdem als persona non grata, als unerwünscht; verschwunden.

Zwei Volontärinnen sitzen stattdessen mit Benny im Raum. Eine von ihnen, Lea, blättert in einem Hamburger Wochenmagazin, das offensichtlich auf der Damentoilette kursiert und vom anschließenden Händewaschen gewellt ist. Auf der Titelseite geht es um Brustkrebs, was dazu führt, dass eine dunkelhaarige Schönheit begeistert lächelt (offensichtlich ahnungslos, in welchem Zusammenhang sie abgebildet wurde und von wem sie jetzt registriert wird). Ihre Volontärskollegin, Lara, mit schweißnassen Haaren, die sie allerdings immer wieder stolz zur Seite schiebt, schleicht und schlendert beiläufig im Hintergrund herum wie ein Ladendieb vor der Tat.

Sie alle sind Publikum, nicht Mitarbeiter. Benny sucht alleine. Er dreht sich im Kreis, auf der Suche nach einer Schwachstelle, nach einer Spur, einem Hinweis, und monologisiert flüsternd. »Sebastian hat nach außen hin immer mit Argumenten gearbeitet, ist nie auffällig gewesen, immer sachlich. Er ist einer der wenigen Autoren, die Online-Leserkommentare regelmäßig beantwortet haben.« Allerdings viel zu selbstbewusst, wie sich mittlerweile zeigt, für manche Leser geradezu arrogant, nach dem Motto: »Ich habe alle Argumente abgewogen, und ich habe die besseren auf meiner Seite.« Benny erinnert sich an eine solche Diskussion, an die Unmöglichkeit eines Gesprächs. *Dessen zynische Grimassen.* Heiter hat sogar Behörden verklagt, wenn sie ihm Informationen verweigerten. Diese Radikalität, denkt Benny. Diese Besessenheit. Und dreht sich im Kreis. Wie sich mittlerweile zeigt, hat Heiter die gerichtlichen Auseinandersetzungen sogar auf eigene Rechnung geführt.

Wer bist du?

Er will in Heiters Denken, in seine Lebensgeschichte hineinspüren, wie ein Felskletterer in den Alpen, der über den Wolken die Spalten im Stein ertastet, um sich darin festzusetzen.

»Könnt ihr euch das vorstellen?«

Benny wedelt mit einem Haufen Dokumente vor seinem Gesicht, aber der Wechsel aus autistischem Monologisieren und freier Rede ist für die Anwesenden schlecht einzuschätzen. Sobald Benny feurige Blicke verteilt, schließen Lara und Lea ihre Augen, wie Tresortüren einer Zentralbank.

»Der hat als Schöffe Recht gesprochen!«, setzt er nach. »Könnt ihr euch das vorstellen?«

Lara setzt sich auf den Boden, streckt ihre Beine aus und stützt ihren Kopf lässig auf einen Ellbogen, so als ob sie am Tiergarten pausiere. Sebastian Heiter ist für sie ein Mythos, ein Gerücht aus grauer Vorzeit; nicht mehr. Ein Fossil. Sie starrt gelangweilt auf ihre lackierten Zehennägel und klopft mit den Ballen gegeneinander.

Benny wiederum glüht. »Ein Puzzle aus 1.000 Teilen!«

Sebastians Persönlichkeit ist für ihn wie ein analoges Foto in der Dunkelkammer, noch nicht entwickelt, in den verschiedenen Flüssigkeitswannen – kurz bevor eine *Gestalt* entsteht. Allerdings verweigern sich die Datenspuren einem rundherum geschlossenen Bild. Es lassen sich lediglich auffällige Logins dokumentieren, die nahelegen, dass entwendete Passwörter auch benutzt worden sein müssen, um sich Zugriff auf fremde Nutzerkonten zu verschaffen. Und zwar von Heiter. Mit größtmöglicher Wahrscheinlichkeit. Aber auch nicht mehr.

Der Keylogger hat einen Speicherplatz von 16 MB. Das reicht, um mehr als 16 Millionen Tastaturanschläge aufzuzeichnen. Dabei wird allerdings jeder Vorgang gespeichert, alles, sei es die Verwendung der Entertaste oder der Rücklöschtaste, oder auch nur die Umstelltaste, um groß zu schreiben. All das ist äußerst mühselig zu dechiffrieren. Allerdings lassen sich aus dem Datenpaket Rückschlüsse darauf ziehen, wann der Keylogger im Einsatz war.

»Mindestens ein Jahr lang«, stöhnt Benny, »wenn nicht schon länger …«

»Lässt sich denn wirklich beweisen, dass es dieser Heiter war?«, nuschelt Lara. »Und zwar alleine?«

Sie schlägt ihre Tiergartenbeine wechselseitig übereinander, und durch die Sonnenbräune wirken sie beinahe wie hölzern.

»Was meinst du damit?«, fragt Benny.

»Ich meine, ob es nicht eine gezielte Falle sein könnte …«

Draußen beginnt es wieder zu regnen. Die klopfenden Tropfen addieren sich zu einem mysteriösen Flüstern, verschwinden aber hinter der beschlagenen Fensterscheibe.

Benny zieht gleichzeitig die linke Augenbraue nach oben und den Mundwinkel nach unten. Eindeutig.

»Ich meine, was ist …«, redet Lara weiter, »wenn irgendjemand diesen Heiter fertigmachen wollte und dafür eine Falle gelegt hat? Es sind doch bislang alles nur Spuren, oder? Da braucht doch nur ein anderer Redakteur einen Hinweis bekommen, es gäbe einen Keylogger, informiert diesen Heiter, der für investigative Recherche zuständig ist – und dann, zack, Falle schnappt zu.«

»Schöne Story«, knattert Benny.

Das Problem ist, weiß er, dass diese Unschuldsvermutung für einen geschickten Rechtsanwalt elementar sein wird. Natürlich, es gibt eine (beinahe) lückenlose Indizienkette. Zum Beispiel gibt es vier Dateien auf dem Keylogger, die sich auch in den Sicherungskopien des Benutzerkontos von Sebastian Heiter finden. *Strike!* Aber ist das ausreichend?

Es lässt sich genauso rekonstruieren, dass die Mitschnitte des Keyloggers zum Teil an einem Rechner ausgelesen wurden, an dem zu dieser Zeit der Nutzer »heiter« angemeldet war. Aber ist das ausreichend?

Ebenso wie die Tatsache, dass jemand geklaute Benutzerdaten einer Praktikantin zur Anmeldung im System genutzt hat, als diese Person nicht mehr in Berlin gewohnt hat. Nachweisbar. Und zwar immer in den Abendstunden, in einer abgelegenen Ecke. Mehrere Zeugen berichten, dass sie sich an Heiter erinnern können, wie er dort gehockt hat. In einem Redaktionsbereich, in dem er eigentlich nichts zu suchen hat. Aber all das sind Vermutungen und unzulässige Schlussfolgerungen, würde ein gewiefter Rechtsanwalt argumentieren.

Natürlich, auf Heiters Rechner wurde das geklaute Facebook-Profil einer Praktikantin gefunden, inklusive aller privaten Fotos und Mitteilungen. Aber ist das ein Indiz für die Anbringung des Keyloggers?

Zudem bleibt eine weitere Frage im Raum stehen, weit jenseits der juristischen Aufarbeitung: Gab es möglicherweise einen weiteren Keylogger? Oder mehrere?

»Und war das der Grund für den Einbruch?«, flüstert Benny.

2

»Sorry, dass ich dich hier so überfalle …« David hält sich die rechte Hand vor den Mund, weil der Ausdruck unpassend ist. Andererseits zutreffend, denn er hat Sarah unvorbereitet von hinten auf die Schulter geklopft. »Aber du bist vermutlich die einzige Person, die mir helfen kann.«

»Ich?«

Sarah schaut verdutzt (nachdem ihr Erschrecken sich gelegt hat). Sie sitzt in einem Park, an einem Sonntag, auf einer Decke mit Entenmotiven, umringt von zwei Flaschen Wasser. An den Füßen geschnürte Ledersandalen, die in ihrer Riemchentechnik an das Schuhwerk der alten Griechen erinnern. »Woher weißt du eigentlich, dass ich hier bin?« Das Licht der tiefstehenden Sonne streicht über ihre Haare und lässt einen bronzeartigen Heiligenschein um ihren Kopf entstehen.

»Zufall. Ich bin spazieren gegangen. Aber du warst doch mit Lisa und Sebastian befreundet …«

»Na ja, das ist vielleicht etwas zu hoch gegriffen.«

»Es ist so, dass ich nicht glaube, dass Lisa freiwillig abgehauen ist. Da muss noch etwas anderes dahinterstecken.«

Sarah legt den Kopf weit in den Nacken, um einen tiefen Schluck aus einer ihrer Wasserflaschen zu nehmen. Und um die richtige Form der Formulierung zu finden. »Wir haben das alle in der Redaktion nicht so richtig verstanden«, versucht sie sich. »Aber die psychische Belastung war doch für Lisa sehr groß. Ich meine, wenn ich in dieser Situation gewesen wäre, puh … Ich glaube nicht, dass ich nach so einer Entführung noch hätte arbeiten können. Hut ab vor Lisa. Und Sebastian, okay, das ist ein anderes Kapitel …«

»Ich glaube ihr nicht.«

»Wie … meinst du das?«

»Ich bin mir sicher, dass Lisa wusste, wer der Mann in der Fabrik war.«

»Wie kommst du denn darauf?«

»Einfach nur ein Gefühl …«

»Aah, ein Gefühl … David, wir kennen uns kaum, aber ich habe das Gefühl, du versteigst dich da in etwas. Lass los …«

Sarah rollt ihre Decke zusammen, packt alles mitsamt den Flaschen wie ein Baby auf den Arm und stampft weiter. Etwas zu hektisch vielleicht. Sie verliert dabei sogar eine ihrer Sandalen; die feuchte Erde am Rand des Weges saugt ihr das Schuhwerk vom Fuß.

»Was meinst du damit?«, sagt David, hechtet ihr hinterher und hält sie am Arm.

»Lisa ist am Ende ihrer Belastbarkeit, sie kann nicht mehr. Lass sie gehen. Es hat keinen Sinn …«

»Ich kann doch nicht einfach …«

»David, bitte. Es bringt nichts.«

»Aber ich muss doch …«

»David! Es bringt nichts!«

So laut wie lange nicht mehr.

Aber es wirkt. David bleibt wie angewurzelt stehen und schweigt. Er lässt auch ihren Arm los. Sarah geht daraufhin weiter, wackelt, weil das Gewirr auf ihrem Arm pausenlos zu rutschen droht, und dreht sich dabei nicht einmal mehr um.

»Lisa …«

Durch den Park rinnt ein idyllischer Bach, in die Abendsonne getunkt wie eine Beigabe. David sieht Sarah noch lange hinterher.

Lisa.

Ihr Name, der Klang, die Erinnerung an ihre Stimme, in dieser Umgebung, nicht so weit von dem Restaurant entfernt, in dem sie beide zu Abend gegessen haben: es scheint alles *ewig* her zu sein. Fast schon wie eine fremde Erinnerung, aus einem längst vergessenen Film, einem längst ausgelesenen Buch, umrahmt von einem Pubertätssong, der früher einmal fremde Gefühle transportierte.

Oder wie ein Traum.

3

»Ich hab ihn!«

Benny springt hoch, rauft sich die Haare und hüpft neben seinem Schreibtischstuhl herum. Er wirkt wie eine Gestalt aus alten Märchenbüchern, die über einem Fluch verzweifeln. Irgendwie ist er mit seiner beharrlichen Bildersuche, in Kombination mit dem Profil eines europäischen Weltenbummlers, Chat-Anfragen und Wortvergleichen auf einen eindeutigen Treffer gestoßen.

»Echt jetzt?«, fragt Lara. »Du hast den immer noch gesucht?«

»Lasst ihn doch in Ruhe …«, flüstert Lea und blickt eisern auf ihre Tastatur herab. Die Meinungen bezüglich Sebastian Heiter sind in der Redaktion geteilt. Es gibt die Wutfraktion, deren Mitglieder alleine bei der Erwähnung des Namens außer sich geraten und schreien. Und es gibt die Mitleidsgruppe, deren Protagonisten vor allem aus Volontären und Praktikanten besteht und für die der ganze Vorgang entweder »erledigt« oder »abgefrühstückt« ist, und die argumentieren: Heiter hat doch ohnehin schon alles verloren. Er ist genug gestraft.

Von Lisa redet niemand mehr.

»Mir geht es nicht um ein riesiges Gerichtsverfahren«, sagt Benny und wischt einige Schweißtropfen von seiner Stirn, »aber ich will, dass er sich erklärt!«

»Und genau *das* will ich nicht!«, kontert Sarah. »Kein Gelaber, keine neuen Erklärungen – ich will, dass er juristisch zur Verantwortung gezogen wird.«

Sie verschweigt, dass Sebastian ihr nicht geantwortet hat. Niemals. Weder auf WhatsApp noch auf eine SMS oder eine Nachricht auf dem Anrufbeantworter.

»Es geht nicht um Laberei«, antwortet Benny, »aber ich will die Hintergründe wissen.«

Und damit meint er: Hintermänner.

Kein normaler Spinner würde derart professionell verschwinden. Ohne Spuren zu hinterlassen. Heiter hat sich in der WG Valerias Handy ausgeliehen und eine SMS an die

Chefredakteurin gesendet. Einige freundliche Worte. Unverbindlichkeiten. Anschließend ist er spurlos verschwunden.

Es gibt keine Flugbuchung, keine Spuren im Mülleimer. Selbst sein Schrank ist geleert, bis auf einige belanglose Hosen und Hemden. Zwei Paar Schuhe.

Er hat sich offiziell abgemeldet (Ziel: »unbekanntes Ausland«) und einen Nachsendeauftrag zu einem Postfachanbieter eingerichtet, der seine Post, die Briefe, einscannt und ihm online zur Verfügung stellt.

»Ich will wissen, ob Sebastian im Auftrag eines Geheimdienstes gehandelt hat«, betont Benny.

»Ach«, antwortet Lara spöttisch, »und du glaubst, er wird dir *genau das* dann erzählen? Möglichst in allen Einzelheiten?« Ihr Lachen sprudelt empor wie eine Fontäne in einem Springbrunnen.

Benny schweigt.

Seitdem er sich in den »Fall Heiter« hineingearbeitet hat, fühlt er sich ausgelaugt, kraftlos, gealtert, fast wie ein zerbissener, zerkauter Pantoffel, den er seinem Hund abends aus der Schnauze reißt.

»Wo lebt er denn überhaupt?«, fragt Sarah.

»In Kuala Lumpur.«

»Wo bitte?«

»Zwischen Malaysia und Deutschland existiert kein Auslieferungsabkommen.«

Auch das hat Heiter bedacht. Und erfolgreich umgesetzt. Falls er in Kuala Lumpur bleibt, kann die Staatsanwaltschaft, die eine Anklage gegen ihn vorbereitet, nichts ausrichten. Und spätestens nach zehn Jahren wäre der Fall verjährt.

»Klingt nicht gerade so, als ob er nächste Woche wieder hier auftaucht.«

Lachen.

»Ich werde ihn fragen!«

Seine Entschlossenheit klingt hohl, nicht kämpferisch. Auf der Suche nach Zustimmung wirkt er wie ein zappelnder Fisch, den die Flut an Land gespült hat und der verzweifelt nach Luft schnappt. »Ihr werdet es sehen: Ich frage ihn!«

4

»Wie ein Fön ...«

Benny steigt in den Bus am Kuala Lumpur International Airport – einem der größten Flughäfen in Asien – und fährt in die Innenstadt. Obwohl das Innere des Busses von kalter Luft durchzogen wird, weiß er jetzt schon, dass ihn dieses Klima umhauen wird. Außerhalb der klimatisierten Restaurants und Shopping-Malls wird er in Schweiß zerfließen, und innerhalb der Kühlzonen wird er sich erkälten. Es sind vielleicht 60 Kilometer vom Flughafen bis in die Innenstadt, aber es fühlt sich an, als sei er Jahre unterwegs. Das Schönste sind noch die Ölpalmen, denkt er.

Heiter arbeitet in diesem Moloch als Freelancer für ein großes Internetunternehmen. Das hat Benny anhand von Fotos ermittelt, obwohl Heiter sich hier »Dirk Kleinschmitt« nennt. In Malaysia gibt es kein Meldesystem. Das LKA Berlin kennt nur die Position seines (alten) Handys, mehr nicht, und ist offiziell ahnungslos, wohin Heiter sich abgesetzt haben könnte.

Ist es wirklich schön?

Nirgendwo gibt es so viele Palmölplantagen wie auf Malaysia, hat er gelesen, und überall, wo Naturflächen frei werden, werden Palmen gepflanzt. Es bringt auch etliche Milliarden Euro in die Exportstatistik ein. Und soll weiter erhöht werden. Dafür wird dann wieder Regenwald gerodet und CO_2 ausgestoßen. *Ich kann also vor dem deutschen Denken nicht fliehen.* Benny steigt aus dem Bus und rollt seine Koffer bis zum Hotel. Die Schwüle in der Kombination mit dem prompten Tiefkühltruhenwind im Foyer verursacht ihm Kopfschmerzen, die gegen die Schädelinnenwand pochen wie die Klöppelkombination eines Jazz-Schlagzeugers.

»Enjoy your stay«, sagt der alterslose Asiate hinter dem Empfang in seiner internationalisierten Freundlichkeit, die je nach Tagesform als freundlich, höflich oder auch komplett desinteressiert gelten könnte. Aber Benny ist nach dem Nachtflug viel zu erschöpft, um tiefschürfender darüber nachzudenken. Der Jetlag tut sein Übriges.

Ich will meinen Aufenthalt auch gar nicht genießen, denkt er und öffnet die Tür zu seinem Zimmer. Es geht darum, Sebastian zu finden und auszuhorchen, nicht um Urlaub. Das Zimmer ist »freundlich«, wie es in Marketing-Sprech heißt, also austauschbar, unpersönlich und letztlich uninteressant. Ein King-Size-Bett, aufgestockt, eine Tischgrupe, bestehend aus zwei Holzstühlen und einem Tisch, am Fenster, und ein Spiegel an der Wand, ungefähr in Zimmermitte. Nicht zu vergessen: ein Fernseher mit CNN-Programm.

Benny setzt sich auf das Bett und prüft die Matratzenhärte. Annehmbar. Vier Kopfkissen, die keinen Widerstand bieten, sobald man den Kopf darauf bettet. Das könnte jetzt der richtige Moment sein, denkt er und öffnet den Brief, der in der Redaktion bei ihm eingegangen ist. Von Lisa. Vermutlich. Heutzutage kennt niemand mehr die Handschrift von nahestehenden Personen, aber die Form der Linienführung scheint ihm eindeutig. *Lisa.* Absurd, heutzutage einen Brief zu schreiben. Wer macht das noch? Andererseits ist dem Papier eine Dramatik eigen, die eine simple Mail nie haben könnte.

»Mein Herz ist verwundet«, schreibt sie. *Aber warum an mich?*

»Ich schreibe dir diesen Brief, lieber Benny« (als säße sie jetzt neben ihm und höre ihn monologisieren), »weil ich dich für integer halte. Vermutlich wirst du mich auch nicht verstehen, aber ich kann mich nicht erklären. Die Vorgänge in den letzten Wochen haben mich innerlich zerstört. Ich brauche Antworten. Und vielleicht werde ich sie hier bekommen.«

Er liest den Brief ein zweites Mal und versteht noch weniger, warum Lisa ihn geschrieben hat. Vielleicht wäre sie besser schweigend verschwunden. Und er weiß, wenn er diese Zeilen noch ein drittes Mal hinunterfährt, dann wird er sie hassen.

»Es ist kein Urlaub …«

Vermutlich hat Lisa diesen Brief nicht an mich adressiert, denkt er. Und sie weiß genau, was ich vorhabe. Er stellt sich, geht zum Waschbecken und schüttet mehrere Handvoll Wasser in sein erschöpftes Gesicht. Obwohl die Müdigkeit ihn wortwörtlich *bleiern* angeht, weiß er aus Erfahrung, dass es ein Fehler wäre, die fehlende Nacht durch ein Nachmittagsnickerchen ersetzen zu wollen. Es wird nicht funktionieren. Also zwingt er sich in das Gewühl der Millionenmetropole. Auf den Straßen fahren Motorroller, TukTuks, Kleinbusse, aber auch erstaunlich viele SUVs. In einigen Gassen werden Frösche vom Grill angeboten, umgeben von weiteren Garküchen, die Speisen anbieten, wo er besser nicht nach den verwendeten Zutaten fragt. Ein Straßenkind mit zerrissener Hose und verdrecktem T-Shirt klammert sich an sein Hosenbein, als er etwas zu lange in die Kochtöpfe schaut. Sein Kreislauf wechselt zwischen Überhitzung und Ruhepuls. Ihm ist schwindelig. Fußgänger sind außerhalb der zahlreichen Shopping Center eher selten zu sehen, weil es nur schmale Bürgersteige gibt oder man sie gleich komplett abgeschafft hat. Das Überqueren einer Hauptstraße ist pausenlos ein Wagnis, denn die vorhandenen Fußgängerampeln stehen einfach immer auf Rot. Fußgänger existieren in der Verkehrsplanung offensichtlich nicht.

Überall dort allerdings, wo es erwünscht ist zu flanieren (und zu konsumieren), überall dort ist das Nationengemisch faszinierend. Mitten in Chinatown, direkt neben dem Hindutempel, spazieren verschleierte muslimische Frauen neben anderen Kolleginnen in kurzen Röcken. Das Gewusel, der Lärm, Hupen, Bremsen, Schreien in Kombination mit Übermüdung verursacht bei Benny einen phobischen Schub. Das Herzrasen zeigt sich bei ihm darin, dass er sich wie ein sehr alter Mann und eher zögernd vorwärtsbewegt. Immer nur ein Schritt vor dem anderen.

»Petronas Towers?«, fragt er beim Einstieg in einen Kleinbus. Nicht weit davon entfernt residiert Heiter in einem Apartment. Die Zwillingstürme überragen die Stadt und sind das Wahrzeichen von Kuala Lumpur. Um Schwingungen der beiden Türme auszugleichen, wurde die zweistöckige Brücke auf riesigen Kugellagern angebracht. Aber das wusste er alles schon in Berlin. Deshalb ist er nicht einmal um die halbe Welt geflogen.

Der Kleinbus gleitet am Botanischen Garten vorbei. Irgendwann, denkt Benny, werde ich mir diese Anlage einmal ansehen. Es soll einen Vogelpark, einen Schmetterlingspark und einen Orchideengarten geben.

Aber erst die Arbeit.

Heiter lebt offensichtlich in großem Wohlstand. Sein Stadtteil öffnet sich als Sammelsurium aus rechtwinklig angelegten Einkaufsstraßen und Kolonialgebäuden mit bröckelndem Putz, umsäumt von meterhohen Bäumen. Der elegante Neubau, in dem Heiter gemeldet ist, steht in einer Lücke von Büschen und Sträuchern, wie seitlich hineingeschoben, und wirkt dadurch wie nackt. Vor dem Eingang öffnet sich ein asphaltierter Hof, über dessen Bodenplatten die Hitze flirrt.

Benny schlendert an das Tor.

Auf dem Klingelschild steht »Kleinschmitt«, daneben prunken chinesische Schriftzeichen. Die Anordnung der Schilder lässt darauf schließen, dass Sebastian im zweiten Stock wohnt. Stuckverzierte Decken, so viel offenbart der Blick durch ein Fenster. Grünpflanzen auf dem Balkon.

»Mister Kleinschmitt?«, fragt Benny einen älteren Herrn, der seine gefüllten Einkaufstüten auf dem Boden absetzt. Er trägt einen Strohhut.

»Who?«

Benny zeigt ein Foto von Heiter, im Handy eingespeichert.

»Ah, Mister Smith«, sagt der Herr und nickt lächelnd. »Sometimes …« Es klingt so wie: nie anwesend.

Und wieder ein neuer Name, denkt Benny. Auch auf Facebook hat Sebastian sich einen Account unter einem Decknamen zugelegt. Und das Profilfoto zeigt nicht ihn, sondern einen Programmierer aus Brüssel. Zumindest ergibt das eine weitere Bildrecherche.

Benny schlendert zurück nach unten, auf den Hof, und findet eine Holzbank im Schatten. Es dauert nicht lange und das Innenleben im Haus wirkt fast schon vertraut. Wenn er die Augen schließt, berechnet er die Schritthäufigkeit, die ein Bewohner nach dem Quietschen der Wohnungstür zurücklegen muss, um nach unten zu gelangen. Einige Türen schließen sich mit einem interessanten Nachklang: zuerst ein verstohlenes Klappern, anschließend ein ungleich lauteres Bollern, gefolgt von einem einzelnen Klicken. Wie eine Schlussfanfare. Von seinem Sitzplatz aus wirkt der Straßenlärm (das

Schreien der Fußgänger, das Beschleunigen der Lastwagen, das Gehupe der Personenwagen, deren Reifen auf dem Belag rhythmisch scheuern) hinter einer hüfthohen Mauer, verdeckt durch Büsche, wie in einem Traum.

»Erst die Arbeit …«

Benny klopft seine Hose ab, weniger aus Reinlichkeitsgründen, mehr um sich anzuspornen, und geht langsam in den zweiten Stock. Auf mehrmaliges Klingeln reagiert Sebastian nicht. Benny lauert durch ein Fenster daneben, durch eine Lücke in der Jalousie, und sieht einen Schatten.

Er klopft.

»Sebastian?«

Schweigen.

Es ist tatsächlich die vertraute Physiognomie im Türrahmen. Offensichtlich überrascht. Er starrt Benny an, als hätte er ihn noch nie gesehen.

»Oh, der Benny …«

Offensichtlich wiedererkannt. Keine Frage. Aber in einem Tonfall, als träfe man sich lässig in Kreuzberg, in einer Nebenstraße der Redaktion, so wie meist am Nachmittag. Stattdessen hat Benny knapp 10.000 Kilometer zurückgelegt, nach 15 Stunden Flugzeit. »Heißer als in Berlin …«

Smalltalk.

»Und? Was machst du hier so?«

Herantasten.

Sebastian hat abgenommen. Er trägt eine rote Hose, ein weißes T-Shirt ohne Aufdruck. »Freelancer bist du jetzt also …«, sagt Benny. »Passt irgendwie … Du hilfst Unternehmen, die Qualität von Suchergebnissen zu verbessern …«

Sebastian zuckt mit den Achseln.

Die eigentliche Frage ist: *Warum bist du abgehauen?* Raus aus Berlin, aus dem vertrauten Umfeld. *Warum hast du uns abgehört?*

»Es ist nett hier …«, flüstert Sebastian. Ungewohnt leise.

»Nett …?«

Sebastian lebt in Malaysia, in einem Land, das kein Auslieferungsabkommen mit Deutschland unterzeichnet hat. Das ist ein offensichtlicher Grund. Auf Paragraf 202a StGB, das »Ausspähen von Daten«, stehen in Deutschland maximal drei Jahre Haft oder Geldstrafe. *Aber was ist mit der Entführung in der Fabrik?*

»Das Klima ist nicht ohne hier …« Benny schaut auf den Boden. Er muss behutsam vorgehen, zwischen Tür und Angel. Geht es nur darum, in Kuala Lumpur einer Strafverfolgung zu entgehen? *Warum lässt du alles hinter dir?*

»Trainingssache …«

»Sollen wir das wirklich hier auf dem Flur besprechen?«

»Ich … bin nicht auf Besuch eingerichtet. Sorry.«

Sebastian wirkt wie ein Darsteller in einem chinesischen B-Movie, schlecht synchronisiert und auf VHS; entweder zu hastig oder irgendwie eingefroren.

»Kein Problem, ich habe keine Ansprüche.«

Sebastian antwortet nicht und verstreicht stattdessen mit seinem Zeigefinger das Kondenswasser an seinem Glas. Die Eiswürfel klirren.

»Tut bestimmt gut …«, sagt Benny und deutet auf die Zitronenlimonade.

Sebastian verrührt die Eiswürfel mit einem silbernen Strohhalm und schüttelt den Kopf, als wolle er eine Mücke auf seiner Stirn verscheuchen.

Er hat deutlich abgenommen, denkt Benny. Er besteht nur noch aus Haut und Knochen, Haut und Nervensträngen. Gehirn. Keine Muskeln mehr, keine Masse.

»Lisa ist nicht mehr bei uns …«

Sebastian nickt, als sei ihm das längst klar gewesen. Als habe es in der Luft gelegen.

»Wir wissen nicht, wo sie ist. Möglicherweise in Australien …«

Benny überreicht ihm den Brief. »Vielleicht fällt dir was auf, ein Hinweis oder so. Du bist schließlich Fachmann für Spuren …«

Sebastian nimmt den Brief entgegen, ohne auf die Anspielung zu reagieren. Aber er schaut auch nicht auf die Blätter. »Ich lese das später …«

»Klar, behalt den Brief … gib ihn mir einfach wieder …«

Später.

Hinter Sebastian öffnet sich ein luxuriös möbliertes Wohnzimmer. Eine Mustertapete, bestehend aus goldenen Kreisen, davor eine breite Ledercouch mit hochgezogener Rückenlehne. Bunte Sofakissen in Pop-Art-Muster. Zwei abgestimmte Lederarmsessel, gegenüber platziert, um einen quadratischen Holztisch herum. Dahinter mehrere grüne Blumentöpfe, in denen blühende Orchideenzweige stecken. Aus den Boxen schallt softe Jazzmusik.

»Es ist nicht einfach, mit dir zu reden.«

»Keine Lust …« Sebastian zuckt mit den Achseln.

»Mein Gott, irgendein Kommentar zu dem, was in Berlin passiert ist?«

»Zur Sache gibt's bislang nichts zu sagen.«

»Zur *Sache*? Und was heißt *bislang*?«

»Benny, du stehst hier überraschend vor meiner Tür und verlangst von mir Antworten. Das kann ich so nicht. Ich muss erst nachdenken …«

»Worüber musst du nachdenken?«

Sebastian pustet seine Backen auf und schließt die Augen.

»Benny, Vorschlag zur Güte, wie lange bist du in der Stadt? Gib mir deine Telefonnummer, ich meld mich bei dir und dann machen wir einen Treffpunkt aus, und dann erzähle ich dir ein wenig, okay?«

Von der Dachrinne starrt ein schwarzer Vogel mit einem ausdruckslosen Blick auf Benny herunter und krächzt mit einer Stimme, die fast nach einer humanoiden Sprache klingt.

»Machen wir … Wie ist deine Nummer? Ich klingel dich an.«

»Nein. Schreib die Nummer auf den Zettel. Ich habe hier … schreib einfach auf.«

»Wir wollen doch nur ein wenig die Hintergründe verstehen, Sebastian. Es geht nicht darum, dich bloßzustellen, verstehst du? Es gibt Betroffene in der Redaktion, die schon ein Anrecht auf Antworten haben.«

Sebastian nimmt den Zettel entgegen, faltet ihn sorgfältig und tritt einen Schritt zurück. »Weißt du, es gibt ein schönes Sprichwort in Asien«, sagt er, während er die Tür schließt. »Dreh keine Flusssteine um, wenn du die Ungetüme nicht sehen willst, die darunter leben …«

5

Wenn du in Berlin geblieben wärst, dann hätte es funktionieren können.

Heiter legt den Brief zurück auf die Fensterbank. Jeder Satz wiegt schwerer als ein Goldbarren, bleibt dunkler als die Nacht in seinem Gedächtnis. Die Gewährsleute hätten es akzeptiert, denkt er, die Sache wäre verflogen.

Jetzt ist es ein Problem.

Unlösbar.

Ein großes Problem.

Heiter zündet eine Zigarette an (eine neue Marotte) und bläst den Qualm aus dem Fenster hinaus in den Abendhimmel. Er sitzt vor seiner Wohnungstür auf einem Küchenstuhl. Neben sich ein ehemaliger Gartentisch aus weißlackiertem Blech, auf dem ein improvisierter Aschenbecher (ein Unterteller) und ein bis obenhin gefülltes Rotweinglas stehen.

Jetzt ist es ein verdammtes Problem!

Wäre Benny nicht in Kuala Lumpur aufgetaucht, dann hätte er den chaotischen Abschluss in Berlin als »konstruktive Maßnahme« begründen können. Lisa ist untergetaucht: »eine beabsichtigte Planverschiebung mit größerer Erfolgsaussicht«. Er hätte seinen Aufenthalt in Asien zu Ende gebracht, um sich langsam unkenntlich zu machen. Zielort: Australien.

Lisa.

Er greift den Brief von der Fensterbank, indem er mit der rechten Hand hinter seine Schulter greift, und überfliegt die letzten Zeilen. Die Buchstaben verschwimmen vor seinen Augen wie ein Algenteppich. Bei dem Versuch, darin zu tauchen, besteht ständig die Gefahr, sich darin zu verheddern und zu ertrinken.

»Ich habe mein Herz verloren.«

Heiter atmet tief ein und zerreißt möglichst viele Erinnerungsfetzen wie einen störenden Ohrwurm. Irgendwann gehört, gemocht, nicht mehr aktuell. Er geht dabei systematisch vor, wie ein Schatzsucher mit Metalldetektor am Strand. Auf der Suche nach Geldstücken, im Sand vergraben. Um sie einzeln zu polieren und dann einzutauschen.

»Mein Herz ist leer.«

Heiter blickt auf und ein künstlicher See am Horizont leuchtet in der untergehenden Sonne honigfarben auf, fast schon künstlich bestrahlt, wie eine gesponserte Marketingmaßnahme. Ich kenne diese Leere, denkt er. Überall. Leere Hallen sind das, Lisa, es sind leere Flure, verlassene Zimmer und Schuppen. *Überall.*

Der Brief flattert in seiner zitternden Hand wie ein junger Vogel.

Ich kenne diese Leere.

Erinnerungen an Lisa tauchen auf (und versinken wieder) wie Holzkisten im Meer, die langsam an den Strand gespült werden. Und damit die Frage, ob eine Zukunft möglich gewesen wäre. Zu zweit, als Paar.

In Berlin.

Nein.

Wäre Benny nicht in Kuala Lumpur aufgetaucht, denkt er, dann hätte ich Lisa gesucht und aufgespürt und mich langsam wieder angenähert. Und wenn es das Ende der Welt hätte sein müssen. Ich hätte meinen Gewährsleuten einen Grund gegeben, mich mit ihr zu treffen. Und es hätte funktioniert!

Aber jetzt ist alles schwarz.

Heiter schüttet ein weiteres Glas Rotwein nach und blickt nach oben, in den Abendhimmel, wo die ersten Sterne leuchten. So müsste auch das Leben laufen, denkt er (zunehmend betrunken): kalkulierbar und unwiderruflich. Wie ein Uhrwerk. Berechenbar, auch noch nach Jahrhunderten. Mathematisch exakt. Die Sterne leuchten fast schon höhnisch (zunehmend betrunken), in ihrer grauenhaften Eindeutigkeit.

»Ein Treffen …«, monologisiert er, lächelt. »Und was willst du von mir hören, Benny?« Zunehmend lauter, auf dem Holzstuhl, vor der Fensterbank.

»Soll ich dir vom Scheitern erzählen? Ich war ein preisgekrönter Journalist, Benny. Soll ich dir von meiner Sucht erzählen? Davon, in das Denken anderer Menschen hineinzulauern?«

In das Denken von Frauen. Weil es mich erregt, denkt er, mehr als der Geschlechtsakt, von ihren Geheimnissen zu wissen, als Einziger, von ihren kleinen Lügen und Unstimmigkeiten. *Davon willst du wirklich wissen?* Dass ich nicht mehr davon lassen kann, in ihren Tagebüchern zu lesen und ihren Gesprächen zu lauschen. Und dass ich sie beobachten *muss*, wie sie in ihren Wohnungen leben und sich vor Einsamkeit verzehren. Und dass ich meine Seele an eine Organisation verkauft habe, um einen Vorwand zu haben, meiner Sucht zu frönen. *Das alles willst du wissen?*

»Oder soll ich dir vom Scheitern erzählen?«, labert er weinselig. Von der klaren Erkenntnis, denkt er, dass mein Weg gradlinig in den Abgrund führt?

Dass ich aber, wie jeder Süchtige, den Abstieg nicht wahrhaben will. Und dass ich stattdessen jeden Einwand, jede Erkenntnis verdränge. Weil es irgendwie weitergehen wird. Soll. Muss. Irgendwie.

Heiter fühlt die berauschende Schwere nach dem dritten Glas; die Wärme, die der Alkohol mit sich führt. Und gleichzeitig ein Gefühl von Nacktheit, innen und außen, seelisch und körperlich, als löse sich mit jedem Bekenntnis (und jedem weiteren Glas Rotwein) eine weitere Schicht. Wie bei einer Schlange, die sich häutet. Wobei die Nacktheit glüht.

»Ich brauche Antworten«, schreibst du.

Wer soll sie dir geben?

Er liest erneut einige Zeilen in Lisas Brief und durch den zunehmenden Alkoholpegel verwischen sich Zeilen und Gedanken, wachsen in anderer Konstellation zusammen, beinahe so wie ein Musikvideo mit schnellen Schnitten auf der Leinwand des Bewusstseins. Altmodisch projiziert: die Küsse im Hotel, die Liebesschwüre im Dunklen, die Trennungen, Tränen, erneute Treffen und Vorsätze, ihre gemeinsame Innigkeit, das Gefühl von Unendlichkeit; und all das durch den Reflektor des lesenden Auges eingefangen. Er wandert die handgeschriebenen Zeilen derart brachial hinauf und hinunter, als bestünde eine Möglichkeit, dass sich der abgelesene Teil danach auflösen könnte.

Aussichtslos. Je stärker er gewisse Eindrücke abspalten will, desto nachdrücklicher kehren sie zurück. Wie eintätowiert, in einen Gehirnlappen, in den Hippocampus.

»Mein Herz ist leer.«

Plötzlich schießen ihm Tränen aus den Augenhöhlen. Sie rinnen an seiner Wange entlang und tropfen auf beide Oberschenkel.

»Nein …«

Ein heiseres, kehliges Stöhnen. Wenn du dich mit dem Teufel einlässt, verändert sich nicht der Teufel. Ein altes Sprichwort, denkt er und trinkt. *Verzweiflung freut ihn.* Verzweiflung ist ein schlechter Weggefährte. Er klaut dir dein Pausenbrot, deinen Rotwein. *Du musst ihn vertreiben.* Gib der Verzweiflung keinen Raum. Sing nicht seine Lieder. *Der Teufel verändert dich.* Aber die Tränen versiegen nicht.

»Charlotte«, murmelt er.

Hätte ich dich tatsächlich wiedergetroffen, lebend, lachend, dann hätte sich noch alles anders entwickelt. »Ich habe deshalb keine Lust auf ein weiteres Gespräch, vor allem, weil es sich wieder nur um moralische Fragen handelt.«

6

›Ich bin mir keiner Schuld bewusst.‹

Benny sitzt am Frühstückstisch im Grand Hyatt, mit Ausblick auf die Petronas Towers, und liest eine überraschende SMS von Sebastian.

Es ist seine alte deutsche Nummer. Also: *vermutlich* Sebastian.

»Ich habe deshalb keine Lust auf ein weiteres Gespräch, vor allem, weil es sich wieder nur um moralische Fragen handelt.«

Benny schüttet Kaffee nach, schmiert Butter und Marmelade auf ein Toastbrot und schaut aus dem Fenster. Hinter einer Schnellstraße stehen mehrere Hochspannungsmasten, wie überdimensionierte Scherzbolde, die ein Sprungseil halten.

»Mein Anwalt rät mir ohnehin, mich während des derzeit laufenden Verfahrens nicht zu äußern. Grüße Sebastian«

»Und das soll jetzt alles sein?«

Benny kratzt sich am Ohrläppchen. Die Enttäuschung bollert in der Magengrube. Und weicht der Wut.

»Echt jetzt? ›Grüße Sebastian‹ …«

Im Eingangsbereich zum Frühstücksraum hängt ein überdimensionierter Flachbildschirm mit Nachrichten aus aller Welt. Das flackernde Bild (rasch wechselnde Grafiken, Einblendungen, Schnitte) spiegelt sich in den Brillengläsern eines Pärchens, das schweigend dort hinschaut.

»Nein«, sagt Benny, während eine junge Angestellte seinen Teller auf ihren linken Unterarm hebt, um die Speisereste von dort auf weitere abgelegte Teller zu verteilen, die sie letztlich alle übereinanderstapelt. »So einfach kommst du mir nicht davon!«

Die Angestellte lächelt.

Benny schüttelt den Kopf und verlässt seinen Platz. Während er an dem Fernseher im Eingangsbereich vorbeigeht, sieht er, dass die Frisur einer Zuschauerin davor im Flimmerlicht den Farbton wechselt.

In seinem Hotelzimmer schreibt er einen Brief. Zumindest versucht er es. Die Wut verhindert kreative Gedanken. Er zerknüllt Bogen um Bogen aus einem Notizblock mit Hotelaufdruck und schmeißt die Fehlversuche in den Papierkorb.

»Echt jetzt?« So hat er noch nie einen Brief begonnen. »Dein Anwalt rät dir, dich nicht zu äußern? Echt jetzt? Kannst du dir vorstellen, dass es Fragen gibt, die jenseits juristischer Belange sind?«

Er kaut auf dem Endstück des Kugelschreibers und überlegt, wie weit er gehen kann. »Gibt es wirklich nichts, was du deinen alten Kollegen sagen willst? Keinen einzigen Satz?«

Ohne Gruß.

Nicht mal eine Unterschrift.

Wozu auch?

Sein Herz schlägt deutlich schneller, als er die Zimmertür schließt und vor dem Hotelgebäude in ein Taxi steigt. Er hat keine Lust zu schlendern. Der Fahrer riskiert einen kurzen Blick auf die notierte Adresse und beschleunigt den Wagen. Aber einige Meter vor Sebastians Apartmenthaus bittet Benny den Fahrer zu halten.

»Walk«, sagt er.

Bei der Bezahlung reißt ihm der dürre, gegelte Chauffeur die Geldscheine derart hastig aus der Hand, dass er Benny an ein Raubtier erinnert.

»Schönen Tag noch.« Auf Deutsch.

Der Fahrer zeigt ein breites Grinsen.

Sebastians Adresse, der Neubau, liegt an diesem Morgen hinter Dunst verborgen und wirkt dadurch noch stärker wie ein glänzendes Legomodell; vordergründig stabil, aber es bedarf wohl nur einer ungeschickten Gewichtsverlagerung, und ganze Stockwerke würden sich aus der Fassade lösen.

Benny überlegt kurz, ob er sich auf die Bank im Hof setzen soll wie beim ersten Mal, um erst einmal die Lage zu sondieren, aber dann entscheidet er sich durchzustarten. Er steigt die Stufen hoch in den zweiten Stock und klopft mit der geballten Faust gegen Sebastians Tür.

»Mach auf!«

Plötzlich öffnet ein arabisch wirkender Mann mit einem gepflegten buschigen Oberlippenbart.

»Mister Smith?«, fragt Benny konsterniert.

»No«, antwortet der Fremde angespannt. Sein Gesichtsausdruck besagt ungefähr: Seh ich aus wie ein Mister Smith?

Er schaut Benny lange an. »Don't know this name. Doesn't live here.«

Benny präsentiert auf seinem Handy ein Foto von Heiter. Der Mann schaut kurz auf die düstere Gestalt auf dem Display und schüttelt den Kopf. Nie gesehen. Währenddessen läuft ein kleiner Junge zu seinem Vater, greift dessen massige Hand und glotzt den Besucher an.

»Yesterday«, stottert Benny und punktet mit dem ausgestreckten Zeigefinger in die Weite des Wohnzimmers. »Here … yesterday … Mister Smith …«

»No.«

Der Junge lacht.

Auf dem Sofa sitzt eine Frau, vermutlich die Ehefrau, mit einem weiteren Jungen. Auch er schaut erstaunt. Die Jalousien sind nach innen geklappt, damit der Raum kühl bleibt. Im erwünschten Schatten verschwimmen auch die Umrisse der Möbel, aber Benny ist sich sicher, dass sich seit gestern kaum etwas verändert hat. Die Frau im Hintergrund ist die einzige Person, die den merkwürdigen Europäer nicht beachtet. Ihre Silhouette zeichnet sich im Restlicht als rundlicher Fleck ab. Sie gießt aus einer hohen Kanne zwei Tassen Tee ein, und die Art, wie sie das goldverzierte Teil in der Luft schwenkt, ohne dass die Flüssigkeit an den kleinen Tassen vorbeiläuft, hat etwas Beruhigendes.

Benny deutet auf das Klingelschild, aber Heiters Name ist darauf verschwunden. Dort prangen nur noch chinesische Schriftzeichen.

»Sorry …«

Während Benny nach einer Erklärung für seinen Auftritt sucht, weht ein starker Wind aus dem Hof herauf und bringt Schindeln, Klappen und überhaupt jedes Holzteil zum Ächzen.

Ein einziges erschöpftes Klagen, denkt er.

Was soll ich noch hier?

Benny dreht sich wortlos um die eigene Achse und geht langsam zurück auf den Hof. Er setzt sich auf die Holzbank, blickt auf sein Handy, ob vielleicht eine weitere Nachricht eingegangen ist, und während er noch fassungslos registriert, dass nichts passiert ist, *gar nichts*, hüpft eine Katze auf seinen Schoß. Benny hebt einen Oberschenkel, um sie zu vertreiben, und das Wesen fließt von seinem Unterleib herab wie ein Wasserstrom.

»Wo bist du?«

Er wählt die Nummer, von der Sebastian seine letzte SMS geschickt hat. *»The person you've called is temporarily not available.«* Also sucht er eine andere Nummer, mit der er früher kommuniziert hat. *»The person you've called is temporarily not available.«* Es gibt noch eine dritte Nummer. *»The person you've called is temporarily not available.«* Keine Mailbox.

Nichts.

Vermutlich abgemeldet. Untergetaucht.

Er öffnet einen Internetbrowser und entdeckt, dass Sebastians gefälschte Facebook-Seite gelöscht wurde. Auch die Eigenwerbung für seine Tätigkeit in Kuala Lumpur (unter anderem Namen): unerreichbar.

Alles.

Die freundliche Computerstimme des Telefonanbieters brennt sich in seinem Kopf fest. *The person.*

»Wo bist du?«

Die Stimme saugt dabei jegliche Energie aus dem Denken, aus der Luft, aus dem Bewusstsein, wie ein besonders starkes Löschpapier. *Not available.*

Temporarily. Temporarily. Temporarily.

Die schwüle Hitze knallt auf seine Schädelplatte wie ein Pressluftgerät.

»Scheiße!«, bricht es aus ihm heraus. »Verdammt, verdammt, verdammt!«

Der Hall seiner Stimme wird vom Gemäuer des Hauses zurückgeworfen, das wie abgeschirmt zwischen Büschen, Zäunen und Gittern liegt.

»Verdammt ...«

Benny schaut nach oben, in den blauen Himmel, aber auch dort gibt es weder Antwort noch Trost. Nicht mal eine Sternschnuppe. Nur Flugzeuge, die ihren Kondensstreifen hinter sich herziehen. Irgendwo da oben, denkt er, irgendwo dahinter öffnet sich das Weltall. Dorthin zu fliehen, das wäre die einzige Lösung. Auf eine Raumstation geschossen werden und die Tür einer Schleuse öffnen.

Und sich dann treiben lassen, denkt er. Weit hinein ins All.

In die Unendlichkeit.

Verdammt ...

PROLOG

»Willst du dir das nicht noch mal überlegen mit der Kündigung?«

»Nein. Ich habe eine Aufgabe zu erledigen.«

»Benny, du kannst doch weiterrecherchieren, bei uns, mit uns zusammen, in der Redaktion …«

»Nebenher geht nicht.«

Sarah schaut auf das Chaos in der Wohnung. Fertiggerichte in allen Variationen, in Dosen und Plastikbehältern, dazu Aufbewahrungsutensilien diverser Schnellimbisse. Das Aroma all dieser Zeitzeugen verbindet sich zu einem gemeinsamen Ekelgeruch. Sie bleibt unschlüssig stehen. Alle Stühle und Sessel sind mit Tüten und Zeitungsartikeln belegt, allerdings macht sie nicht den Eindruck, als ob sie sich auf eines dieser Möbelstücke setzen wollte. Der einzig angenehme *Hautgout* in dem überheizten Raum stammt aus der kleinen Einbauküche, wo frisch gemahlener Kaffee aufgegossen wurde und dessen Geruch sich in allen Zimmern verteilt. Die Fenster sind geschlossen.

»Sei mir nicht böse, Benny, aber du müffelst …«

Die Gardinen sind bis auf einen kleinen Spalt zugezogen. Das kläglich eindringende Licht hängt dadurch wie eine Trennmarke im Zimmer herum. Benny wiederum durchquert diese Lichtschranke mehrmals hektisch, wie ein aufgeschreckter Vogel, der verzweifelt versucht davonzuflattern.

»Wovon lebst du jetzt eigentlich? Ich meine, nach der Kündigung?«

Benny mustert Sarah über den Rand seiner verrutschten Brille hinweg, als sei es unter seiner Würde, solcherlei

Fragen zu beantworten und dafür die verschmierten Gläser zu benutzen.

»Das ist doch zweitrangig«, sagt er kehlig. »Verstehst du nicht, was hier abgeht? Sebastian arbeitete offensichtlich für eine geheime Organisation, die für die Kooperation zwischen NSA und BND zuständig ist. Nirgendwo in Europa ist die NSA so aktiv wie in Deutschland. In mehreren Einrichtungen werden Daten zusammengetragen und ausgewertet. Von Deutschland aus abgefangene Daten dienen offenbar auch dazu, Terrorverdächtige zu töten. Und Sebastian war dabei eine zentrale Figur, da bin ich mir sicher. Ganz sicher! Es gibt Hintermänner in Sebastians Umfeld, die ihn gesteuert haben …«

»Er wirkte eigentlich nicht wie ein Agent. Eher wie ein Aufreißer …«

»Das schließt sich nicht aus! So ein Typ wie Sebastian passt hervorragend in das Profil solcher Organisationen.«

»Und da bist du dir sicher?«

»Ganz sicher! Mir fehlen nur noch einige Puzzleteile. Aber ich bin dabei, alles zusammenzutragen. Ich brauche nur noch einige Wochen, und dann ist das Bild komplett.«

Sarah kaut wechselseitig auf ihrer Lippe herum und verlagert ihr Gewicht von einem Bein auf das andere.

»Benny … Du weißt es noch nicht?«

»Was denn?«

Sie streicht sich das Haar zurück, um die richtigen Worte zu finden.

»Sebastian hat sich umgebracht …«

Er verharrt mitten in seiner Bewegung. Dann starrt er sie an, als hätte sie gerade erst überraschend diesen Raum betreten.

»Das ist eine Lüge.«

»Seine Mutter hat es gesagt.«

»Verstehst du nicht: Das ist alles Tarnung! Das ist alles Täuschung! So kann Sebastian sich eine neue Persönlichkeit erschaffen.«

»Seine Mutter hat es von …«

»LÜGE! Er läuft dort irgendwo herum … Vielleicht sogar wieder in Berlin …«

Sarah betrachtet Benny mit einem tiefen Blick. Dann geht sie näher auf ihn zu und greift seine geöffnete Hand. Anschließend rollt sie seine Finger zusammen, als wolle sie ihre unausgesprochenen Gedanken darin einwickeln, und nickt dabei. »Es ist so … Sorry.«

Sie trägt an jedem Finger einen Ring, an manchen sogar zwei. Es sieht beinahe so aus wie zehn Cevapcici im Balkan-Restaurant.

»Vielleicht wollte er aussteigen«, nuschelt Benny und löst sich hektisch aus ihrer Umklammerung. »Vielleicht wollte er alles offenlegen. Und dann haben die ihn kaltgemacht. Ich werde das rauskriegen! Er hat sich nicht umgebracht!«

Benny dreht sich, durchquert die Lichtschranke, redet sich in Rage und bemerkt nicht einmal mehr, dass Sarah ihre schmale Hand nach oben reckt und mit der Hand wedelt. *Ciao.* Ein Flüstern.

»Ich werde das rauskriegen«, spricht er in das Dunkel einer Zimmerecke hinein, wobei diese Position auch ihm einen gräulichen Schatten über das Gesicht legt, fast schon wie Marlon Brando in »Apocalypse Now«. Sein Blick fällt durch den Spalt in der Gardine, hinaus auf die Neonbeleuchtung der Metropole, die wie eine altertümliche LED-Konsole zu glitzern scheint, ohne ihr Geheimnis zu offenbaren. »Ich werde das rauskriegen! Alles! Ich werde alles rauskriegen …«

In diesem Moment melden sich mehrere Krähen, die in einem Baum im Vorgarten sitzen, als protestierten sie lautstark. Wie in vielen Städten, haben sie sich auch hier stark verbreitet. Ihr Krächzen klingt so, als zerteilten sie eine Beute oder als diskutierten sie über die Aufteilung, aber nicht aus Hunger, sondern mehr aus Lust am Geschrei. Und aus Freude am Zerstören.

Benny hält kurz inne, als verstünde er eine innewohnende Botschaft.

»Ohne Erbarmen«, flüstert er und nickt.

»Alles!«

Asche und Zorn

© claudiarndt / photocase.de

Christoph Heiden
Zurück im Zorn
Thriller
344 Seiten
13,5 x 21,5 cm
Premiumklappenbroschur
ISBN 978-3-8392-2644-5
€ 15.00 [D] / € 15.50 [A]

Gollwitz. Brandenburg. Im Winter 1995 tötet ein Feuer beinahe eine ganze Familie. Die einzige Überlebende ist die zwölfjährige Anna Majakowski. 20 Jahre später erhält Anna mysteriöse Drohbriefe, denen sie in ihrem Heimatdorf nachspüren will. Doch Gollwitz heißt sie nicht willkommen, denn die Erinnerung an damals steht dem erhofften Aufschwung im Weg. Nur Willy Urban, Polizist im Ruhestand, kann die Vergangenheit nicht ruhen lassen. Mit ihm begibt sich Anna auf eine Reise, die sie immer tiefer in eine Welt aus Obsessionen und Gewalt zieht …

GMEINER SPANNUNG

WWW.GMEINER-VERLAG.DE
Wir machen's spannend

MARKUS WARKEN
K.I.
THRILLER